一条江一个人

饶珍珠 / 著

北京日报出版社

图书在版编目（CIP）数据

一条江 一个人 / 饶珍珠著. --北京：北京日报出版社，2018.11

ISBN 978-7-5477-2925-0

Ⅰ.①一… Ⅱ.①饶… Ⅲ.①散文集-中国-当代 Ⅳ.①I267

中国版本图书馆 CIP 数据核字（2018）第 144322 号

一条江 一个人

出版发行：北京日报出版社
地　　址：北京市东城区东单三条 8-16 号东方广场东配楼四层
邮　　编：100005
电　　话：发行部：(010) 65255876
　　　　　总编室：(010) 65252135
印　　刷：成都国图广告印务有限公司
经　　销：各地新华书店
版　　次：2018 年 11 月第 1 版
印　　次：2021 年 3 月第 2 次印刷
开　　本：880 毫米×1230 毫米　1/32
印　　张：9.5
字　　数：230 千字
定　　价：48.00 元

版权所有，侵权必究，未经许可，不得转载

女的乡愁

（代序）

黄佩华

　　田林籍女作家饶珍珠把她的散文集文稿《一条江　一个人》交给我，希望我给她作个序，我欣然答应。

　　虽然我之前只读过她一些零散的作品，并没有全部拜读，不过她的作品已然给我一个强烈的印象，那就是她所表现的生活，她所讲述的故事，都是我同样熟稔的，都是我所耳闻目睹的。因为饶珍珠是来自驮娘江畔定安镇的，而我则是上游八达镇的子民，我们老家相距不足百里。我们不仅文化、语言、风俗相同，而且定安镇曾经是我们西林县的县治所在地。至今，许多西林人仍然有浓重的老县城情结，定安人对西林这两个字的情感也是如此。

　　翻开饶珍珠的散文集，一股浓酽的定安味道便扑面而来。那么，所谓的定安味道是什么？是驮娘江，是老圩镇，是老教堂，是老书院，是老衙门；是青砖灰瓦，是狭窄的街巷，是青幽的石板路，是古榕，是码头，是台阶，是老木门窗；更是浓浓的乡音，是袅袅炊烟，是壮剧悠扬的调子，是牛马的蹄声，是打渔的号子……

　　这个集子共分《故乡掠影》《历史锦时》《羁旅芬芳》《岁月之禅》四个小辑。第一小辑似乎被看成是作者目光里的故乡，透过《那条河流过那里》《桂西古城》《驮娘江往事》等篇章，我

们能感觉到，作者眼中的故乡是多么的温情，多么的悠远，多么的令她怀恋。她笔下的山川河流，圩镇街道，是那么像一帧帧图片，深深地镶嵌在桂西北古老多情的土地上。第二小辑虽然说的不是乡土情怀，却是作者怀念一些唐宋至今文人墨客的精美篇什，眼光独到，哲思锐敏，不失为一组阅读者孤灯寂影下的心得美文。当中以《以花的姿势凋零》《宋朝的梅花》《牧羊的英雄》等篇令人回味。第三辑记叙的是作者的旅迹游踪，虽说是一组游记，却有几篇说到了家乡岑王老山。这座桂西北第一高峰，高逾两千米，蕴藏着多少物产资源，承载着多少故事。《岑王老山游记》《岑王老山：妖娆而清雅的宋词》《田林：苍竹壮歌里的那一片锦绣》等篇，是作者对自己生活土地无比眷恋的自然流露，更是对大自然的歌颂和敬重。第四辑则是作者的心灵史记，是个人人生观价值观的抒情，是自己对社会美好事物的赞誉。以《背光的花朵也有芬芳》《一种叫温暖的颜色》《感谢生命中的阳光》为重心的几篇，透出了作者对真善美的向往与歌颂，充盈着满满的真情与正能量。

　　通观饶珍珠的六十余篇散文作品，无论是早期的习作还是近期的文章，无论是叙事还是咏物，无论是发表于名刊还是市县级的报纸杂志，其题材都涵盖了作者日常生活的所闻所见，所感所思。尤其以其独特的女性目光观察社会，体察民情，品读生活，记录心灵，这是难能可贵之处。除了自己记住乡愁，更让读者读到乡愁。这便是饶珍珠这本散文集对那一方水土的一片心意。

　　近些年，百色这片土地忽然冒出了一批颇具才华和潜质的女作家，饶珍珠可算是一位。

2018 年 9 月 28 日于南宁凤岭

目录

第一辑　故乡掠影

那条河流过那里 …………………… 2
一千米故乡 ………………………… 10
桂西古城 …………………………… 20
驮娘江往事 ………………………… 26
最美正是今朝 ……………………… 40
腾飞的田林 ………………………… 43
一江明月一江诗 …………………… 47
世界上最美的距离 ………………… 50
暮春的蔷薇 ………………………… 53
来不及说我爱你 …………………… 59
爹，桃花开了 ……………………… 65
清秋的墓园 ………………………… 71
美　人 ……………………………… 74
阿　毛 ……………………………… 81
阿　顺 ……………………………… 87
阿　菊 ……………………………… 92
那些年，那些人 …………………… 98

芭蕉芋粉条 …………………… 105
森林里的迤逦时光 …………… 111
吟诗的河流 …………………… 121

第二辑　历史锦时

以花的姿势凋零 ……………… 128
牧羊的英雄 …………………… 132
冷漠的证词 …………………… 135
衣带渐宽终不悔，
　为伊消得人憔悴 …………… 142
柳永：万花丛中一点绿 ……… 145
宋朝的梅花 …………………… 150
当时只道是寻常 ……………… 153
原来，爱比落花凉 …………… 157
纵有千种风情，更与何人说 …… 161
张爱玲：墓地里的上弦月 …… 164
张承志：一座特立独行的孤峰 …… 170
余秋雨：我想与你一起同行 …… 175
史铁生：一座荒凉而生机
　繁盛的花园 ………………… 179
徐霞客：旅游里的文化传奇 …… 185

第三辑　羁旅芬芳

人生若只如初见 ……………… 190

白云深处，你在悬崖上舞蹈……… 193
初秋，到山东来看海………… 197
独立小桥风满袖……………… 200
烟雨漓江……………………… 203
我与天涯有个约会…………… 207
周马峡谷游记………………… 211
岑王老山游记………………… 214
水波灯影里的凌云…………… 217
盛夏，我们去听瀑…………… 221
那一片静静妖娆的竹林……… 225
岑王老山：妖娆而清雅的宋词…… 228
听风听水听船声……………… 232
田林：苍竹壮歌里的
　那一片锦绣……………… 235

第四辑　岁月之禅

背光的花朵也有芬芳………… 238
黄昏行走江湖………………… 241
那一片荷塘，我曾经到过…… 244
秋天的狂想…………………… 247
一种叫温暖的颜色…………… 250
竹海飞歌，壮乡锦舞………… 253
这片土地，开满木棉花……… 255
我们的社会需要责任感……… 258
玉兰花事长几许……………… 261

盛夏流年 …………………… 263

感谢生命中的阳光 …………… 267

当回眸，你在灯火阑珊处 ……… 270

灯火里，你是卓尔不群的苍竹 …… 273

新安街 ……………………… 277

牵　手 ……………………… 281

花落人独立 ………………… 284

黑暗时光及呓语 …………… 287

后　记 ……………………… 293

第一辑

故乡掠影

Chapter 1

那条河流过那里

一

那条河流过那里，在所有喧嚣生命没有到达之前。

那条河流，那条以一个孝道神话命名的驮娘江，体现了后来在河边安营扎寨的人们对母亲和对河流的崇爱。它发源于滇东南广南县，一路招兵买马，汇集无数溪流终于成为一条可以冠名为江的河流。

那条河流过那里，也许是累了，也许是喜欢上了这里的环境，她放慢了脚步，看着眼睛明亮的人们佝偻着背把一个树茂草肥的河谷改造成幽静丰美的村庄。又用上几百年的耐心，把村庄演变成繁荣小镇，商贾云集，载重几吨的船只在江上自由来往。

驮娘江，定安古镇，从清朝至民国成为滇黔桂土特产货物商品及烟土运输的主要通道。

我出生时，它已经丧失交通枢纽的功能，退出历史的舞台。

这时候的河流不算太宽，清幽幽的，有的河段水在石头缝里流，微风吹来时叮当响，如少女的清脆，似乎还有笑声。对岸青山与小镇隔河相望，高的矮的胖的瘦的所有青葱的影子都倒影在水面。

我就生长在流水之畔。在河岸的古街一座明清风格雕龙画凤的老房子里。老房外面，是河流，河流之上是山峰、森林、草场、良田和野花无数。

河滩上的灌木总是一派肃穆。许是使命感的缘故，散发出一股清凛之气。连花朵也特别有派头，昂着头，密密匝匝。乳白色的花朵，像棉花糖，花蕊软软的，甜甜的。

我赤着脚，撑着竿，穿一身母亲缝制的涤卡花衣裳，黑亮的小脸，划着小船在绿波中飘荡，捞捞水草给家里的年猪，或者什么都不干，就划着玩。站累了就躺下，一张芭蕉叶盖住脸，流水爱推到哪儿就去哪儿，小船荡到这边又漾到那边，我只管睡觉，谁叫太阳总是那么好呢？

风来了，就听河流吟诗。

翠绿的毛竹、大叶龙竹枝条向着流水弯曲，在水面上划出细细的波纹，勾出一幅印象画。

小鲤鱼、小鲫鱼、小河虾追着波纹，吐着泡泡。

丑陋的水蜈蚣躲在石头下，一掀开，撒开几十条小腿逃窜，那把红色的大钳子凶巴巴的。

细长的河螺钉在滑溜溜的石头上，一有点风吹草动就关上城门，溜回石头缝。

流水里有水草的香气和阳光的味道。

岸上的山很普通，有的敦厚、有的土鳖、有的四不像。管他美不美呢，照样欢欣鼓舞。

野桃花一串串艳红。

鸡果花白白的，花蕊比花瓣密。

布谷鸟站在竹条上，把枝子压弯。

蒲公英的伞，想往哪儿飞就往哪儿飞，有风托着。

木棉花的棉絮熟了,"啪"的一声裂开,纷纷扬扬飘落下来。

奔跑的黄牛突然停下来,迷惘看着脚下。

走了又来的风唱歌了,一望无际的草场起伏着低声和着,田野的音符,像绿色的浪。

黄昏时分,从田里回来的男人,脱下身上散发汗臭的衣服,只剩下一件蓝黑色涤卡大裤衩,赤着被晒得黝黑发亮的身板,划着小船,几兜渔网,在水里刷刷地响。

码头的女人洗白白绿绿的菜、花花绿绿的衣服,捣衣的声音"嘭、嘭、嘭"。

光屁股的小孩在码头不远的水里哗啦哗啦打起水仗。

月光下,流水挤挤攘攘摩挲岸边的青石板。

渔夫的篝火,忽明忽灭……

这一切,刻在我的脑海里,令人久久地怀念。

二

我第一次直面死亡,就跟这条河流有关。

那是十六岁的夏天,读师范的我暑假在家。那个夏天,那个仿佛已经逃逸到记忆背后的夏天,即使是背后,也很耀眼。记得那个夏天特别的风调雨顺,山里万物发疯似的蓬勃。

对岸的深山老林藏着好多个村寨,那时还没有村村通公路,山里人要把山货拿到集市卖,得走马帮老路,肩挑马驮,坐渡船过驮娘江到我们老街的码头。整条街只有何伯家有渡船,坐船一次一人五毛钱,货物三十斤算一人,小型渡船,一次可装十几个人。山货丰富多样,鲜红的辣椒、晒干的香菇木耳、粘着黄泥的竹笋、橙黄的山米、首乌、千斤拔、竹编的箕子、罩子、凉席等。

山里的日子冷清，每到街天，总能见那些穿着鲜艳蜡染衣裙的苗族妇女拖儿带女坐着渡船来赶集。手里牵着一个，背筐里再放个小的，小孩戴着打璎珞的老虎帽，虎头虎脑，很是可爱。

山里没有河，他们一般都不会水，再闹的小孩坐船都是规规矩矩。

那个街天，一大早我们几个女孩上码头洗衣服。河对岸是赶街的山里人，吵吵嚷嚷，卸货绑马等着渡船。码头除了我们几个小姐妹和两个穿着裤衩钓鱼的小男孩没其他人，甚至整条街都安静得过分，大人都赶街去了，卖东西的要赶早，买的也要赶早。

我们有说有笑埋头洗衣服，突然，听见河中心尖叫一片。抬头望去，只见装满人和货物的渡船翻了，一群人落在水里，惨叫、挣扎、扑打，红艳艳的辣椒铺满大片大片的河面。

"怎么办？我们是不是去救人？"阿芬带着哭声说道。

我们几个紧紧挤靠在一起，好像这样，那种凄惶恐惧的感觉就不存在了。

怎么救？那是一堆人，不是一个人。我听我爹说，水下的人狠着呢，最怕救不了人，自己反搭进去了。阿珠说道。

"大人我们救不了，那我们就救小孩子，成不？"阿菊指指水面上不时冒出头来哭叫的小孩。

"想来水下的人已经抱成一团了，就凭我们几个，又没救过人，到底救不救得？"阿蔡迟疑道。

几个小姐妹当中，我最矮小，水性也不是最好的，最没有话语权。

"那我们就这样眼睁睁看着？"我吞了吞口水，还是怯生生问道。

没人回答我。沉默，空洞的沉默。

不过三十米的距离，却仿佛银河一样的遥远。

我们不再说话，说也没用，也不怎么敢看河面，可奇怪的是，谁都没提出回家。大家伸长脖子着急地张望街道，那两个派去喊大人的小屁孩怎么还不回来？大人怎么都不见人影？

终于有杂乱的脚步声跑来，有老人有妇女还有两个中年男子。没有谁下水，大家静静站着。

这时候的河面渐渐安静，落水的人们一个一个消失。最后，水面只剩一个婴儿浮出水面，露出戴老虎帽的脑袋，仰着脸，水下应该有人举着他，婴儿挣扎着，撕心裂肺地哭。

我们捂住耳朵，没用，那哭声像魔音，依旧刺痛每个人的耳膜。可很快，婴儿也慢慢沉入水里……

撑船的是何伯的儿子何叔，船头破没补，为省时间，又超载了。

整条渡船除了何叔和一个壮族汉子，其他十余个人包括婴儿全部溺亡。

听说打捞上来时，有个年轻的苗族妈妈手里还是举着婴儿的姿势。那婴儿年轻红润的父亲与我父亲有交情，他来殓尸时，父亲邀他来家里吃饭，我也在场。他哽咽着说那是他的第一个孩子，男孩，刚九个月。

我低头扒着饭，不敢看他端着酒碗哆嗦的手。

我后来怕水，就是那天起。其实我不应该怕的，我的水性和我的记性一样好，我的前面是端着铁饭碗跳出农门的光明未来，明日清澈见底阳光明媚。我也不应该悲伤，他们不是我的亲人，理论上来讲这件事与我也没多大关系。可我无法禁止自己一再地看见一群人呼喊着在我面前消失，以及稚嫩而清脆的哭声，还有那不大的动荡后很快平静的水面。感觉，眼前的水突然深了，蓝天深了，世界也深了，深不可测，无法穿透，让人恐惧。

时间也仿佛带着水汽，带着黑暗的气息，从很深的深处而来，滴答滴答像河流永无休止的流逝，没有什么可以阻挡它的脚步。

那个婴儿的哭声开始在夜里在我的梦里出现，像一个梦魇，可我很久在时光里醒不过来。

那个婴儿不曾清晰照见自己，更不曾被世界照见，没有故事。对于一个全然未曾开放的生命来说，消失是多么残忍。

山里人再不坐渡船了，他们赶集宁可多绕几里山路走浮桥。

一度喧嚣的码头、河流没了山里人的笑声和哒哒的马蹄声，寂静下来。

老街的人们依然在河上来来往往，该游泳的游泳，该打鱼的打鱼。

那个夏天，山上是青碧的鸡果树和松树，叶子是新发的，蒿草、狗尾巴草、芦苇，拼命往上长，野香浓郁。

痛苦、快乐、甜蜜、死亡，一切不动声色，生机勃勃。

突然觉得，人活在世上，是一件很不可思议的事。

还好我是幸运的，安静地长大成人，无论有没有故事。

三

驮娘江、清水河……在桂西的大山深处，有着无数这样的河流。很普通，有的连个正式点的名字都没有，就地按身边的村庄取名，如乐里河、福达河。它们当中有些是季节河，很浅，只没过脚踝，只需走两三步就能到对岸，有的流着流着，拐过一座山峰就没了。有的却一直还在，即便气候恶劣，雨量少，它也有本

事小心翼翼一点一点聚拢水分，成为长河的模样，即使它有时瘦得脱了形。

它们有的从很远的地方来，有的从附近的山上来。不管从哪里来，它们都经历了千辛万苦，才汇成一条河流。

有了河流，就有了森林、飞鸟、草场、溪涧，再到后来，就出现了良田、居民、村落，还有熙熙攘攘的集市。

这些河流让我们心怀敬畏和感激。

它们就像我们的父辈、祖辈，还有那些更为遥远地为我们打造良田、村落的人们。他们在流水与山脉间奔走，在河里垒鱼梁、安放鱼笼，白花花的鲶鱼、箭鱼、鲤鱼、鲫鱼在鱼兜里蹦跳。梯田越长越高，从山脚爬到山顶，玉米地、芭蕉芋地到处在森林撕个口子，狭窄而踏实的泥巴路像一条条筋络从河边伸进大山。他们老得很快，而小孩子的笑声越来越多。他们喜欢静默，习惯低头，腰里插着水烟筒，休息时候就抽出来点上廉价的烟丝，心满意足地来一口。他们崇尚土地，敬畏河流。他们每个人每一天都趟过河流，走向土地，最后，在河流边上的山随便占了一个小小的土包，碑上只有名字，没有事迹。

又一些年过去了，驮娘江被一些人肆意改变。幸好，有些东西是任谁也不能改变它的。

譬如秋天的落日，寂静的光辉倾泻的一刻，河面的每一个波纹都被映照得灿烂；

譬如河边的木芙蓉，砍了又长，长了就开花，开得美滋滋，一天变三次颜色，粉红、深红，最后趋于白色。

再譬如那些古老的大叶榕，它们静静地站在河边，像卫士又像舍不得离开母亲的孩子，当落叶飘落，水面荡起一圈圈涟漪。

安静的深夜，特别是盛夏的夜里，经常听见驮娘江潺潺的流水声，滑过河滩，绕过罗汉山，潮汛的时候一江褐黄，惊涛拍岸。甚至不用闭上眼睛，就能嗅到它的气息，那凉凉的水气。

在梦里，它还是我少年时期的模样：清澈、轻缓、河面窄小，水草在风里哗哗啦啦地响。它问我，你回来吗？你要听我唱歌吗，要听吗？我想点点头，想说话，可不知道为什么，我动不了，也发不出声音。它渐渐远去、远去，消失在我梦里。

可我知道，有一天，我终究是要回去的，并且永不离开。就像我的祖辈父辈一样，忙碌了一辈子，最后在河岸山上的向阳坡，安然入眠。

而我的灵魂，沉在水中。

我爱它，至死不渝。

（原刊于《广西文学》2014年第4期）

一千米故乡

老 街

在我的字典里，故乡，常常是缩小的，很多时候它仅仅是一条狭窄的街道，是母亲的山歌，父亲的渔网，奶奶的小脚，爷爷的书房。

1975年的冬天，在那个百废待兴的年代，一个女孩出生在桂西驮娘江畔的一条老街，她的哭声很微弱，她知道自己来得不合适宜，家里已经有两个男孩，很难分得出多余的粮食给她。可是，她还是跌跌撞撞活了下来。瘦瘦、小小，眼睛明亮。她跟街面的青石板学数学，跟灰墙上的彩绘学绘画，在小雕窗的光影里区别旭日和夕阳，并通过门前的河流了解力学的美感，动与静的相爱与宿仇。

老街，街头到街尾，约一千米。这是我成长的路，很短，也很长。

小学三年级，黑瘦的语文老师让我们写作文"我的家乡"。我第一次感觉到"故乡"这个词，但我毕竟底子薄，没读过多少书，也没见过什么世面，满腔热情被这个庞大而沉重的字眼吓住了，憋了很久，也只是哆哆嗦嗦写下"我爱我的家乡，爱我的小街，它很美，美得不得了，美得举世无双。"这样稚嫩的句子。

往南，沿河，左拐，一千米，老榕树下，是我读书的小学初中，往北，沿田，下走，一千米，就是我的家。再趟过河，走山，一千米，就是我家的水田山地。

我的世界，一千米。

清至民国年间，小镇作为县城，曾是滇黔桂大马帮过境之地，也是滇黔桂土特产货物商品的集散地之一，同时，又是烟土水路运输、扩散的主要通道，工商业、手工业繁荣，民居密集，风光一时。当时水路畅通，滇黔粤及桂客商云集驮娘江畔的立新街开铺设店，商铺林立。沿江设有五个码头，立新街算上贸易、政治中心。最热闹时，曾有日泊千艘船、夜秉万盏灯的壮景。后来因为公路通行、撤县立镇、集市搬迁，才衰败下来。

立新街原先叫太平街或河街，"文革"期间为了响应"新时代"的到来，改名为立新街，一直沿用至今。不过，那是官方称谓，我们当地都叫它老街。

老街沿驮娘江岸铺开，东西走向，街头到街尾，长一千米，宽约五米，街面以加工过的长条青石板铺就，被岁月打磨得油光锃亮。两排明清老房子夹街门对门，窗对窗，房与房之间紧密相连，呈现一种同仇敌忾又相互监督的同盟关系。只可惜，靠江的下排在1968年特大洪水中被冲毁，只剩上排。上排房子一律坐北朝南，临水面山，山，不算太高，极目还可以看到山外的天。

房子呢，一律飞檐画墙、花窗红门，一排三间的格局，二进，三进，甚至四进。以前，这条街是整个镇上最有权势和商贾之气的一条街，它们临街开了一个门，一个窗，就成了铺面。转过堂屋，后面是活色生香的市井日子。终日靠着躺椅晒太阳的老人、惹是生非的小孩，还有一个忙碌而唠叨的家庭主妇。

现在，铺面都成了住宅，每进住一户人家，两家甚至几家共用大门与后门。正屋为堂，两侧厢房为卧，一侧两房。房高，用木板隔出一层阁楼，装五谷杂粮。四世同堂的人家还可以当卧房。

穿过堂屋，天井是浅的，屋檐是高的，葡萄架是绿的。老街的江湖气息消散，市井生活一如既往。街头哀乐，街尾喜宴，生生死死，稻稗混杂，明月高，清风长。

这些建筑，都上了岁数，有着巨大的长条石基、石墩、石槛。细密的凿痕，精致的花纹，端庄却又带着欲语还休的妩媚。有些房子，进式幽深，建筑精致。是官宦、官厅、大户人家甚至是外省会馆旧邸，带有深宅大院的遗传，有一副官邸或乡绅的嘴脸，它们将等级垒进了一扇门一堵墙里，那临了街的窗户就成了它们的脸面。普通人家的，原木窗户，不上色，直木条，简单。殷实大户的，用整条石块雕成梅花状的石窗，或者用十月木或樟木做窗户，漆上朱红，柱子细细波浪线，窗沿刻着细长的花蔓，掺了点黄红颜料，显出大家闺秀的风致。

到了这个时候，每家的老木窗都灰尘斑斑，窗架子也掉了漆，半隐半现出朽旧的木色，窗内，幽暗，阳光，照进来不过一米。窗外，青碧的柚子树，叶子是新发的，花香浓郁，一阵风过来，柚子花，白莹莹，亮晶晶，飘落下来，闲闲散散，搭在路人肩头。

临街的房子外墙一律彩绘。也不知道古人到底用了什么材料，彩画百年不褪，线条栩栩如生。我家的画墙沿房子框出宽而长的白底，边框是藤条细花，内画着喜鹊花上闹春、仙人骑鹤、老叟对弈、童子侍茶、仕女竹下赏月。这些图案都是过往时光的收藏家，它们让那些时光，像一块块安静的金子，在青砖里幽幽泛光。

我家旁边的房子就是官宦旧府，入第一进后，在第二进前立着照壁，壁上一个身穿清朝官服头戴官翎的男人，应该是他们的先人立来以示尊仰先祖吧，绘描得太逼真，以至每个人进去一抬头都感觉到这个官员正盯着自己看，实在瘆得慌，邻居就用石灰把画像涂上，又不敢全部刷白，只遮盖了面部眼睛，这下好了，一进门抬头就看见一个没有脸的古代男人耸在那里，更吓人了。

　　一千米的老街笔直，一溜到底，不像另外两条街，有像毛细血管到处纵横的小巷弄。这么短的一条小街，当地人还以三个老码头为界划分为区域称呼，我家在街头，这片叫"下头"。街中叫"窄马庙"，意思是说北帝庙旁边这条上走的道窄得只能一匹马通过。街尾处于两河交汇，建筑群沿河道形成一个小的弧线，叫"照肠"，可能是说这段街面像肠子一样弯曲。古人的思维实在，取的名很有画面感。

　　三段街的小孩有地盘感，也有莫名其妙的优越感，为证明自己所在区域是最好的，在不需要联合对外的情况下总是内战不断。我们的武器是竹筒做成的竹枪，子弹是火柴果，一拉一推子弹就射出去。月朗星稀的时候以大水沟为界，就地鏖战。子弹完了就装臭水沟里的水，专射敌人的脸，到最后，每个人脸上身上湿淋淋的，都不知道是汗水还是污水，激烈而精彩的视感度，完全可以媲美任何一部战争影片。我与堂姐堂弟因为家里隔着大水沟，每次都成为敌人，我们的头儿是一个很智慧很宏观的胖子天才（他后来没能去当导演可惜了），善于把战争推向高潮，专门挑出亲戚或朋友间对打，考验忠诚。当然，我们是很有立场的热血少年，对阶级敌人丝毫不心慈手软。这结果是：当晚战毕，有很多家鬼哭狼嚎。火柴果汁黑，沾到衣服上很难洗，在那个凭布票的年代，扯一身衣裳是多么不容易，往往是老二捡老大穿剩的，老三捡老二的。所以，不管是威风凛凛的胜者还是灰溜溜之败寇，回到家，都免不了被母亲扒下裤子一顿好打。我很少被打，也许是母亲觉得我平时还算勤快，也

许是因为我读书好的缘故吧。

秋末冬初,男人在山上、或是河里,女人在后屋厨房,白天酿酒,晚上做豆腐。昼短人忙,街面及门户都静静的,惟有木瓜黄了枝头,麻雀飞。灶头间被窗外的桑树所辉映,漏进来温凉、细碎的阳光。厨房里,全是酒香,水缸旁有小孩养在面盆里的泥鳅,噗叭噗叭动,竹席上满满一席大白饭,撒上细细的酒曲,女人用双手仔细搓揉,揉成一团,又搓开饭团颗粒分开,微黄的酒曲全裹上去了,才抖散在竹席上。酿酒架子站在大锅上,腰缠着一圈圈的黑布带,酒槽子里,一线酒水往窄口弥勒缸里滴,嘀嗒、嘀嗒、嘀嗒。水热了,冒气,酒下得慢,得赶紧换凉水,一缸三十斤的酒糟,煮了酒,得去河里挑12担冷水,所以做酒女人的扁担都缠着十层碎花布肩垫。

赶早市的豆腐,要在夜里做。男人老人小孩都熄灯睡了,只有厨房亮着灯,灯光微黄,女人把打好的豆浆倒到大锅里煮,灶里的金刚木叭叭爆响,豆浆转眼成了豆腐花,豆香翻涌着,一瓢一瓢舀放垫了纱布的四方木屉子,包好,青石板压住。锅里,水蒸气直冒,女人脱了棉衣,只剩紧身蓝花小衫,额上的齐刘海都被汗贴住,脸颊烧红,只听见她悠悠的嘘一声,木瓢将白嫩嫩的豆腐花掀一掀,抬眼望望窗外,日子好长。

(原刊于《广西文学》2017年第8期)

山 歌

夏盛农忙,男人女人都在田里,街面及门户静静的,柚子上了屋檐,青沉沉,鹁鸪叫。

到了晚上，乏累了一天的乡人夜饭后纷纷出来坐在门口，或在码头乘凉。小时候的夏夜，没有风扇空调，几乎每人手上都有一把镶了布边的芭蕉扇或蒲扇。

母亲勤快，大竹扫把扫过一轮，拿两桶水刷刷冲了门前青石街，干干净净，撑一盏墨水瓶改装的小煤油灯，边乘凉边做针线。我急哄哄写完作业，也搬来稻草凳坐在一旁，帮母亲打扇。萤火虫成群结队飞来飞去，闪闪烁烁掠过晒衣裳的晒竿边，又高高飞过屋瓦而去。母亲拿小红花的鞋面比对我的脚尺，比对妥了，一面做，一面唱：

好呀时呀辰，

今晚月亮圆，

妹嘞出门去，

辫子编三辫。

好呀时呀辰，

……

阿珠家的二叔答过来：

侬郭甫潦拜（妹一个人走），

拜十成古洛（走九里十里），

端笠孟美标（头戴竹雨帽），

笨大含果列（眉像凤展翅），

那蒙列果桃（脸型似熟桃），

那浩贫赋角（脸色似胭脂），

……

邻家几个阿婶阿嫂也拢过来，你一句我一句的唱起山歌来。有唱《鸡叫十遍》的，有唱《十月怀胎》的，有唱《过十道河》的。

男人们着一件汗裤，上身光着，散坐在旁边阿婷家的石阶，吧嗒吧嗒抽着水烟筒。大家说着闲话，无非是田里稻子、山上芭蕉芋玉米收成，以及街面上的小点小点生意。

这时，上头的彭姑公摇着芭蕉扇，来蹭热闹。他一来，阿贵嫂嫂就站起来让出小板凳，说道："姑公，今晚接着来段《牡丹亭》好不好？"彭姑公是个老秀才，识文断字，有一肚子的古史轶事，能说书，善唱戏。一听说彭姑要开戏，各家石枕上纳凉的乡人纷纷围过来，阿贵嫂嫂回家抓了一把南瓜籽过来，母亲起身去厨房端来一瓢凉了的野板栗叶子茶，彭姑公润润嗓子，按惯例，先解说戏文，再开唱。当晚说道第十出惊梦，杜丽娘游园看到满园春色大好，思春梦会书生柳梦梅。

唱道："你道翠生生出落的裙衫儿茜，艳晶晶花簪八宝钿，可知我一生儿爱好是天然？恰三春好处无人见，不提防沉鱼落雁鸟惊喧，则怕的羞花闭月花愁颤。"

"画廊金粉半零星，池馆苍苔一片青。踏草怕泥新绣袜，惜花疼煞小金铃。"（且）不到园林，怎知春色如许！

"原来姹紫嫣红开遍，似这般都付与断井颓垣。良辰美景奈何天，赏心乐事谁家院！"恁般景致，我老爷和奶奶再不提起。

"则为你如花美眷，似水流年，是答儿闲寻遍。在幽闺自怜。"

……

彭姑公是"师爷"，山歌、壮剧张口就来，腔调厚，柔，硬是把昆剧唱出偏蛮山歌的调子来，大家放下针线、烟筒，屏气，不敢有半点声息。听到"则为你如花美眷，似水流年，是答儿闲寻遍。在幽闺自怜。"暗暗长叹一声，眼角渗出点点泪来。直到彭姑公唱乏了夜深了，方才人散去，众声寂。

第一辑 故乡掠影/

我睡前走到窗前,透过老窗,望见新月,好大的月色,白露激滟,屋下,流水轻响。

我们当地的山歌叫上林调,也叫"欢侬",悠长婉转,唱腔清亮,音韵俱足,句式多为五言和长短句,三句做一串。山海经书里说"歌永言",又说"一唱而三叹,有遗音者矣",说的大抵也是这般歌唱了吧。

在我印象里,周边的人几乎全是"创作型歌手",不仅老调唱得,随便什么事什么景都能信手拈来,编成小曲,歌香十里。

有客人,端起酒碗"赞村寨":
时呀时呀里(好呀好时辰),
贝侬等屋侬(朋友到我家),
大赖心昂样(大家心欢畅)。
迷里吼编玩(没有好饭菜),
对迷挂贝侬(对不起亲友),
……

贺新房,也来个"高屋调";嫁女了,太师椅前磕了响头,新嫁女抬头就"啊呀……"哭哭啼啼来个"哭嫁歌"。

上山砍柴,经常能听见山梁飘出高亮亮的男歌:
喏尼哇桃嗨(今天桃花开),
哥嘞都栓歪(阿哥来放牛),
蒙汉侬哟埠拜滴(看见妹在山那边),
恩心卡闭邦(内心自震颤)。

对面山坳马上飘出脆脆的女音:
啊……呀,
侬嘞郭哺都欧粉柴(妹一个人来砍柴),
别古哇宁头心跟州(摘朵红花头上插),

17

没里魂很仍不扔呀（没人看见美不美），
侬似哇桃乱心伤心啊涅（妹似桃花落心伤心啊涅），
……

我常常听痴了，日落了还砍不满一担柴火。年少的我，还不知情郎为何物，也没有人帮我砍山。但不妨碍我喜欢情歌。那些情歌，总是惆怅、惆怅……

每年的歌节"吼敢"，绝对是青年男女的盛会。男女盛装出街。男的着军绿喇叭裤，扎朱红皮带，白衬衫，头上抹半斤猪油。女的靛蓝青西装裤，牡丹花布鞋，水红对襟布衫。河边田坝，处处是歌场。村与村对歌，街与街对歌，未婚男女对歌。

未婚男女对歌，是"吼敢"中最出彩的。这是一种妙趣横生的场景，平时父母严管在家的大姑娘，这几天被允许出门，大大方方抛头露面。对调子的来自四面八方，成群结队，或是一对一，胆子大的，在公路边，害羞点的蹲踞在松树林子和灌木丛沟凹处，面对面酬起歌来。唱的多是情歌酬和，却有种种不同方式。或见景生情，即物起兴，用各种丰富比喻，比赛机智才能。或用提问题方法，等待对方答解。或互嘲互赞，随事押韵，循环无端。也唱其他故事，贯穿古今，引经据典，当事人照例心中一本谱，滚瓜烂熟，随口而出。单身男女对上眼了，从队伍里站出来，在哄笑声中慢慢走到一起，双双自行寻个草高隐蔽之处，再继续对个高下。

歌节后，总有不少男方家拎着一篮红纸糯米糕、一篮圆头米花，托了媒人上女方家来。

乡下人的婚嫁，有很多都是以歌为媒，歌里比的是歌喉、智慧、想象力，没有人问你家里房子多不多，银子重不重。但是，这种接近盲婚、闪婚的缔姻方式，在乡下，往往很牢固，鲜有闹出什么新闻来。

为了补贴家用，农闲时母亲都是酿米酒出售。早上我们几个小孩还在睡梦，她已经在酒房忙碌，母亲做事总喜欢哼山歌，柔柔的，清清的，好像晴日溪山里水流花开。

听着她的山歌睡觉，不觉得吵，反而睡得更沉。也许，小小的心早就知晓，有了山歌说明自己总安然在父母的庇荫下。

可惜我当时年幼无知，读几本"稗书"，倒是端起酸架子来，不肯学山歌，到后来想学，却没人教了。如今听到有人唱这"欢侬"山歌，心里总是东西满满的，却说不出来。如同小时候每见太阳斜过半山，山上羊叫，桥上行人，桥下流水姗姗，有一种远意，心里总是怅然。

上世纪五十年代，小镇撤县后需面对自己冷落颓废的命运，但它在两县交界点，省道线穿城而过，交通辐射云南贵州，又是鱼米之乡，上百年的工商业、小手工业架子还在。收山货的特产铺子，卖"舶来品"的百货店，现炒现卖的小炒摊子，乌蓝的土布、轻薄的碎花的确良，皮鞋、老虎鞋、绣花鞋，一起搭着叫卖，铁匠、铜锡工匠、油漆工匠、木匠、篾匠、箍桶匠等，各在抡斧施凿，劈竹锯板，扯炉炽炭，熔铸锡皮，焊铜打铰链，热闹得很。小镇的生活，日子慢慢地过，仍是悠长，就像歌里唱的："哥嘞心是酒碗大哟嘞，有妹有吃就是繁华。"

我小时候，每回圩日去集市在父母的大排档帮忙，得了点打赏，到阿长冷饮店买根白冰棍，在阿芳婆小吃摊买个"盘灯"（油炸品），然后在文化站租了本小人书，穿过七路八方山歌的吆喝声，边吃边看，从渡头回家，一里路黛瓦金河，日影青石板，好像脚下的地都是黄金铺的。

（原刊于《广西文学》2017 年第 8 期）

桂 西 古 城

在桂西地区的群山深处,有这么一种地方,有河流有山峰环绕一小块河谷,河不大,山也不够高,河岸形成较大的村落,足以养人。

在桂西,这类小镇很多。这些桂西小镇,比起沈从文先生笔下的湘西河边由吊脚楼组成的小镇,少了那种放狂奇险;与江南小镇相比,又少了一份柔婉精美。它们大多都有些年代了,因为地处深山褶皱,没有什么气势,也没有什么太辉煌的历史。虽然也有升沉荣辱,岁月变迁,但无法产生朱雀桥、乌衣巷的沧桑之叹。

一

我的家乡就是其中一个,它叫定安。是一个古老宁静的小城。

古城有两条河流自南北方向而来。一条叫清水河,自隆林而来,一条叫驮娘江,发源于云南。清水河清浅,驮娘江深幽,两河在城前桥下交汇,沿峰东去。

穿城而过的弯弯河道,依河而筑的明清宅院,一条条悠长的石板街道伸啊伸，伸到河边。女人在宽阔的埠头浣洗，不时飞出一句山歌，光着屁股的小孩在河边打水战，两三只渔船悠然荡漾在波光潋滟里，男人在船上撒网捕鱼，成群的白鹭从他们头顶掠过，在水面滑翔鸣叫。

定安旧时壮语称者角，其意是青蛙集中较多之沟。清光绪二十八年，清军提督方辅（定安东新街人）公办回乡，觉得"者角"名不雅，遂改名为定安。从此，西林县城旧址更名为定安并沿用至今。

清康熙五年（1666年）废除土司制度，置西林县，县治在定安。它是中国历史上有名的重镇，这里，曾经发生过许多故事。

清朝末年，中国历史的进程进入黑暗的河流，岁月沾满呛烈的血腥，连定安这样偏远的小镇也被裹挟其中。

清咸丰三年（1853年），法籍天主教神父奥古斯特·马赖，未经批准非法潜入定安常井村，以此为据点，以传教为名进行非法活动。侮辱妇女、强占民田、欺压百姓，引起当地百姓公愤。咸丰六年（1856年）新上任的西林知县张鸣凤顺应民意，当场将马赖杖死公堂。这就是中国近代史上震惊中外的西林教案。案发后，法国以此为借口，联合英国，发兵侵略中国，第二次鸦片战争爆发。中国战败后，作为战败国，不得不在定安古城内和常井村建造天主教堂，允许外国传教士进入传教，定安古城从此成为法国传教士传教的一个重要据点。

一百多年过去了，黛瓦沧桑，高墙斑驳。虽在"破四旧"时主体建筑被毁，但仍有一部分教堂遗址在时光中静静屹立。

咸丰七年，太平天国发生内讧，石达开率师回广西，准备北上四川，其部将曾广依率领一万人马打算经田林取道贵州，却误入定安，进城休整几天后开拔离开。当地团练官兵肆意残杀太平

军后属军队的伤员和落伍者,忍无可忍的太平军回师定安,关起城门,进行报复。在放火屠城中,也误杀了许多无辜百姓。死伤三千多人,一时死尸横堆街头,血染长河,惨不忍睹。幸存下来的百姓就在交椅山脚下挖了个大坑把死尸集体埋葬,俗称"万人坟"。历史上称为"庚申事件"。

清至民国年间的定安是繁华的。特别是道光年间,达到繁盛时期。镇上建有公署、三府、八庙、岑氏祠堂、昭忠祠、节孝坊、天主教堂,设有三条街。

定安岑氏一门是宋朝岑氏土司后裔,家世显赫。清末重臣云贵总督岑毓英(西林那劳籍)年少时曾在定安求学。位于定安红新街的岑氏宗祠,就是岑毓英的儿子——两广总督岑春煊功名成就后于光绪年间出资建造的。岑氏宗祠占地近6000平方米,设有前、后、正三殿及后花园,是典型的明清四合院式硬山顶叠梁架,富丽堂皇。无论是石雕、木雕、彩绘都十分明艳传神。母狮驮子,彩凤旋飞。

我懂事时,宗祠已改造成粮所,后花园成了荒园,残垣断壁、芳草萋萋。我们小朋友经常去那里捉迷藏。更多的时候我是一个人的,有时是在破败的八角亭里看小说;有时是在石狮旁的杂草堆发呆。看了电影《城南旧事》,觉得自己与电影的英子有点相似,都有一个荒园,都有与年龄不相符的孤独。但是,她在园里还认识了一个大朋友,可我,没那运气,反而被窜到荒园的疯子满园追着抓猫充饥吓得够呛。

从定安往西经八心—那劳—西林的古驿道可入云南广南;从定安沿驮娘江往西上溯,货船可达滇黔,顺流可到百色、南宁等地。《西林县志》记载:"清至民国年间,西洋江、驮娘江水量较大,小船只可在江上自由来往,广东商人溯江而上,至定安一带，贩卖货物。"定安是历史上滇黔桂大马帮过境之地，也是滇黔桂土特产货物商品的集散地。江边码头船只如梭，岸上商贾云集。要到滇黔的商贾一路长途跋涉，到了定安都要歇一歇，洗洗风尘，好抖擞精神继续西上，定安成了滇黔桂商路一个重要的驿站。

古镇文化底蕴深厚。宋有山歌明有说唱，清朝建有学院，曾经出了三名进士八名恩贡。这里的人崇尚山歌，结婚是山歌，殡丧也是山歌。定安调山歌婉转柔美、抑扬顿挫，是田林山歌中的翘楚，人谓"余音绕梁高入云"。

1951年，上级取消在定安设立的西林县县治，将定安降为一个区公所划归田林县，至此，从清康熙五年至民国三十八年，在定安设置西林县相沿有286年的县治中断并永远成为历史。

二

驮娘江畔的立新街（古称太平街），设有5个渡江码头，清朝时水路畅通，滇黔粤及桂客商云集于此开铺设店，商铺林立。街的两旁都是明清二进式的建筑，民居密集，整条街长约3公里，街道窄小、笔直，全是加工过的大石条铺就。是当时贸易、政治中心。最热闹时，曾有日泊千艘船、夜秉万盏灯的壮景。

当时的云南客商在大码头边建立云南同乡会馆和北帝庙，建筑秉承一贯的明清三进式格局，雕檐画壁。但又与一般的明清庭院不同，它的大宅门尖顶高耸，色彩斑斓。长大后我才知道那是哥特式建筑风格。这些明清建筑怎么会杂糅法式风格，至今还是个谜。

会馆旁边就是官厅,是专门用于县官交接办理文书和休息的地方。高墙入云,红门威严,庭院深深无声,有种岁月凝固的感觉。

当时的江面很热闹,除了商船和渔船,还有一种叫花船,比一般的小船大得多,可容纳12人左右,雕花绘彩,富丽堂皇,是当地人开的,船上有漂亮的船娘卖唱,是来往商贾最喜欢的娱乐场所。

据定安地志记载,江上赏月听山歌,是当地一景。颇有点十里秦淮的风情。

我的家就在这条街上。中华人民共和国成立后这条街的全部宅院分配给贫下中农,小点的二进院宅子一般住两户人家,大的宅子甚至住到四五户人家。

光滑的石板街,古老的民居,灰砖黛瓦、飞檐欲飞,鲜活的画壁、镂空的窗棂,沉黯斑驳中依稀可见当年盛世华美之迹。宅门边晒着渔网或下着象棋的居民,脸上都是纯中国式的淡淡木木的表情。洁白的柚子花风中落满小街,院子里传来幽幽的二胡声,暗香浮动。

这个深山环绕的南方水乡,河岸没有垂柳十里的景致,而是种满大叶榕。驮娘江水量充沛,汛期时更是恶浪汹涌,惊涛卷岸。为了防范水患护街安民,先人就在整条街沿河的岸边密密匝匝种满大叶榕,参照了李冰制作铜人治水患的一鳞半爪。这些古榕大多有一二百年历史了,虬枝错节,高大繁茂,既是牢固的拦河坝,又是鸟儿的天堂。我小的时候就深谙,黎明不是太阳唤醒的,而是鸟儿吵醒的。

彼岸,青山连绵,风物缤纷。山中青树苍茫,藤萝缠绕野花幽香,平淡无奇而又生趣盎然的鸟声恍若隔世梵音,轻轻传来。

而此岸，小桥流水人家，斜阳昏鸦，炊烟袅袅，二胡声声低回悱恻，一种宁静、祥和的水乡风味一点点浸漫开来。

1968年，一场大洪水把临江这排房屋冲毁，此后，立新街只剩一面的建筑群。

2006年，因为蓄水建渭密水电站，临江的整条立新街成了库区，房子被推倒淹没，人也都搬走了。

从此，雕龙画凤的老屋、光滑清凉的石板街、清雅如梦的驮娘江都成了记忆。

（原刊于《当代广西》2012年第5期）

驮娘江往事

一

在桂西地区的群山深处，有很多小镇，我的家乡就是其中一个，名叫定安。是个古老幽静的小镇。有两条河流自南北方向而来。小的叫清水河，大的叫驮娘江，清水河浅，驮娘江幽，两河在镇前桥下交汇，滚滚东去。

我的家就在驮娘江畔的立新街。《西林县志》记载："清至民国年间，西洋江、驮娘江水量较大，小船只可在江上自由来往，广东商人溯江而上，至定安一带，贩卖货物。"从定安沿驮娘江往西上溯，货船可达滇黔，顺流可到百色、南宁等地。定安作为西林县治水路繁荣，立新街成为当时贸易、政权中心。最热闹时，曾有日泊千艘船、夜秉万盏灯的壮景。

我出生以后，定安已经衰落，驮娘江的水量锐减，加上江上几个小型的水电站，早已不能畅通行船直达西林，古香古色的立新街也沉寂下来，光滑的石板街，古老的民居，灰砖黛瓦、飞檐欲飞，鲜活的画壁、镂空的窗棂，沉黯斑驳中依稀可见当年盛世华美之迹。

此时的驮娘江严格来讲，不算江，充其量就是一条河流。

在立新街头，一座小型的水电站拦住从云南急流而来的驮娘江，于是，进城的驮娘江温顺下来，缓缓穿城过街。江面最宽的时候也就是几十米。进城的驮娘江和立新街长度一样，就1.5公里左右，和清水河在街尾交汇，沿着陡峭的青峰、擦过黄灿灿的稻田边咆哮离开，似乎发泄它被大坝拦住的一肚子气。两河交汇的地方，水势暗暗急切，既有深不可测的回流潭，又有怪石嶙峋的险滩。当地人都称为"杀人滩"。若非枯水期，水性再好的渔民都不敢开船下去。我们这些小孩在大人的一再告诫下，也知凶险，一般漂流到临近街尾的河面，本来平缓的水势变急，就忙着七手八脚上岸。

而街头大坝下的河面，也是凶险之地。江水从十几米高的坝上高高落下，前浪推着后浪，撞起高高的浪花，发出不绝于耳的响声，再推推挤挤缓缓流下。大人告诉我们，这种人为拦河的河段一般都有漩涡，暗流，而且坝下水底必有"水怪"，像蛇又像蛟龙，专门在你游泳时悄悄拖你下水，溺死你祭河。

所以那个地方我们一般是不去游的，但坝前的那片河滩我们经常去。一年四季除了汛期短短几天被淹没外，其他时间都是露出水面，所以河滩灌木高大青葱茂盛，石头底下藏着丑丑的水蜈蚣、傻傻的螃蟹和密密麻麻的河螺。80年代初，家家户户生活都紧巴巴的，小孩嘴馋，没吃的，就经常找这些改善伙食。虽然油水少点，但还能填饱肚子。

靠河的人家没有船是不方便的，所以每户都有船。

发大水的时候，是整条街男人最高兴的时候，因为驮娘江从上游一路横扫很多树木下来，甚至有些是人家已经加工好的方条。这些木头若是能捞上岸，劈了，就不用辛辛苦苦上山打柴火了，运气好的，还能拿来做木料。别条街的男人没有那么好的水

性，只能在岸上干羡慕。浊浪滚滚中在几百米河长捞木头是个技术活，首先，要在街头坝下茫茫一堆浮木中看准好的木头，判断与岸的距离，算好捞上岸的几率，然后就纵身跳下水，眼观六路，避开横冲直撞的木头，拽着自己看中的木头铆足劲往岸上游。必须赶在两河交汇前上岸，不然被卷入回流潭的漩涡，就是死路一条。

驮娘江浊浪狂卷惊涛拍岸之外，大部分时间都是温婉如斯。碧如玉，清似翡，日暖生烟，月冷溟影。在天光日影、山岚翠微中，有一种出尘忘俗的幽静。江在立新街的楼下悄然流淌。

彼岸，青山起伏，风物妖娆。山中青树繁盛，绿云般的树，昂然欢畅娴静。而此岸，小桥流水人家，斜阳晚照，渔人赶网，唢呐声声苍茫辽远，一种宁静、祥和没落的水乡风味点点散发开来。

驮娘江景色最美时，是在雨中，是山色浓绿、水影空灵的盛夏。如果清晨丝雨绵绵，江面则烟雾迷蒙、浮岚涌动；若是黄昏晚雨，则有白鹭横江，彩虹饮水之奇观。

在那个物质极度匮乏的上世纪七十年代初，驮娘江不仅是我们的游乐园，也给我们紧巴巴的生活带来了许多滋润。

河里鱼多，我们小孩不会撒网，就在河流较窄水流较急的浅滩处，搬捞石头筑成"V"型的拦河坝，在拦河坝尽头下面一层用木条和稻草铺成一个类似床的摊子。若是鱼随流水而来，则水从木条稻草细缝漏下去，而鱼就搁浅下来。搭好了坝子我们就去捞水草。靠近河岸的地方水草很多，那种水草长得很肥，是不错的猪食。几乎每个小孩都有任务给家里的母猪和年猪捞两箩筐的水草。十岁的我因为营养不良，个子很小，不过一米一左右，已是划三板船的好手。大家各自散开，划着自家小船找个水草茂密的地方，用竹竿把船固定好，人站在齐肩深的水里，俯下身，憋着一股气拔水草，甩到船上，水深一点的地方水草更多，有时就需要潜水去拔。抱着墨绿的水草冒出水面，眼睛在长长的水草中一眨一眨，谁看谁都像水鬼。

等到水草装满了箩筐，也刚好该去看拦鱼坝了。一会儿时间，早就有傻头傻脑的鱼儿随着流水冲了下来，搁浅在摊床上。有鲤鱼、硬壳鱼、箭鱼和一些不知名的小鱼。半天工夫，每人能分得一两斤鱼。

太阳落山了，开始有大人叉着腰在码头吆喝自家孩子吃晚饭了。我们纷纷从水里钻出来，个个晒得黑黑的，滑溜滑溜的，划着船上了岸，挑着一担跟自己一样高的水草，手里还提着一串鱼，吧嗒吧嗒进了青石街。

街，喧闹了，灯，亮了，转眼又安静了，又灭了。连驮娘江也入眠了。

夏天的时候，我不仅要捞水草，还要卖野果。家里穷，一天才给我一毛钱的零花钱。镇上的文化站有很多小说，我早眼馋，可借一本书一天就收两毛钱，我只好把眼光投到了山上。小镇一到夏天，漫山遍野都是黄灿灿的"鸡屎果"（一种野果，嫁接后美其名曰"番石榴"），此果虽名不雅，但成熟后甘甜鲜美，不亚于一般水果，是定安较有名的土特产。西林那边这种果少，往来西林百色的班车乘客很喜欢买吃。于是中午放学后我们常常拿个布袋过了河去找野果。

凉风飒飒穿过稠密的林子，花朵争先恐后的灿放，鸟鸣山涧，泉石流光。生命的气息、欢愉的精神，笼罩着高山和天光。

装满袋子了就赶紧拿到车站去卖。穿着一双打满补丁的凉鞋，一件补了屁股又补膝盖的提卡蓝裤子，在车站候着，一见有车停在

车站，就冲到车窗前，踮起脚跟把一袋果举过头顶叫卖着。一袋十斤左右的"鸡屎果"也就卖得五毛钱，遇到大方的，能卖八毛钱。

得了钱，直奔文化站。天气很热，文化站门口有人卖冰棒，白色的冰棍一毛钱一根，数数手中攥得皱巴巴的薄薄的毛票，咽了咽口水，还是没舍得买，都换成了书。武侠小说、今古传奇、山海经、古代名著、小人书……我就像只小老鼠，一头钻到书堆里，囫囵吞枣地嚼着。看得太迷了，以至到了课堂，还在想着是玉娇龙武功高强还是李慕白更厉害？一不留神，写进了作文，结果，整节课老师都让我面壁寻找答案。

2006年，因为蓄水建渭密水电站，临江的整条立新街老街成了库区，房子被推倒淹没在水下，人也都搬走了。

此后，百年光阴的老屋、石板铺就的老街、清幽寂凉的驮娘江都成了记忆。

（原刊于《百色文艺》2014年第3期）

二

1

这地方的地名一听就是个好地方，叫定安。全镇（以前叫全县）没有几个人不认得这俩字儿，简单，好记。据说是清朝时当地一名当了不大不小的官给取的，原先叫者角，是当地壮语方言译过来，意思是青蛙聚集的地方。后有念过"子曰"的名士觉得这名字太俗，配不上眼前的繁荣，就趁这位官员回乡省亲，央着给改了。改了之后，无论是哪路人马管事，都觉得这名字好，定国安邦，就一直沿用至今。

　　定安隶属广西百色市田林县。它坐落在桂西北群山的腹地，云贵高原走到这里，生生被驮娘江劈了一道裂缝，受伤的众山于是停下步子，俯了身子，在驮娘江边低缓下来，形成一块不很平整的平地。大地上的这小小一点，就成了定安镇和八个自然村一万多人口安营扎寨的乐土。我的家就在此，在这个弹丸之地，像针尖上一粒尘埃。

　　定安在中华人民共和国成立之前一直是县城所在地。清至民国年间，是滇黔桂大马帮过境之地，也是滇黔桂土特产货物商品的集散地，同时，又是三界烟土水路运输、扩散的通道，每年自然有不少商人及种种原因的过路人（文化人较少）慕名而来，边走边打听，一拨一拨朝这个小镇奔来。托了这些人，定安这个偏远小镇一度风光起来，特别是道光年间，达到一个偏远小镇的繁盛时期。

　　驮娘江，她以其不间断的曲线、激情甚至乖张，成为群山与隐藏在群山之中野民们的动脉血管，她是交通美学的活体标本。她的存在，意味着生活的绽放，意味着火油、生盐、洋纱、洋火、桐仁、茶油、药材、云耳、烟土等双向旅行。

　　一个广东或云南的外地人，若想到定安一带贩盐、贩洋货，或是收购药材、云耳香菇等山货，又或者要到云南的广南收购烟土，往贵州调查煤矿的生产价格，都可雇一条加了顶的可吃几吨水的中等木船，沿着驮娘江而行，直达目的地。

　　这些商人，无论是顺流还是溯流，满满一船的货物，到了定安，一定是靠岸，上了码头，住上几晚，往立新街（古叫太平街）密密匝匝的商铺走一走瞧一瞧，打听与自己货物有关的价格，觉得合适的，甩手一转。晚上，在客栈里，关上门，撩了黑蓝外衣，数数腰兜里的钱，还有多出来的，照例上花船喝喝花酒，听听小船娘唱唱山歌。当地的山歌委婉悠长，略带惆怅，直往羁旅人的心里钻，连带唱山歌的小船娘有一种乡野的楚楚动人。

定安若是只有一条驮娘江，还不足以为奇。它有两条河流，驮娘江是主流，从西南方向而来，还有一条浅小河流叫清水河，东北方向过来，两条河在镇尾桥头交汇，时常是一半清一半浊，泾渭分明。对岸青峰绵延，虽不险峻俏丽，却树木参天。水边多木芙蓉和浮果花，木芙蓉高大，一天粉红、大红、白三种花色变化，浮果花白色，绒绒蓬蓬，像婴儿柔软的眼神，清香、可食。那四季葱茏的群山、粉白清丽的野花，形成一种沉静而盎然的景致，使得走船的人不至于旅途过于枯燥无味。偶有所谓"文化人"经过，诗兴大发，上了岸就把诗作刻在客栈烟熏火燎的木墙上。当地人擅长唱山歌，看来与这个也脱不了干系。

2

上世纪五十年代，政府修了一条从田林县到西林县的省道线，公路开始畅通，又兼连年水减，水路光景不再。1951年，上级取消从清康熙五年至民国三十八年在定安设置的，有二百八十五年历史的西林县县治，将定安降为田林县一个镇。

从此，定安需面对自己日渐颓废的命运。

但小镇到底是偏僻的小地方，隔着重重山野，不管是什么风，吹到这里都需要时间，这里的人视野被群山限制，颇有"乃不知有汉，无论魏晋"的桃源风貌，对自己的未来要求不高，既不担心，也不懂憬。

当地有句俗话："米少喝粥，米多干饭。"意思是家里穷就喝粥，有富余就吃干饭，既是命运，就随遇而安。小镇在田林县和西林县的交界点，省道线穿城而过，交通辐射云南贵州，又是鱼米之乡，县城的光环褪去了，经济萧条，小日子也还能过得下去。上世纪九十年代，中国经济从"学步"到"快飞"，连带让小镇繁荣有了恢复之势，只是其中的变化，需从外头看，小镇里的人反而没多大感触。几十年的沉寂，对这里的人来说，好像只是正月闹春在在戏台下听一段冗长的"土戏"，不小心打了一个盹而已。

以现在的眼光看，小镇小得可怜，三条主要街道呈 K 状分散交叉。红新街自东向西，上个斜坡后形成大而阔的空地，这片空地就是小镇的中心，它的右边是东新街，左边是省道线，省道线下方是立新街。上坡路的两边分别是商铺、镇政府（后搬迁）、医院，再往前，是农业银行营业所（后撤走）、信用社、邮政、供销社、菜市场、大小饭馆。到了街天，十里八乡往这儿赶，空地就成了小摊贩的天地。如果你有机会去赶集，会发现这里的摆摊很有意思，上方（最开阔地段）摆吃的，确实是民以食为天。油饼、米花、千层糕小吃行在中间，白的萝卜绿的青菜黄的枇杷蔬果行靠右，土鸡蛋、干鱼片、家养的鸡鸭、小狗小猫在左，下方才是杂货摊。卖冰脆李的央香村人，马鞍上的背篓一驮一驮从供销社仓库门前一直摆到红新街民居巷口，红脆脆的果，扎黑头巾带银饰的汉族妇女是夏天的一道风情，而卖芭蕉芋粉条的立新街妇女，一箩一箩黄灿灿的芭蕉芋粉条，从街口向西一字排开，成为每年腊月小镇年味十足的风景。

鲜肉行西北角有个简陋的泥巴小房子，永远是人满为患，特别是腊月和初春。那是李大酒的铁具铺，全镇唯一一家铁铺。锄头、镰刀、弯刀、砍刀、斧头、马掌、马架子样样有，只要你想

得到的他就能有。李大酒一开工就把酒当开水喝，久了大家就给他改了名，原名倒是没人记得了。他的铁具跟他下嘴唇一样敦厚，但牙齿利，说话不饶人，凡是定做或现买铁具的人边买边暗暗记下他的贱话，只等哪一天他的铁具打岔了，就把这些话原封不动还给他。

比李大酒更牛的是供销社的售货员。街天，那些一脸白霜的女售货员，人进去越多，就越不耐烦。这些乡下人，净东摸西摸，什么也没买，得防着呢。她们可是"公家人"，卖多卖少又不影响她们的工资。

"哎，你到底买不买呀，这布料都让你老爪快扯烂了。"

"喂、喂，这棉胎不准摸，都成黑王八了。"

不管，就摸。软软、滑滑的，舒心，买不起还不兴摸呀。

3

逛了定安热热闹闹的集市，如果哪个外乡人有点文化和历史感，觉得还不尽兴，往里走走，想找点彩头，穿过东新街的深巷，一不留神，多看了这株两人环抱不过来的大叶榕几眼，步子停下来，这就对地方了。大叶榕的正对面，那高高而斑驳的围墙里边，就是老教堂。

第二次鸦片战争的导火索之一——著名的"西林教案"就在此发生。

因了这个事件，僻壤安静的小镇显出一点奇岖来。

清咸丰三年（1853年），法籍天主教神父奥古斯特·马赖，未进批准非法潜入定安常井村，以此为据点，以传教为名进行非法活动。侮辱妇女、强占民田、欺压百姓，引起当地百姓公愤。咸丰六年（1856年）新上任的西林知县张鸣凤顺应民意，当场将马赖杖死公堂。案发后，法国以此为借口，联合英国，发兵侵略中国，第二次鸦片战争爆发。中国战败后，作为战败国，不得不在定安镇内和常井村建造天主教堂，允许外国传教士进入传教，定安镇从此沦为法国传教士传教的一个重要据点。

　　知县张鸣凤被朝廷发配边疆，临行时，当地群众做了一把非常大的布伞，签上众人名字送给这位张知县，以表敬意。不知道在以后颠沛流离异常艰险的日子里，张知县看到这把万人伞，有何感想。

　　天主教堂就坐落在东新街老码头的上边，门前有两棵百年榕树，教堂建有圣堂和四幢厢房。圣堂为法式建筑，正面开一大二小三个砖拱门，屋顶为阶梯式，竖面镶有色玻璃，整体刷为白色，以示宗教神圣，四幢厢房则入乡随俗采用明清风格，庭院式、廊檐、彩墙。

　　"破四旧"时主体建筑被红卫兵捣毁，仅有一幢厢房和杂役房保存下来，分给两户人家居住。由于历史的缘故，过去定安人是不信这种"舶来品"洋教的，但近几年在一些寡妇和精神无寄托的中老年妇女的扶持下，有回温的趋势。现在的当地人，大概也把这个事忘得差不多了。

　　我每次经过这段路，都会放慢脚步，有时还会驻足一些时候，倒不是我对宗教感兴趣，吸引我的另有他物。

　　教堂的斜对面有一户人家，家境比较差，住的是泥巴房，户主是个寡妇，生得美，气质清冷，大概三十几岁或四十岁，风华绰约，即使以我现在成年人的眼光看，她都担当得起美人这个荣膺。她女儿也长得极好，正是芳华，长长的麻花辫子在细腰间甩呀甩。美人还有一个英俊清癯的疯儿子，她儿子发疯时狂躁地说些类似口号的话，其他时间都很安静，坐在临街的阳台，像一

幅画。

峭壁斜生的大叶榕一年比一年茂盛，罩住大半个阳台，向着陈旧的竹阳台和疯子俯下一点身子。

4

小学和教办室、推广站在红新街的尽头，太平天国发生内讧后，石达开一部将率师打算去贵州，误经定安，与当地团练官兵发生冲突，太平军放火屠城，被误杀的百姓就被草草埋在红新街一带的山脚下。

与小学一墙之隔的是岑氏宗祠。定安岑氏一门是宋朝岑氏土司后裔，家世显赫。清末重臣云贵总督岑毓英（西林那劳籍）年少时曾在定安求学。他的儿子——两广总督岑春煊功成名就后于光绪年间出资在此建造岑氏宗祠。宗祠占地近六千平方米，设有前、后、正三殿及后花园，是典型的明清四合院式硬山顶叠梁架，富丽堂皇，无论是石雕、木雕、彩绘都十分明艳传神。

1949年后，宗祠改造成粮所，后殿及后花园荒弃。

岑氏宗祠跟小学只隔一堵墙，却像两个世界，一个崭新、充满朝气，一个却是落魄、荒芜、充满前朝腐旧的味道，就连那里的阳光都感觉特别凉，好像刚升起就已暮色。我那时已经开始有点孤僻的倾向，经常从墙洞溜进后花园，那个像电影《城南旧事》的荒园，杂草萋萋，蟋蟀在墙根鸣叫，我一直当它是乐园。

觉得是乐园的不止我一个，红新街有个三十几岁的女疯子也经常去那里坐坐，对着墙角一棵草一株花或一群蚂蚁嘟嘟囔囔说上半天，不伤人也不理人。也奇怪，我并不怕她，往往是她说她的"外星话"，我看我的小人书，相安无事。

往日的繁华在小镇还是留下一些印记，立新街就是一个见证。

　　清至民国年间，水路畅通，滇黔粤及桂客商云集于驮娘江畔的立新街（古称太平街）开铺设店，整条街长约两公里，宽约五米，笔直、精美，街道由加工过的青石板铺就，街的两旁都是明清二进式或三进式的建筑，飞檐彩墙、花窗红门，民居密集，商铺林立，沿江设有五个码头，是当时贸易、政治中心。最热闹时，曾有日泊千艘船、夜秉万盏灯的壮景。

　　当时的云南客商在大码头边建造云南同乡会馆和北帝庙，建筑秉承一贯的明清风格，雕檐画壁，但又与一般的明清庭院不同，它的大宅门尖顶耸立，色彩斑斓，类似十字架，具有哥特式建筑风格。这种传统会馆怎么会杂糅法式风味，至今还是个谜。解放后会馆改为法庭，那种肃穆的气息倒也适合。

　　会馆旁边就是官厅，以前专门用于县官交接办理文书和住宿的地方。高墙入云，红门威严，庭院小径幽深，关起门来有种不知今夕是何夕的感觉，后来成了派出所。

　　1968年特大洪水冲毁了临江的下排民居，还剩上排保留完好。老街（我们当地叫立新街都叫老街）多鱼耕人家，早出晚归，正午时光是很静寂的。因为房子是老派的，感觉时光也是老派的。对岸的白鹭，像是从朱耷的画里走下来，踱着细长的腿，汲几口水，突然振翅，低低掠过碧绿的河流，停在码头边的大叶榕上，偶尔叫两声，听见有人的脚步，倏地飞了回去。

5

　　在经济萧索的时代，小镇的娱乐事业并没有停止，那时还没有电视电脑，除了正月的土戏，就是电影了。电影院在车站对面，灰白建筑，是个让人向往羡慕的地方。

当时的电影院设备很简陋，白墙上挂一块白布就行了，座位是一排排的水泥凳，露天，小银幕，演的是黑白片，没有字幕。直到上世纪九十年代初才有彩色片子，有字幕。黑白片的电影票一张三毛钱，我印象当中，《刘三姐》《画皮》《城南旧事》很风靡，经常重播。当时电影院为招徕顾客或宣传新片，在正片播放到结尾的时候，就开大门让外面没钱买票的人进去过一下眼瘾，然后再放个短的纪录片，或是新片的预告，没钱看电影的人往往等这个时候挤进去过过瘾。

夏天的某个晚上，老街的人们走出家门，用手背抹了抹没多少油水的嘴巴，相互招呼着，去看一场露天电影。民居密集，一声长了两拍的吆喝，一呼百应，一窝蜂往车站走去。等买好了票，从戒备森严的门缝挤进去，阁楼上的投影仪已经吱吱转动。

电影开始，全场屏住呼吸。大反派被打倒的时候，全场掌声雷动。

那部电影叫《少林寺》。是镇上第一部彩色片子。

当时彩色片子的票价是五毛钱。五毛钱可以买得六个鸡蛋，或者十根白冰棒，可还是有人反复看了几遍，一时镇上锄头木柄断货，成为练武之人手中的少林武棍。

在那个物质匮乏的时代，《少林寺》成为很多人的理想之光。

如今，电影院已被推倒改建为镇财政所综合楼，楼下，我曾经卖冰棍的空地被一群跳广场舞的大妈占领。我的故居，承载着我童年少年青年"美好时代"的明清老房子，轰然倒下，变成百米外一个中小型新电站的库区。每逢年节，对那些还能"归家"的人，我总是心怀艳羡。

这小镇很多的老物件，悄然消失。十年一觉，我睡了三觉，驮娘江已然浑浊，小镇一半新生，一半死去。

那些泡沫般的往事，在它们"啪啪"被命运击中时，我听到一种磐石的声音，它们构成我笔下的终极场景——潮湿的青石板街道，飞檐画壁的老屋，雕了花的石墩、窗棂，四四方方的码头，还有扁舟、渔网、河流，以及河流上敛了锋芒的夕阳。我学会了以书中写的那种"诗人的眼睛"去打量小镇、脚沾泥巴的乡人，注意枣红马的眼神和水稻的抽穗。

弘一法师说世上最好听的声音是木鱼，我道行不够，只觉得驮娘江流水的声音，还有岸上乡人闲聊、间夹抽水烟筒吧嗒吧嗒的声音安定稳实，最入耳。

（原刊于《广西文学》2015 年第 7 期）

最美正是今朝

　　每个人对自己生命最初的摇篮，都有刻骨铭心的感情，不管它是粗糙，或是精美；也不管它带给你生命最早的感受是苦还是甜，你都无法割舍这部分对家乡的记忆。我的家乡是一个古老的小镇，青峰跌宕、碧水飞扬。对我来说，它就是最美的。是陶渊明笔下世人神往的世外桃源；是周敦颐心中风骨奇高的幽谷莲池；更是新时代美丽的新农村画卷。

　　我的家乡是田林的一个小镇，叫定安，家乡的河，叫作驮娘江，名为江实为河。从滇一路至桂西，跳幽峡，翻青峰，八千里路云和月来到小镇。

　　驮娘江，虽无大江之磅礴风流，也无深湖之浩渺神秘，却也碧如玉，清似翡，日暖生烟，月冷溟影，自有素朴清新之美。轻盈而空灵地在岁月翻出美丽的底子，滋养乡野人们闭塞的心灵。

　　那河，是我的母亲河，濯我足浣我衣，陪伴我一路成长。在桃之夭夭的春天，为我打开晨光暮影的偈示；也曾在芊绵繁锦的盛夏，为我营造落英缤纷的清醒。

　　那河，更是我的圣地。一江春水，色清、性静、质柔。

　　清如千年翡翠，晶莹、剔透，游鱼细沙粒粒可数，不带光阴的痕迹；静似僧人入禅，即使是暖春的微雨也惊不醒冥思的波心；柔若眼波横，千里之外回眸，仍是风情缤纷。

驮娘江景色最美时，是在雾中，是山色浓绿、水影空灵的深秋。如果清晨雾涌江中，江面则烟雾迷蒙、浮岚涌动；若是黄昏晚雨，则见白鹭双飞，桂花闲落。

在民国初年，小镇是桂至滇、黔水上航运一个较重要的码头。来往商贾、货物到此地都要停下来抖抖风尘、歇歇脚，驮娘江曾有过"日泊千艘船，夜秉万盏灯"的盛景。但好景不长，官匪作乱，苛捐杂税，小镇和驮娘江很快就沉寂下来了，空留下沧桑的石狮宅院证明曾有过的辉煌华美。

犹记得稚嫩童年和青涩年少时，大人早出晚归辛勤耕耘那几亩薄田，可每家的生活都过得紧巴巴的。穷人的孩子早当家，十岁时，我们一群小孩已经懂得下河摸螺捞虾抓鱼，拔水草喂猪；上山找野果砍柴火挖草药补贴家用，青峰十里，哪里没有我们的足迹呢？一江春水，哪滴不浸含着我们的汗水呢？尽管如此，每到开学时，我都睡不着，心里装着块大石头。同龄的伙伴，读书的越来越少，总担心父母也对自己说："家里没钱交学费，不供你读书了。"

1978年，那是一个春天。改革开放催醒了沉睡的东方，巨龙仰天长啸，震撼了整个世界，长江黄河惊涛拍岸。新生的驮娘江也激昂起来，古老的小镇借着春风，扬帆千里，有了新气象。农田包干到户，乡镇企业如火如荼，热火朝天的劳动场面在两岸隆重上演，粮食多了，腰包也鼓了。江，热闹起来了。

你看，现如今，破落的石狮宅院换成了一排排高楼别墅，绿树白花簇拥着一个个新村。驮娘江忙碌起来，蓄水发电、网箱养鱼、机械化捞沙、一车车石头运出河床成为建设基石。

如果说，过去的驮娘江是一种静态、清冷的美，那么，现在

的驮娘江充满动态美，更有活力，更具神采，是真正的美丽。它日日欢歌，唱响老镇的新颜。

顺着宽敞洁净的新公路，沿岸可以欣赏到逶迤多姿的驮娘江。你看，在春风的吹拂下，两岸红肥绿瘦，争奇斗艳。此岸十里木棉嫣红似火，垂柳扶花；彼岸桉树松树苍然如绿云、玉米地一派欣欣向荣。河道时而匍匐穿过灌木茂盛的河滩，水拂青木，浅流百转千回，九曲回眸；时而融汇深潭，形成湖子，微澜闪闪，不时有渔人泛舟撒网，鸬鹚夕下戏水。

路上，摩托车、农用车、微型车一辆接着一辆，满载往来不停。黑黝黝的农民笑容自信，往日畏缩、木讷的神情荡然无存。

江的上游有一个村落，在河边种了一片荷塘。荷，红色花瓣，明黄花蕊，莲蓬上孕育着淡绿色莲子，水底埋着、围绕莲蓬那圈嫩黄丝绦很顽皮地靠近想靠近它的人，众荷欢腾，你推我挤，熙熙攘攘，笑着闹着，展示清芬的风华。满塘荷色明艳、灿烂。有人说，荷花代表一种诞生，走出淤泥、走出黑暗，代表一个新世界的诞生。这，不正是家乡的写照吗？

我的祖国，最美就在盛世；我的家乡，最美正是今朝！

芳菲似火，华灯璀璨。前面传来阵阵笑声，我不禁加快了步子，向前走去……

（原刊于《百色早报》2010 年 5 月 19 日）

腾飞的田林

又是一个美丽的盛夏，放眼田林这五千五百七十七平方公里的土地，繁花似锦，遍野碧绿，高楼矗立，江河扬波，瑶鼓起舞。

历史的车轮滚滚向前驶进，六十年前，这是一片沉寂的土地，是被遗忘的角落。荒蛮、落后。褴褛的岁月，低矮的草瓦房，呆滞而饥饿的眼神。

1950年，田西县成立。

1951年，田西县改称为田林县，当时，田林只是驮娘江畔的小村庄，虽然青峰迭宕，碧水飞扬，风景秀丽，人们却过着日出而作、日落而息的古老生活。

1978年，中国实施改革开放政策。春风吹绿大江南北，千潮涌动，万舸竞发。春风也吹到了这片贫瘠的土地，沉睡的田林慢慢苏醒起来。数风流人物，还看今朝。

2006年，长江后浪推前浪，小荷终露尖尖角。借改革东风，田林扶摇直上，经济大翻身。到2007年底，田林县域经济往前推进二十三位，由全区排名第五十八位跻身到第三十五位。

2008年，经济社会全面推进，田林县城首次荣获自治区"南珠杯"优秀城市奖和百色市"文明县城"荣誉称号。

一条江一个人

　　2009年,是充满了艰辛、挑战与荣耀的一年,是一个变革与重构交织、海水与火焰交融的一年。在全球经济还未从金融风暴的阵痛中醒来的寒冬中,全球风雨飘摇,中国也不平静,田林县经济发展面临严重困难,同时也蕴涵着重大机遇。保增长、扩内需、调结构、促发展,大力发展企业、林业经济,推广特色养殖业。我们坚信,田林的腾飞不会因全球金融危机而坠落。

　　2010年,创建"文化田林",打造文化品牌,举办了中国首届壮剧文化艺术节,歌声如五月的鲜花,华丽绽放,引无数人竞折腰。

　　改革未有穷期,我们还在路上。在前进的路上还会有风险,还会有困难。"事不避难,知难不难"。最重要的是要在困难和风险中准确判断形势,在挑战和考验中清醒把握方向,增强忧患意识,充分认识国际经济环境的严峻性和复杂性;增强机遇意识,善于从变化中捕捉发展机遇,在逆境里培育有利因素。这一切,都在田林的变迁中得到了答案。

　　六十年前,一个个破破烂烂的村庄,六十年后,一个个别墅村拔地而起;六十年前,一条条坑坑洼洼的泥路,六十年后,一条条宽广的马路延伸到大山深处;六十年前,一个个面朝黄土背朝天的农民,六十年后,一位位富有的新农民商人……

　　如今的田林,焕然一新,到处充满了一派春色:稻香万亩,牛羊满山,工厂林立;如今的田林,各项事业蒸蒸日上,经济日新月变;如今的田林,更彰显了顽强的生命力、勇猛的战斗力。改革开放,使这片贫瘠的土地一步步逐渐走向了繁荣昌盛,田林儿女们安居乐业。

　　我们忘不了,勤劳的田林人用汗水与热血实现了百年梦想;我们更忘不了,当金融风暴袭来之时,当旱灾涝灾肆虐之际,县委县政府临危不乱，正确领导，睿智指挥，山林儿女们又是众志成城，团结一心，重整家园，开创新生活！那一次次的伟大壮举，都是那么的深入人心，令人永生难忘！

六十年，在人类的历史长河中只是弹指一挥间，然而，我的家乡——田林，这片古老的土地—田林，发生了翻天覆地的变化。有过辉煌，有过挫折。勤劳勇敢的田林人在县委、县政府的领导下，众志成城，排除万难，以极大的热情投入"振兴田林，爱我家园"的经济建设。到处是日新月异的创造，到处是招商引资，促进经济建设的洪流。我仿佛看见经济的红帆沐浴着太阳的金辉，向今天驶来；壮乡的彩锦、杜鹃的笑靥款款飘来。岑王老山的苍茫，驮娘江的激浪，百乐移民的故事，新农村的风采在岁月的沧桑上书写着"奋进"两个字。

六十年，我们艰难发展；六十年，我们携手共创了一个奇迹，建设了一个繁荣文明的县域。你看田林县城，高楼耸立，道路宽广，绿树十里繁荫，文化长廊沿河曲径，一路诗词散发书墨暗香，是居民修身养性的好去处；尤其是万鸡山，满山松柏，涛声如歌；桃花夭夭，灼灼芳华；揽月坊高峰独立，似乎伸手即可摘星辰。夜晚的田林，更是别有一番情趣：一河分城，两岸灯火辉煌，双桥如卧虹饮水，揽月坊上月华清，不夜的天空奇彩纷呈。

啊，田林，你是祖国长河里的一叶希望之帆。你在共和国开国大典的隆隆礼炮声中诞生；你从城市改革振兴的蓝图和乡村富裕文明畅想曲中驶来。于是，我看到春风吹进亿万扇幸福的门窗，听到了"春天的故事"响彻桂西大地。

在建设社会主义现代化强国的伟大进军中，田林儿女创造了无数奇迹。你看，俄外、新建、新宁等一批明星村展示了新农村

的雄姿，座座水库豪情万丈容纳百川。

在文化广场，一位多年旅居北京的花甲老人参观了田林城建风貌，观看了人们晚上热闹的娱乐表演，他感慨地说："田林现在确实变了，变好了，变美了，过去脏、乱、杂的模样不见了。"聆听老人的肺腑之言，我仿佛触摸到他那颗滚烫的故土之心。

今天，我们在这里磨炼羽翼，等待飞向新的目标，明天，我们将铸造辉煌的另一个新篇章！我们继往开来，开创下一个世纪的繁荣昌盛。

这片古老的土地，我们用汗水见证了深情，用热血表白了忠贞。田林，一只坚强无畏的雏鹰，在党的改革春风中，在县领导的正确领导下，在人民的共同努力里，以一种庄严的姿势，郑重飞翔。

（原刊于《右江日报》2010年3月23日）

一江明月一江诗

当我一袭白裙,倚在文化长廊的尽头,夜空星辰繁繁点点,璀璨如玉石。明月静空,曾照彩云归。一江春水轻轻淡歌,那流转如珠的壮剧,缓缓随波荡漾开来,带着涟涟的悱恻,若泣若诉,在江面上悠悠扬扬,跌宕绵长。每一滴乐里河的水,都是一份明月;每一份月色,都是一首诗。

田林,我的家乡,桂西边陲的一座小城,在人民与县委县政府的共同努力下,正如同本土的北路壮剧,在生活日益富裕的大背景下,唱腔越来越欢快、华美,愈来愈被世人熟知。

这片古老的黑土地,在改革开放大潮中,不再沉默,勇敢地立在风口浪尖搏浪弄潮,掀起新时代风采。你看,工厂林立,机器欢鸣;稻香万亩,阵阵飘花;牛羊满山,一片牧歌;高楼崛起,更是鳞次栉比。特别是这个悠长悠长的文化之廊,绿树繁荫,芳草凝露,古朴的大理石护栏雕刻着名人警句、唐诗宋词,在潺潺的流水边吟唱岁月沉积下来的痕迹。每每走过,都有一股文化的馨香之风扑面而来。

"以铜为镜,可以正衣冠;以史为镜,可以知兴亡;以人为镜,可以明得失。"这方折俊丽的警句诫语,体现了县领导班子作为公仆的方向与决心;"明月松间照,清泉石上流",那一派清

新优美的画面反映了田林幽雅的环境和人们闲适的生活;"人生自古谁无死,留取丹心照汗青"彰显了华夏儿女自古以来的爱国激情和铮铮傲骨。

十里长廊,十里诗词,秦时明月汉时关。盛唐的千种绮丽,宋朝的万种旖旎,从幽远的历史慢慢浮现出来,在清凉的石板上重现最初的美丽。

这条文化长廊位于田林县城南堤路,于2008年底建成,一经建成,即成为田林人民修身养性、纳凉避暑的好去处。它夹河两岸,一边在旧城区,一边在新城区。雕栏相连,壁画沧桑,河边上方的石壁雕刻着瑶族鼓舞,孝子驮娘的神话风貌,带着历史的厚重及文化的源远华美。

白天,人们在树下乘凉闲话,赏文鉴词;夜晚,两岸灯火在树梢、在石壁、在喷泉,如花绽放,映着欢乐的流水,金碧辉煌,流光溢彩。人们有的散步、有的跳舞、有的唱歌,男女老少怡然自乐。

这些年,田林经济、文化建设都有了很大发展。2007年底,田林县域经济往前推进二十三位,由全区排名第五十八位跻身到第三十五位;2008年,经济社会全面推进,田林县城首次荣获自治区"南珠杯"优秀城市奖和百色市"文明县城"荣誉称号。

文化方面,创建"文化田林",打造"文化在生活,生活有书香"的县域风貌,连续四年举办壮剧文化艺术节,一届比一届规格高,引起社会极大反响。

这个文化长廊,就是田林经济、文化建设取得成效的一个见证。

这片古老的黑土地,不再沉寂。它像凤凰涅槃,在祖国稳步发展的美好前景里,获得新生,焕发青春的活力,唱响改革的欢歌。

月华如水,华灯璀璨。前面传来阵阵笑声,我不禁加快了步子,向前走去。回望文化长廊,沿河曲径,一路诗词散发书画芬芳。正是美景佳年华,一江明月一江诗。

(原刊于《右江日报》2010年6月8日)

世界上最美的距离

对我，山野之人，世界上最美的距离，不是恋人的执手相望，不是名利的满钵双收，而是生命始终行走在山之高水之清中，一身山骨，一衣水韵。泛舟晨昏，闲钓时光。

那河，就是驮娘江，名为江实为河。从滇一路至桂西，跳幽峡，翻青峰，八千里路云和月来到我的身边。

驮娘江，虽无大江之气势磅礴，也无大海之浩瀚。却也仿佛碧玉，清幽如许，滋养乡亲朴素的世界。

一江春水，色清、性静、质柔。

清如千年翡翠，晶莹、剔透，十丈之内直视无碍，游鱼细沙粒粒可数，不带光阴的痕迹；静似和尚打定，向东无声，即使是暖春的微雨也惊不醒冥思的波心；柔若眼波横，纵使千里之外回眸，仍是风情缤纷。

驮娘江四季如画，晨昏如乐章。春如水墨画，点点新芽初照水，素清淡雅；夏如彩墨，绿水青峰白花盛，浓妆艳抹，；秋如印象画，枫红草黄水消瘦、喧哗、虚幻；冬则如木刻画，霜浓翠减雁南飞、沉凝、沧桑。清晨，仿若莫扎特的音乐，空灵、清澈、静静的欢喜；黄昏则仿若中国的古典音乐，繁艳、苍茫、一种不知今夕是何年的怅惘。

驮娘江景色最美时,是在雨中,是在山色浓绿、水影空灵的盛夏。如果清晨丝雨绵绵,江面则烟雾迷蒙、浮岚涌动;若是黄昏晚雨,则有白鹭横江,彩虹饮水之奇观。

出了老镇,但见,两岸绿树夹江,此岸木棉嫣红似火,垂柳照影;彼岸碧树苍然如绿云、芳草萋萋。河道时而匍匐灌木茂盛的河滩,水拂青木,浅流百转千回,九曲回眸,仙女散花;时而融汇深潭,形成湖状,微澜闪闪,不时有渔人泛舟撒网,鸬鹚戏水。敦厚的黛青守护婉约的宝绿,浮云掠影浅笑。

江的上游有一个村落,在河边种了一片荷塘。荷,粉色花瓣,明黄花蕊,莲蓬上孕育着淡绿色莲子,水底埋着,围绕莲蓬那圈嫩黄丝绦很顽皮地靠近想靠近它的人,这粉、绿、白、黄是如此的纯净、明艳。而荷塘岸上,数棵枯树嶙峋狰狞,争指青天。一个是生命的高潮,一个却是生命的终结,一个蓬勃,一个苍凉,两者搭配起来如此触目惊心,却又有着一种张牙舞爪的美。我驻足桥上,众荷屏气仰视。荷色诗意了我的午后,而我也装饰了清荷流水的梦。

我,生于斯,长于斯。那常常坐在江畔托腮沉思的女子就是我。那河,就是我的圣地。

曾经濯我足浣我衣,陪伴我一路成长。在桃之夭夭的春天,为我打开晨光暮影的偈示;也曾在芊绵繁锦的盛夏,为我营造落英缤纷的清醒。

我的母亲河啊,还记得吗?我们曾经一起在岁月的虚幻深远里,唱响生命的清爽。清晨,诵读淡青色的风,黄昏,倾听芳草如歌的行板。

我是你卷起千堆雪时逐浪欢笑的白鸟,我是你一江明月里微澜不惊的花影啊!

这是一个文化逐渐失水干旱的时代，虚幻的乐观往往蒙蔽我们的判断。社会越来越富足，人们的心却大都荒着；灯多了，到处开着，亮堂堂的，眼睛却反而瞎了，成了黑夜的奴隶。

物质与社会压得每个人喘不过气来，理想与精神又被欲望重重围剿。

好在，我有一江明月，一岸青峰，可以解忧。虽为俗人，却常常红尘偷闲。不是泛舟黄昏，垂钓自己，就是登山探幽，闲立峰顶，看飞燕筑巢，听天籁梵音。

感谢双亲，给了我生命；感谢驮娘江，给我的生命以原始而饱满的汁液。你给了我纯净的品质，清洁的精神和灵魂的高度。世界上最美的距离就是你我这般，若即若离，不离不弃。

暮，渐起，笼罩江面，白鹭惊飞一滩青芦。十里芳菲，是今夜的灯火。

（原刊于《百色早报》2010 年 5 月 18 日）

暮春的蔷薇

我出生在一个古朴沉静小镇的一个普通农民家庭,这个家庭渴望男孩传承香火并如愿以偿。我上有两个哥哥,下有一个弟弟,排行老三的我外貌普通、性子内向,不讨人喜欢,所以是父母和亲朋近邻容易忽略的角色。久了,我体会到自己的尴尬境地,沾染了一种叫作沉重的东西,小小的心千疮百孔,像没人打理的花园,疯长着荆棘。

十岁的时候,我卖弄刚学来的千把个基本汉字,开始在爷爷阴暗、古旧的书架翻找书籍来看。说是爷爷,其实应该是外公。只因我的父亲上门入赘,所以按当地风俗就称为爷爷。他博览群书,热爱文学,早年加入共产党、当过游击队、作过地下党。文革时曾被错打成右派,平反后晚年退隐小镇专心写地方文史。

他的藏书很多,一架架的像一垛垛粮食。我就像一只小老鼠,钻在《今古传奇》《山海经》等通俗读物中贪婪地啃食。电影《卧虎藏龙》的小说原型就是在那时看的,还特羡慕玉娇龙一身武艺,快意江湖,却不知道一个人的江湖,其实是苦涩的。

十一岁的时候,我的文字初显峥嵘,屡屡成为班里的范文。大哥打小就混,整个黑社会范儿;二哥斯文,颇有爷爷当年风采,但二哥对学习没太大热忱,对文学更不感兴趣;小弟还小,

看不出什么天赋。听到班主任对我的表扬，爷爷觉得自己衣钵后继有人了，全家人吃饭时大谈我的文采，颇有家里出现天才作家的势头。手舞足蹈、唾沫横飞，有些唾沫都飞到菜里了，我淡淡地看了一眼，只觉得他很矫情。

十二岁的时候，大哥辍学，二哥参军，爷爷就把全部重心放在我身上。我就读的小镇初中以前是设有高中部的，他曾当过几年高中老师，在我们学校很有声望。于是，我在学校的一举一动班主任都事无巨细向他报告。而他，闲着没事，也常常到学校看我上课表现。老师总苦口婆心说我不能丢了他的脸，同学则嘲笑我是长不大的小孩，连上课都要人陪着。

青春期的少年是很要面子的，我心里特恼火，愈发不爱回家，和几个女同学玩得很野。一些无关重要的课程经常旷了，下河摸鱼、上山摘果，成绩开始下滑。他二话没说，在初二升学时，偷偷跟学校说好，硬是让我留级，和那几个好友分开。八十年代那会儿，留级是很丢脸的事。我孤独地坐在教室的后排角落，看那些小新生边兴奋地唧唧喳喳聊天边用猜疑的眼光审视我。那一刻，岁月洪流，我觉得自己瞬间老去，无比沧桑。

放学回到家，他正坐在沙发上看书，我将书包一把摔在地上，书本散落到了他的脚边。他眼睛躲躲闪闪不敢直视我，喃喃地说，我是为你好，以后你就懂了。我嚷着说：我不要你管，我讨厌你、讨厌你。他的脸顿时煞白，嘴唇哆嗦着。母亲看不下眼，走过来"啪"的一声给了我一耳光。他猛地站起来，吼了母亲，快步朝我奔来，连声问道：疼吗？疼吗？伸手想看看我的伤处。我往后连退几步，不让他的手碰到我的脸。我捂住火辣辣的脸颊，嫌恶地狠狠盯着他，觉得他是世界上最讨厌的人了，老了老了还那样矫情。

因为他的严加看管，没有哪个同龄人愿意和我玩了，青春的时光像一部无声的黑白电影，乏味、窒息。孤独的日子里我认清了一个残酷的事实：要摆脱他，就必须考得中专或高中，离开小镇。

我开始奋发读书。小小的肩膀扛着大大的书包，穿行在学校古老的香樟树下。树影婆娑，浓荫重重，阳光照不到我的身上，我也找不到自己单薄的影子。

初中毕业，我如愿考上师范学校。九十年代初的中专还是挺吃香的，国家包分配，一毕业就是国家干部，很长脸的。

十八岁的时候，我喜欢上了一个男子，暗恋了很久才敢去表白，表白了却被嘲笑。苦恼无比的我更自闭了，暑假回到家，什么也不说，天天阴着个脸去门前的驮娘江游泳。游着游着胡乱地希望自己一个不小心沉了，也就解脱了。

记得一天午后，骄阳似火，我游累了就在河滩苍翠的灌木下泡着假寐。听见有人踩水哗哗的声音，透过灌木的叶缝望过去，是他，我白发苍苍的爷爷！他正四处张望着呢，样子挺着急的，我知道他是来找我的。

我一贯寡言，因此父母并没瞧出我这次回来有什么不同。但爷爷应该是瞧出我有心事了，在家里，他经常盯着我看，我转过头去他又撇开眼。他知道有些问题不宜问，便犹犹豫豫地想问而不敢问，因为他知道，即使问了我也不会说的。

可是他自己心里也没有答案，又担心我有什么不妥，于是，有好几次，我出门来河边，都见他躲躲闪闪在后面跟着，见我到了河边好好的游泳他就走了，过半个小时又来看一次，如此反复几次直到我回家为止。

每次他都是假装路过，我也装作看不见。

每次我都觉得他很讨厌、很矫情。

那天,他不见河中有我的身影,四处找找又不见人。我在河岸的灌木下泡着,墨绿的枝叶遮住了我,他眼睛不好,根本看不见。找了一会儿,他急了,扯开嗓子喊我的乳名:小小,小小。盛夏的阳光很毒,火辣辣的,炙烤着开阔的河滩。他臃肿的身子踩着凹凸不平的河石摇摇晃晃在河滩走来走去,苍老的声音越来越嘶哑,在寂静的时光中尖锐而刺耳地响着,汗珠一串一串在他脸上流淌。眼角似乎晶莹闪闪,我把身子藏得更严实了,一声不吭。

喊了大约十多分钟,他开始往下游找去,走得急了些,转身的时候踩歪了石头,没稳住一屁股摔在了地上。好久,才见他扶着石头弓着腰慢慢站起来,八十多岁的人了,身子又胖,站了好久才站得直,一头花白的头发在阳光下特别的刺眼。我呆呆地看着,几次想去扶他,心里却有个恶魔叫嚣着,摁住不让我动弹。就这样眼睁睁看着他蹒跚的背影缓缓离去。

我不知道为什么我那么决绝不叫住他——也许是出于长大了的女孩子的倔强,也许是青春期的叛逆?但这倔强只留给我悔恨,丝毫也没有骄傲。我已经懂了,可我已经来不及了。

他一走,我就回家了。而他,直到傍晚才回来,一脸疲惫,手掌有好几处脱了皮,露出血淋淋的肉来。上衣的后背汗渍一块一块的。见到我,他眼睛一亮,从头到脚看了我好几遍,想说什么又喃喃没说,只是讨好地对我笑笑。

第二天,他就病了。中暑,发烧,高血压也复发了,打了几天点滴才慢慢好起来。家里没有谁知道他为什么突然生病,他不说,我也没说。

许多年后,我才渐渐悟出:在找不见我的那些时间里,爷爷是怎样的惊慌失措。而那时他的孙女还太年轻，被一点挫折击昏了头，一心以为自己是世界上最不幸的一个，却不知道自己的不幸在亲人那儿总是加倍的。

半年之后，他摔了一跤，突发脑出血，人瘫了，神智越来越不清楚。他再也不能跟踪我了，也没法偷偷翻看我日记了解我在想什么了。我帮他擦拭嘴角的口水，他一脸受宠若惊，难堪而卑微地傻笑着，笑着笑着，眼泪就落下来了。现在爷爷动不动就像小孩似的在家人面前流泪。我跟奶奶讲，她说："你懂什么，他是在留恋家人，怕自己走得太快呀。"

偶尔难得的清醒他就跟家里人说，我要师范毕业了，要想法子帮我分配回小镇，我胆小，在家人身边好些。

1995年6月份，我毕业了，5月份他却已经走了。他左等右等，最终还是没能等到我毕业。

从此，这个世间，再没有谁像他那样紧紧盯着我，怕我学坏、怕我交友不慎、怕我自闭、怕我出意外……管我管到窒息了。我终于解脱了，我应该高兴了。可为什么，他的离去我却哭得一塌糊涂?!

至今爷爷已经离世有十六个年头了。我一直没梦到他。可前夜，我突然梦见他。梦中，他还是那样慈爱而卑微地对着我笑。醒来，发现自己泪流满面，前尘往事一一浮现。

世界上我最"讨厌"的人去了，我的心也生生被剜去了一块！时间越长，伤口愈加血肉模糊。这世间，还有谁如他，那样低到尘埃地爱我呢？

每每到了暮春，墙头街角的蔷薇总是开得特别繁盛、浓烈。传说那是因为蔷薇知道自己即将凋谢，所以竭力将所有芳香留给心爱的人。

我终于知道，爷爷，你就是那暮春的蔷薇，罔顾时光纷扰，如繁花一般，盛开在我心灵的必经之地。那盛大的芬芳，温暖了我单薄的青春！

（原刊于《百色文艺》2010年第1期）

来不及说我爱你

2012年的元旦，全城张灯结彩喜迎新年。我却在充满消毒水的市里某大医院奔波，为生病的母亲办理住院手续。

这一年来，母亲的皮肤越来越黄，先是身子，后是四肢，现在是面部，连瞳仁都泛着幽黄。饭量也越来越差，吃不下肉，整个人瘦得厉害。检查了两次，也在县城住院了两次，说是胆结石加炎症，针没少打，药没少吃，可是病情没有痊愈，总是好一段时间就复发了。

这不，2011年11月中旬刚出院，脸上的黄色淡了许多，饭量也增了，刚松一口气，结果12月底打电话回老家，大哥说母亲在镇上医院输液，脸色越来越黄，人越来越虚弱了。心里一咯噔，赶紧和二哥带着母亲来市里医院求诊。

当晚，医生给母亲安排了六大瓶的点滴，安顿好了我就端热水给她洗脸洗脚，因为还在打点滴，她有一半身子使不上劲，擦好了我干脆抱她上床。

真轻啊！我从没想到，今天，做女儿的我能轻易就把母亲抱起。我以为，这一天至少应该是很遥远的，毕竟母亲刚六十六岁。

母亲只有三姐妹，没有兄弟，这在重男轻女的农村小时候没

少招人欺负,所以她长大后一直是强悍的主,能文能说能干,做事细密而雷厉风行。入赘上门的父亲虽牛高马大,但都让她三分。我们做子女的更是敬畏她比敬畏父亲多一些。在我心里,母亲是很重的,平日里她还能挑上七八十斤面不改色,怎么就能轻易抱起呢?我的手臂禁不住发颤。原来,太轻,生命也不能承受。

　　我小时候和母亲并不亲近。上有两个哥哥,后边还有一个弟弟,夹在中间身为女儿家的我常常是被遗忘的角色。我生下来只有三斤重,不会哭,呼吸微弱,像只小猫蜷着一动不动。母亲看了看对奶奶（因为父亲入赘,按当地风俗把外婆称为奶奶）说:"看样子是活不成,明早就拿去丢河里吧。"奶奶把我放到簸箕里塞到母亲床底下,打算明儿一早就拿去丢河。生活艰辛,人们连树叶都吃上了,少一张嘴就少一个负担,在那个年代又没有什么避孕和计划生育措施,能生多少就生多少,大家都不担心无儿养老。结果第二早奶奶正要扔我,听见我叫了一声,就这样,我捡回一条命。可即便是坐月子,母亲仍然要每天下田挣工分,还要满山跑找野菜野果养活一家人,既没有奶水喂我,也无暇照料,所以我是睡在奶奶怀里长大的。

　　小时候母亲没理我,可我进初中后,又担心我学坏,管我像管犯人似的,给我订了"淑女+公家干部"的规划:放学后多少时间该回到家,晚上除了自习不准出门,不准和不读书的社会男女来往,不准打扮、不准看课外书、不准跷二郎腿、不准大声笑、不准乱去同学家玩……她小时候因为家庭成分不好,虽然学习成绩好也不得升学、不得安排工作,又因为是女的,挣工分时吃了不少亏。所以她把她未完成的梦想都寄托在我的身上。

　　初中三年,除了门前的驮娘江,我没有朋友、也没出过小镇，别人讨论什么我都插不上嘴，就像故乡里的一个异乡人，总是融不进大家的圈子。

我本来就秉承她倔强的性格，没少顶嘴。于是家里、街巷经常飘荡着她吼我的骂声，邻居看不下的，都劝她少骂我些，说整条街我是最乖巧最勤快学习最好的女孩，知足吧。每每她总振振有词："咱是农村的女娃，要贱养，皮糙肉厚才行，不然到社会争不过人家。"

我每天放学必须挑十担水，那黑黑的水桶差不多和我一样高。再下河挖找一箩筐水草当猪菜，写完作业剩下的时间才属于自己。而哥哥们，则没有这些硬性要求。

她俨然成了我的"敌人"，她的爱都给了她的儿子们，我是多余的。

初中毕业为了早日脱离母亲管束，我选择了师范学校，那时读中专是很吃香的，国家包分配，是亮锃锃的"铁饭碗"。逃离母亲管辖的我，青春期非常动荡，洪荒滔天。不知是为了报复母亲的"法西斯"管制，还是要弥补以前惨淡陈黯的少年期，喝酒、抽烟、逃课，追捧摇滚乐，我没哪样不会的。

读师范的最后一年，看三毛的游记看痴了，刚好又偶遇几个流浪艺人，他们一路唱一路走，那种漂泊而激情的生活让我着魔。于是我决定丢下学业，跟着他们走，让年轻的生命像凡·高的《向日葵》火一般的热烈燃烧。为了给自己的流浪找个合理的理由，我写了一封信给家里，用失望而严厉的语言控诉家里重男轻女对我造成的心理伤害，为此我决定去寻找自己的生活之类的话。

很快我就收到回信了，自从我考上师范离开家之后，母亲对我好多了，和颜悦色的。我曾经很恶毒地想：她对我好，不是因

为我是她的女儿，而是因为我的"铁饭碗"。

信是母亲写来的。满满两页纸诉说她对我的爱，并且说过几天秋收完了她就来看我，恳求我不要去流浪，不要抛弃父母……歪歪扭扭、涂涂改改的字里行间还有斑斑点点水晕开的痕迹，显然那是母亲的泪水。想象她白天冒着酷暑辛苦劳作了一天，晚上还强忍腰酸背痛，戴着老花镜，趴在昏暗的灯下给女儿写信。这满满两页纸，以母亲丢荒多年的小学文化水平，该用多少个晚上才写完啊！最重要的是，她说她爱我……震惊、欣喜、愧疚诸多感触涌上心头。想起我七岁时生重病快死了，家里连仅仅一元钱的医药费都交不起，医院拒绝治疗，母亲跪在医生面前，哀求用五十担的柴火代替医药费，把额头都磕破了；我还想起十五岁那年我游泳差点淹死，挣扎到了对岸，整个人瘫在地上，后来有人看见了通知母亲，她划船去接我，一上岸就紧紧一把抱住我，身子颤抖，嘴唇哆嗦得说不出话来。

我想了很多很多。最后，没有跟着那些流浪艺人走，而是回家帮父母秋收。回到家，以为会是大风暴，结果家里很平静，父亲什么也不懂，母亲懂却什么也没说。

此后，母亲对我的管束放松了许多。

我长大后，她经常骂我的一句话是："什么都不好好学，以后嫁人了到婆家什么都不会有你哭的。"后来我真的嫁人了，我没哭，她却哭了。丈夫家里很穷，一点彩礼都拿不出来。唯一的女儿就这样白送人家了，她心里委屈，为自己不值，更为我不值。为此，很久她都没给我和丈夫好脸色。

可我生孩子，她第一个从一百公里以外的老家风风火火赶到医院，风尘仆仆地背着一大袋子，抖搂出来全是婴儿的衣物，大到襁褓小到奶嘴一应俱全。出院后她带我们母子回娘家坐月子。

按当地风俗，出嫁的女儿是不可以回娘家坐月子的，说是会给娘家带来晦气。可一贯迷信的她这次不信这个邪了，她说："我姑娘是外出工作的，不是嫁出去，回家坐月子没关系的。"

别人坐月子都喊累，可我坐月子却很舒适，全是她操劳。在她的房间摆两张床，她和我儿子睡大床，我睡小床。她担心我刚当妈没经验，睡沉了压了碰了小孩，所以让小孩跟她睡。半夜小孩哭闹抱着哼小曲哄的是她，换尿片的是她，给小孩洗澡的也是她。坐完月子，我白白胖胖的像还怀着二胎，可她，硬生生瘦了一大圈。

是的，她即便老了还是经常骂我，总嫌我做什么都不够好，凶得像"敌人"似的。我呢，也还是习惯顶嘴，从不相让。可多年来，正是这个"敌人"的强制、鞭打，我才像棵野草不敢娇气、不敢懈怠，终于韧性十足地在这个竞争激烈的社会开出自己小小的花朵来。

她是我的"敌人"，可我知道，她是我爱之入骨的"敌人"。虽然，我从没开口说过"我爱你"三个字。我以为，我们还有漫漫的时光可以慢慢说。我以为我们会天长地久的。

元月2日至4日，母亲连续做了三天的检查。医生说母亲胆管里有个肿瘤，不知道是恶性还是良性，需要尽快做手术才能确诊。

晚上，我们母女缩在小小的病床，各占一头，脚抵着脚，窝在暖暖的棉被里，闲闲地聊着家常。母亲的脚很冰凉。我用脚心摩挲她瘦骨嶙峋的脚，她讲我小时候的奖状、懂事、孤僻，我以为她从来不知道，原来她一直都记得。她又讲她今年养得肥肥的年猪、圆嘟嘟的鸭子……听着听着，一开始，句句都有着盎然的意趣，但听到后来，怎么眼泪都快要掉出来了呢？

像这样母女同睡在一张床上，相互依偎的时光是从来没有过的。这是第一次。

窗外细雨温柔，灯火点点。温暖、宁静、红尘恬淡，岁月静好。如果人生都这么温和，该多好！

可惜我忘了，世间还有一种情况，叫作"世事无常"。

元月6日下午，母亲进入手术室，就再也没有清醒过来。

14日，医院给我们下了病危通知单。我和二哥穿上消了毒的医护服戴上面罩，进入重症病区。母亲躺在病床上一动不动，身上插满管子，床头的仪器诡异地闪烁不停。医生告诉我们，病人服用了镇静剂，也许听得见我们讲话，也许听不见。二哥捧着母亲的脸，哽咽地说："娘，我们做儿女的对不起您，没能把您医好，留不住您，请您原谅儿女。您到那边去，是不是要在爷爷（墓地）旁边住呢？"

我在一边握住她瘦得只剩下一把骨头的手，接着说："如果您听见并且同意，就眨一下眼睛。"这句短短十五个字的话，仿佛千斤重，我几乎用尽全身的力气，咬紧牙关，把嘴唇都咬破了，才艰难地讲完。

然后，母亲重重动了一下眼皮。然后，一颗浑浊的泪从她凹陷的眼眶缓缓滑下。然后仪器尖叫，然后，医生忙着抢救……

那句"我爱你"哽在我心头三十多年，始终还是没来得及说出口……

（原刊于《右江日报》2012年3月21日）

爹，桃花开了

一

腊月二十四，家家户户忙着打扫卫生，杀猪抓鸡。我和六岁的小侄子趴在猪圈栏上争论猪圈里白花花的年猪到底是二百五十斤还是两百斤。

"哎呀，三姑妈，你踩花了！"

我看看脚底，果然，一节缀着几朵小白花的花枝被压扁了，花瓣零落看不清原来模样，不知是杏花还是桃花。

"哪来的花呀？"

"不知道，可能是大姐去九月家得来的。等下她回来我就告诉她说是你踩烂了她的花，到时候你就挨骂啰。"

我哭笑不得。天地良心，这枝花看样子应该是老早躺在这被踩无数次了，我应该不是唯一的嫌疑人。

大侄女的脾气也不好惹，我正想贿赂小侄子让他对此事保持沉默。"咳、咳、咳……"爹的咳嗽声从门里急促而沉闷地传来，我赶紧撇下小朋友推门进去。

轻轻拍着他的后背，"爹，我们吵醒您了？"因为病痛之极，晚上爹几乎不能安睡，只能是白天坐在沙发眯一下眼，我应该讲

话小声点才对。

爹慢慢摇摇头，失眠的眼神有些呆滞，水肿的脸灰青灰青的，白色的胡子茬密密茬茬，如雨后春笋占领高地。

"你，跟恒儿，争什么？"爹这两天吃不下饭，一天就喝那么几口粥，还总吐出来，说话没力气了。再加上原来中风的后遗症，嘴角有点歪，说话很难听得清楚。我把耳朵凑到他跟前，才听得懂他的意思。

"公，三姑妈踩了大姐的花。"推门进来的小侄子恶人先告状。这小兔崽子！谁不知道他和他大姐是爹的心头肉。

果然，"你这么大人了，还不知道小心。"爹瞪了我一眼，我只好低头称是。

阴谋得逞的恒儿呵呵呵笑着，不就因为我不给他拿我的手机玩游戏吗？小兔崽子！爹望着恒儿，微弱地笑开了，趴在膝盖上的手慢慢抬起来，我明白他的意思，赶紧把恒儿扯过来。恒儿对生病的爹一直有敬畏之心，一见爹伸过手来，立马眼珠一转扭身想溜。我手快，一把抓住他，凑到他耳边许诺等下给他玩我手机并且还带他去买好多烟花，他这才嘟着嘴，很不情愿地把手塞到爹的掌心。

爹的手水肿得厉害，腿也是。有种刺眼的透明的白，仿佛轻轻一戳就要冒出水来。

不到一分钟，恒儿就借口上厕所，跑了。

我摩挲爹的手，甚至不敢用力。想给他按摩按摩，他摇摇头，说疼，不让弄。

我把他沙发底下连着尿管的尿袋拉出来瞧，如果尿水到一半，就该倒出来了，不然爹拖着重。

"是不是立春了？"

"哦，我看看。"

跑去掀日历，"是，刚好是今天。"

"立春了，花开了。"爹望着门外，呆呆的。

"桃花开了吗？"

"不知道，杏花梨花是开了，桃花开不开不懂，附近菜园子没有桃树。"我老老实实回答。

"我们家有块山地边以前有棵桃树，果子很甜很好吃，你一去打猪菜就叫你娘一起去摘桃，你，还，记得吗？"

有这事？记得年少时我经常和父母上山干活，打个下手，可那棵桃树？我拼命回忆，脑子里还是一片空白。

"嗯、嗯、嗯，记得，记得。"我胡乱点头。

"花开了，一年的耕种就开始了。"爹叹了一口气。

他一辈子都和土地打交道，老了还是对土地念念不忘。

哟、哟！爹突然伸手抓住我的手，紧紧攥着，想起身。我赶紧问，"您要干吗？"

"我，要小便。"继续挣扎，要起身。

小便？爹糊涂了吧？他体内一直插着导尿管呢，小便根本不用上厕所。

"您要小便就坐着拉吧，没事的，有尿管呢。"我扯了扯尿管给他看。

他还是抓我的手固执地想站起来，可没力气，每次屁股刚挪离沙发一点又跌落回去，我突然想到什么，"您是不是要去厕所大便？"

"嗯。"爹着急地点点头。

爹很高大又壮实，硬朗时候有两百斤，即使现在病了瘦很多了，也还是有一百五十斤左右，再加上他现在走不了，基本靠人

半扶半拖着走,不是我这体弱矮小的女儿能撑得住的。

我叫爹等着,赶紧找家里的男人。可小侄子说他爹(我弟)去亲戚家杀猪了,我又跑去旁边的大哥家,大嫂说大哥也去亲戚家杀猪了。正着急,正好二哥到。我一说,他立马抱着爹去厕所,一会儿,朝外面喊着,叫我准备热水给清洗。

爹早拉到裤子里了。今天第四次了。不吃少喝的怎么有那么多大便?

我拿着换下来的裤子去洗。那大便青黑青黑的,很稀,又黏裤子。我越看越眼熟,好像在哪见过。

哦,对了,娘临走时一直昏迷着,身上就拉这东西,还是我清洗的呢。

心头一紧,不留神,自来水溢出桶来,鞋面湿了渗到脚里。冬天的水很凉很凉,刺骨的冷。

二

爹是来入赘上门的,同一条街上的倒是知根知底,爹在家里是老大,即使生活再艰难,怎么轮也不轮到他腾出地儿来。虽说壮族人思想还是比较开通的,但上门怎么说都是下策,很多男人是不乐意的。可爹义无反顾地来了,并且一辈子全心全意为了这个家。这其中的缘由想来只有爹心里清楚了。

爹病很久了。自从前几年中风,虽然抢救过来之后生活尚能自理,但大不如从前了。那个人人称道的壮汉、庄稼好把式成了拄着拐杖的病汉,连出门多走几步路都要有人搀扶。

我们几个子女以为最差也就这样了。人老了,谁没个病没个灾的,即使他再不是那伟岸如山的父亲,但还能走几步路,能吃能睡、生活能自理，我们就很知足了，至少，双亲健在，岁月安好。

可谁料，一直看起来很健康、专门照顾爹的娘去年不舒服，一检查竟然是癌症。年末了，300斤的年猪在栏里等着。谁知短短十几天，娘从手术台上下来，就再也没醒过来。

这还不够，命运还嫌不够。

娘走后，爹开始病情加重，一查，又是癌症……

三

噼噼啪啪过年了！我们都松了一口气，去年娘没能过年，今年至少爹还能陪我们过个年。一家人开开心心的，过一天就是赚一天，也许有奇迹呢？

大年初四夜里，爹还是走了。一个头年的腊月、一个新年的初四，不过短短一年时间，爹娘都走了。娘终年六十六岁，爹70岁，都还不是残烛之年。

世间的残忍不过如此。

初六我们去爹做"三朝"。那座荒草萋萋的青山白云深处有块山丘平地，并列着六座坟，那是我家的墓地。爹和娘是新来的，各在一边，曾外祖父（夫妻合葬）、曾祖父（夫妻合葬）、祖父、祖母在中间。爹曾经说过，如果他将来有什么，就把他挨在娘旁边。虽然种种原因他不能挨着娘，但也是在同一块地，隔个几十米，想来也能原谅我们这些做子女的了。

温煦的朝阳下，野蝇飞过，小麻雀站在芦苇秆上，把芦苇秆压弯。

这里，曾经是郁郁葱葱的松林冈，可一眨眼，所有参天的大

树都没了，只留下枯草黄。

料理完爹的后事，我就回来上班了。晚上闲来无事，就去爬山。万吉山公园是爬山的好去处，幽静、空气清新。一个人慢悠悠地走，华灯初上，茂密的林子里断断续续传来不知名的鸟叫声，怯怯的，哀婉的，不知是迷路了找不着家还是受伤了。拐过转角，蓦地抬头，发现路边原先光秃秃的桃树变样了，粉红的、艳红的花，一朵朵、一簇簇在稀疏的新叶中吐蕊绽放，橘黄的晚灯倾泻下来，如光的雾笼罩着一树树繁花，分外妖娆，分外惊艳！

桃花真的开了。

爹当初问的问题我回答不上，现在可以回答了：爹，桃花开了。

答案找见了，问问题的人却再也找不回来了。

多美的桃花呀，年年笑春风，可是爹和娘都看不到了。

从此，这世间，任凭人潮汹涌，再也没有可以唤成爹和娘的人儿了。

（原刊于《右江日报》2013年4月23日）

清秋的墓园

那一段绿荫浓碧、静谧幽深的柏油路，是我和克儿常常去散步的地方。

黄昏，秋林映着落日，落霞与孤鹜齐飞。那酡红如醉的枫色，衬托着天边渐渐加深的暮色，晚风带着清澈的凉意。而河岸，蘋花渐老。

我们就这样手拉手，慢慢地走。你的掌心很暖，笑容沉静。你有一大堆的问题，而我，只顾欣赏一路的红肥绿瘦，心不在焉地回答着。一路上，你不停地说话，好像很久没得讲话或者是以后不能再讲话似的。

可每次总是这样，下了那个长长的坡，到了坡底，站在古老腐旧的断桥，你就不说话了。坡底对面是一座山，普通的山。青树苍茫，芳草萋萋，藤萝缠绕。绿云般的绿树，昂然欢畅娴静。只是白云深处有一个大墓园。我曾经在克儿好的时候，带他上山找野果，误闯此墓园，年少轻狂的我还摘了人家坟前盛开的金黄小雏菊插入鬓间。

克儿站在山前，怅怅的望着这座山，久久的，不说话，转头看我时，眼里充满了眷恋。每次，我都以为你是留恋儿时找野果的美好时光，总安慰：到了明年，你病好了，我们再去，不要紧的，机会多的是。每次，你都笑着摇摇头。

我总不明白你为什么笑，为什么摇头。

问你，又不说。

不久，我就明白了。

霜染枫林、叶子萧疏的深秋，你就搬到那座山来住了。永远、永远的，留在了那个我们曾路过的墓园。

送你来时，又是黄昏。薄霜茫茫，流岚涌动。微雨中的秋林正疯狂地显示它们的秀逸。那经霜的素红、那临风的飒爽，在晚风中，在我眼眸里，奔放的飘摇。多么艳丽的凄楚之美，多么惊心动魄的激情之美！

从此，我远离红色。

那一年，你刚满十三岁，死于心脏病。死于我们穷，没钱给你及时动手术。

一个十三岁的小男孩，离开人世的时候，还挺着一个似有六七个月身孕的大肚子，那是肾衰竭引起的腹积水。

家里在你的坟前把你生前所有东西都烧了。心爱的书包、精心制作的玩具、不多的衣物鞋袜。据说，这样，你在地下能收到。

有你在的相片都取出来，家里再没有半点你的痕迹，好似你从未来过，从没和我们一起生活。大家约好似的，绝口不再提起。

克儿走了没到两个月，便过春节了。噼噼啪啪放完鞭炮，忙着摆除夕宴。待坐定，才发现，不知谁忙糊涂了，竟然多放了一副碗筷。一霎间，大家都愣住了。大嫂终于忍不住，跑到房间抽抽泣泣哭她的儿子——克儿。大哥红着眼骂大嫂不懂事，软弱的大嫂与大哥吵起来，我们其他人呆呆地坐着，忘了劝架、也忘了开席，更忘了开灯、挡住幽暗的夜慢慢地淹没……那个新年，对我们来说，是惆怅的日子，纵横着深深浅浅的哀伤。像在平静昏黄的暮春里，总有花儿不停的、不停地被风雨打落。因为知道，从今以后，无论是色彩斑斓的胜景，还是歌舞升平的繁世，克儿，已经被孤零零的，抛在尘世之外！

克儿走了以后，我再也不去那条路散步了。

转眼八年光阴过去了。我想了想，还是走上那条熟悉的路。风物缤纷，断桥下的流水依然潺潺如诗，而渔歌，依旧唱晚。风景依旧，可是看风景的人呢？

站在那个坡底克儿曾经驻留的位置，久久凝视对面这座山，白云缥缈，苍山如画。克儿，我心爱的侄子，你在那边还好吗？一个人孤独吗？

夕阳渐沉，新月竞升，我是该回去了。

十年生死两茫茫，不思量，自难忘。犹记得牵手时手心的温度，可我回头，偏偏，你已不在。

（原刊于《右江日报》2010年4月）

美　人

　　小镇不大，三条青石板老街呈"K"型交错，沿驮娘江的叫立新街，依清水河的叫东新街，靠后龙山的是红新街，大部分是雕檐画梁的百年古建筑。即便时光动了无情刀，剥蚀了檐头浮夸的琉璃，淡褪了门壁上炫耀的朱红……但斑驳陈黯中仍隐约可见当年的繁华。

　　中小学校都在红新街的尽头。可从我家所在的立新街到学校走东新街更近些。所以东新街成了我九年读书的必经之路，每家每户我都认识。

　　东新街有个美人，不知道她姓什么，只知道她夫家姓李，就姑且叫她李氏美人吧。

　　老一辈的人都说她年轻时是十里八乡出了名的美人。

　　"她呀，也说不出怎么个美法，可就是左看右看都顺眼，而且让人觉得不敢靠近。"奶奶正纳布鞋，头都不抬。

　　"那您不是说民国时土匪很多，经常下来抢姑娘吗？她是怎么逃得这劫的？"

　　"土匪要抢的主要是黄花大姑娘，那时她已经嫁人生孩子了。而且她很少出门，不得已出门也是拿锅底黑烟抹脸，乡亲们也帮遮掩，这才逃过呢。"

我读初中时,她已年过四旬,但还是美得让人叹服:一双黑白分明的眸子,让人想起西湖的水光,潋滟波动,涟涟一片,瞧不出一点杂质、一点烟火气;黛眉如画,白皙细腻的鹅蛋脸,挺直的鼻梁、自然红润的樱桃小嘴。在南方这种小地方,女子一般矮小,但美人长得很修长,一米七左右,在小镇可以说是鹤立鸡群。她不爱笑,神色清冷,街边扎堆闲聊的女人很少有她的身影。

她不仅脸蛋漂亮,更胜在气质风华。有林黛玉的弱柳脱俗之姿,也有宝钗的高贵优雅之气,但我觉得她更像妙玉,有种淡定入禅的出尘之美。

这世上就有这么一种人,老天爷在造她的时候费了不少心思。她不仅天生丽质,而且尽享岁月的宽容,时光风霜没有在她身上留下多少痕迹。

她家在巷尾的转角,房子比别家还简陋,别家都是雕龙画栋的明清古民居,就她家是泥巴房。屋后是河岸悬崖,别具匠心的用横木和竹子在峭壁上撑起一个大大的竹阳台。阳台旁边是枝繁叶茂的百年古榕,巷道和阳台只隔十米宽的距离。

春暖秋凉,来回总能看见李氏躺在阳台的藤椅,有时翻看一本厚重的书,有时什么也不做,安静躺着。阳光洒落在她身上,感觉有落寞静静滴下来,她形影清瘦,眉目在光影中清凉出尘,整个人有一种烟寺晚钟的清寂,仿若淡远空幽的水墨画。

虽然我一直不知道她的出身,但我认为必是大户人家。她与我所熟悉的奶奶、母亲那一类小镇女人很不同。奶奶她们可以像男人一样赶牛耕田、上屋揭瓦,风风火火,身上的衣服从没有熨帖、干净利索的时候,她们往街头这么一叉腰一站,一扯嗓子,保准鸡飞狗跳。

可她不，她茗茶、看书，种一园子的花，像是另一个世界的人。

李氏是寡妇。二三十岁就守寡了，独自带着一对儿女生活，一直没有再嫁。她的丈夫听说也是有文化的人，好像是教书先生，听到这消息时我松了口气，庆幸她嫁的不是什么屠户之类。

她民国出生，经历了动乱、匪患、饥荒、文革等世间跌宕。我一直揣测：作为一个美人，又是寡妇，想来是非多。"文革"时，她被挂鞋游街吗？被人泼脏水吗？那几年自然灾害，有些人饿死，有些人把孩子卖了，有些人把自己也给卖了，她一个纤弱的寡妇带着两个孩子，真不知道是怎样熬过来的。

小镇不大可礼数多，寡妇再嫁是要招人闲话的，可六七十岁的老男人再娶却无人非议。所以小镇有很多像她这样的寡妇，听说以前有些寡妇为此还得了贞节牌坊。

不知道那块冷冰冰的石头，能不能温暖她们那些艰苦而孤寂的岁月。

李氏的儿子十五岁时好端端突然疯了，据说是去县里读高中回来的路上碰上山神庙，吐了口水，被山神弄的。到底是什么原因，谁也不得而知，反正书是不能读了，在家关着。

他不太像疯子，衣着干净，除了狂躁时激昂地说着一些谁也听不懂的话在阳台走来走去以外，更多的时候是安静的，在那个危崖的阳台，握着一杯茶静静坐着，忧郁而清癯，四周洒满阳光。

有一次，我放学路过老教堂，刚好碰见李氏挑着一挑水，手上还提着一篮子红米菜，很吃力的样子。我鼓起勇气上前，说我帮您拿那篮菜吧？她抬头看我，她的瞳仁是一种通透的墨，注视人时清淡却掩不住夺人的光华。

她点头致谢把篮子递给我,一路上问我是哪家的孩子,我报上了祖父的名字。祖父在小镇也算是知名人士,她打量我,说,"怪不得呢,书香门第,气质很不一样,生在那种家庭你有福了。"

十四岁的小孩能有什么气质呢?何况我穿着土气,性格内向。但她这么一说,我还是高兴得眉开眼笑。

"您长那么美,怎么还那么辛苦呢?"我傻乎乎地问道。

她轻轻笑起来,笑如芳草,目光澄澈,实在让人心动。

"长相和苦不苦有关系吗?而且,我不觉得苦啊,靠自己双手吃饭,腰杆直。"她放下水桶,俯下身,温柔地说:"记住,不管有没有男人可以依靠,女人都要自强自立,不要像它一样。"她指着一旁古榕上那缠缠绕绕的黄色藤萝。

我点点头,虽然这些话对小女孩来讲还很深奥,但我相信她讲的肯定是对的。

李氏穿的是黑色唐装,上衣小立领斜襟,下身宽脚裤,很合体,女性的曲线一览无遗,好像那衣服就是从她身体里长出来的。老一辈的妇女都穿这种壮族服饰,不是黑就是灰。但奶奶和母亲包括很多女人她们的唐装很宽大,根本看不见腰身,女性风格模糊。

奶奶曾说,"衣服紧,该露的露了,不该露的也露了,难看,伤风败俗。"

"为什么大家都觉得合身衣服很难看,人家看见了很丑?而您穿的是合身衣服?您不怕丑吗?"我问道。

她又笑了,看来她不爱笑只是我以前的错觉。她转个圈后对着我说,"那你看我这样子,丑吗?你认为穿合身好看,还是宽宽大大没腰身好看?"

我看了看，歪头想想，老老实实说："您这样穿好看，衣服还是合身的好。"

"这就对了。男人和女人不一样，女人的身子要是没有这些线条就不成女人了，既然有了，干吗要遮着掩着呢？这是老天爷给的礼物，很美的，美的东西就要展现出来，懂吗？"

从来没有谁对我说过这样"大逆不道"的话。那时的我正为自己身体的发育烦恼，觉得自己丑极了，她的话我似懂非懂，但起码对自己身体的发育变化不再深恶痛绝。

三变花谢了，霜白鹭飞，冬天来了。

傍晚，我去学校上自修，走到老榕树前，随意瞟了一眼路下方的百年码头，看见李氏正挑着一担满满的喂猪的红薯叶上台阶，大冷的天她高高挽着裤脚，可能担子太重，她每走几步就停下来歇歇脚、擦擦汗。

我停下脚步，想去帮忙，可我是挑不动的。明白了这个道理，顿生怅惘之意。

我一直不明白，这个古老而宁静的小镇应该也不乏好男人，怎么就没有人肯站出来与她并肩，为她遮风挡雨呢？生平第一次，我叹息自己不是男儿身，不与她同一时代，不能为她揽下所有沧桑。

她是那般不染烟火的凉玉，应该是在开满荷花的院子里，凭栏斜阳、闲看宋词，而不是现在这副模样。

几年过去，我外出求学，又回到小镇初中当老师。住在家里，每天步行去学校，还是走原来的路线，还是穿行在东新街古老斑驳的房子。那三两石榴，艳丽的花在春天暖风中探出严谨高耸的女墙。

那一年，美人的儿子去世。来来往往中，再也看不到那个英俊的疯子在斜阳中如浮雕般沉静的身影了。

美人迟暮，只有那一剪秋瞳依然天高云淡。

她已不认识我，更不知道她曾经宛如一道幽光，投影在这个沉静的女孩心灵深处。

喝茶的时候，我跟女友感慨："这么美好的女人怎么就没有男人要呢？"

"也许就是过于美好，让男人望而生畏了吧？"

我哑然，的确有几分道理。

没两年，我离开小镇去进修后来又到外乡工作，偶回老家也很少走东新街了。有一次回家过中秋，去表姐家吃饭，表姐家在东新街的南巷，从露天车站进去即可。可我突然很想看看李氏，就拐过她家门口。

她家起新楼了。在原来的花园，那个危崖上的竹阳台，已经坍塌。

我正寻找李氏的身影，看见她竟然坐在地上，抓着亮闪闪的铁门，向外张望。我大惊，急忙走过去，问她怎么了，伸手从铁门探进去，想把她扶起来。她摇摇头，"不用，我站不起来，腿废了。"

我不敢看她那曾经修长的腿，小心地问："那我进去帮您拿个凳子坐着吧？地上凉。"

"你进不来的，铁门锁着呢。"我望过去，果然，一个黑亮的铁将军把着。

"那您怎么不好好在屋里待着，到门口干吗呢？是不是有什么事呀？"

"没事，只是在屋里待久了，发霉了，想出来闻点人气。"还是那样波澜不惊的语气。她的裤子沾满了灰尘，想必是一路从房

里爬出来的。

她家人丁单薄,女儿女婿都忙,外孙在外求学,看来白天家里就经常只剩她一人。

"你走吧,不用可怜我,我觉得自己挺好的,人活一世,哪能事事圆满呢?都七十多岁了还能喘气,老天爷已经对我够开恩了。"她露出笑容,淡淡的。

没多久,这个清冷的美人就去世了。

今年,我去贵州的安龙看荷花,一池一池洁白或粉红的莲花,遗世清幽,在霏霏细雨中,那般的静好、那般的寂美。

那个刹那,我想到了李氏。

(原刊于《南方文学》2014年第2期)

阿　毛

阿毛是个傻子。

他是镇上来得最早、待得最久的流浪汉。

他来镇上少说也有八个年头了，是个二十几岁的青年，个子倒是长，智商不走了，停留在七八岁小孩的阶段。人很黑，黑里透红，一双眼睛圆溜溜，黑白分明，清澈发亮。

夏天的时候，他经常从旧官厅的巷弄下来，经过我家门前，去驮娘江的大码头泡澡（不会游泳），他嘴乖，不管认识不认识都爱打招呼，一来二去，也混个面熟。

他是小镇周边村寨的汉族人，不知道是哪个村的。父母双亡，有个妹，嫁到别村，他没跟着去，人家嫌弃，此外没什么亲人。高山上的汉族干活拼命是出了名的，以他这种智商田里地里开张不了，喂不饱自己一张嘴，所以他很明智地"举家"搬到小镇，再没离开过。

他虽傻，却也有江湖规矩：不讨饭、不做乞丐，拣垃圾吃。

小镇的民风颇为淳朴。对于一个嘴乖、爱笑、没有攻击性、也不算太脏的傻子，虽则他不伸手讨钱讨饭，可还是有不少乡亲很乐意给他些剩饭剩菜和旧衣袄的。

托了这些福，阿毛这个镇上当时唯一的流浪汉日子过得还算

舒心，胖乎乎。

街上的饭店和旅馆不少，经常购买大量的柴火做菜煮热水，需要搬运工。一些老板相中了晃悠的阿毛，他去搬几次，再不去了，说是有的老板太坑人，搬了一下午，累死累活的，一分钱不给，给的饭菜肉还少得可怜。

于是又有好心人教他一个新的谋生手艺：捡废品。这确实是挣钱的好法子，小镇交通便利，集市买卖热闹，废纸废瓶随地可见。那时候街上人挣这份钱的意识不强，觉得捡废品是很丢人的事，没人跟他抢，所以他一天赚个四五块是绝对没问题的。

垃圾桶本来就是他的衣食父母，现在这垃圾桶除了能翻出衣食，还能翻出钱，这事阿毛乐意，也擅长。可惜，他并没有把这项发家致富的好路子发扬光大，只要一天能有两顿囫囵饱，就不干了。太阳好的时候，总能看见他在街市那个大斜坡拐角，敞着黑黝黝的肚皮晒太阳，嘴里叽叽歪歪哼着不知名的小曲。

男人们搓麻将斗纸牌实在咋呼，阿毛想去凑热闹，还没靠近就被赶走。

他又转战到女人这边，怕人家嫌弃又被赶走，不敢太靠近，蹲个不远不近，伸长了粗黑脖子笑眯眯看。

如果我们在阿芳服装店前摆桌打"拖拉机"（一种纸牌游戏名称），睡够或者哼够小曲的他，就过来凑热闹。

"阿毛，今天天气那么好，怎么不捡破烂了？"阿芳是个热心肠，也是"嘴婆"（当地方言，话多）。

"够了。"

大家乐了，有觉得钱够了的主儿？

"得多少钱？"

"三块。"

一碗三两的肉末烫粉钱。

"粉吃了?"

"吃了。"

"那今晚吃什么?"

"今晚再说。"

"如果你现在就去捡,今晚的饭就有了。"

"懒得。"

"为什么懒?"

"太阳那么好。"

大家笑着哄开了,这就是他懒的原因?看见大家笑,阿毛也跟着呵呵笑,一脸的油光荡漾。

凤仙花老了,鸡屎果下去了,夏天过去了。

这一天,我坐在门墩看书,阿毛经过,看见我,笑呵呵问我做什么,我扬扬手中的小说,说看书,问他是去捡破烂还是泡水,他指了指河边。

"肚子饿吗?"

"嗯。"

"等着。"

我起身去厨房打了一大海碗饭递给他。他接过来呼啦呼啦扒着饭,一会儿,停下来,涨红着脸怯生生问道:"你家有钱吗?"

"问这干吗?"

他小口小口咬着嘴里的肥肉,"有钱才能买这个吃。"

"这个很容易买的,不需要多少钱。"

"那,能不能再给一块?我还吃不出味道。"

我再夹三块白花花的大肥肉来,他神色雀跃起来,乌溜溜的眼睛从碗沿冒出来,肯定地说:"你是好人。"

83

我乐了，故意逗他，"我给你肉吃，那你帮我做点什么呀？"

他端着碗四处看看，定在窗下的一堆柴火，指了指。

"搬柴？"

"嗯。"

"劈柴呢？"

"嗯。"

他脸上有新鲜的伤痕。我问："将军又欺负你了？"

"嗯。"

"将军"是个老疯子，不久前来的小镇，身材高大挺直，额头有一条长长的疤痕一直爬到左脸颊，面目凶恶，手里拿一根指头粗的铁链到处乱劈乱舞，吓人得很。派出所也曾夜里偷偷把他送走，没几日他又回来了，很是奇怪。

"我说你真是傻子！镇上那么大，哪儿不能躲着他，怎么老是被他打，真是傻到家了。"

"我不是傻子！"阿毛赤白着脸冲我大声喊道。

我愣了一下，"好好好，你不是傻子，我是傻子，这可以了吧？"

"我不是傻子，不是！你也不是好人，都欺负我！"阿毛粗着脖子，眼泪哗地流下来，鼻涕也跟着来了，他伸手胡乱抹了一把转身就跑，跑了两步又折回来，把碗筷放在石墩上，扭头就走。

街天的下午，赶集的人们都散了，又还没到收摊的时候，我们四个人吃着芭蕉芋醋溜凉粉，在阿芳的服装店前"开战"。

"阿毛，走远点，臭。"姗姗妈大手一挥。

也不知道什么时候阿毛过来的，蹲在一边，确实比往时靠近了点，感觉他有点不正常，对了，他没像平时没心没肺地笑。

我看了一眼，他脸上没有新伤，旧的也结疤了，可整个人很萎靡，眼神灰败。

听到姗姗妈的话，他蹲着抓自己膝盖往后挪，结果嘭一声一屁股跌在地上，四脚朝天。大家乐了，指着他直笑，阿毛爬起来，眼神晃过一丝受伤，紧紧抿着唇，看着我们，大家被他盯得有点不自在，笑声渐渐低下来。

他低着头走了，二十来岁的青年背开始驼了。

周末我照旧去阿芳的服装店报到。

"好久不见阿毛了，奇怪！平时少不了他在旁边晃悠的。"我甩出"炸弹"，纳闷地问道。

"他？怎么晃悠？被将军打了，听说腿都折了，哪还能走动。"阿芳答道，她整天开门做生意，自然消息灵通。

"那将军怎么老欺负阿毛？阿毛见他就躲，怎么还惹上他？"阿艳说道。

"大概是为了占地盘吧？"

"派出所干什么吃的？这么个疯子在镇上明摆着就是安全隐患，不把他弄走，迟早要出事的。"姗姗妈见过将军打阿毛，心有余悸。

"他，哦，阿毛，后来怎么样了？"我问道。

"谁知道呢，也许正在哪个角落养伤，也许回老家了，也许死了也不一定。"

大家静了一下，继续洗牌打牌，又聊别的。

一晃到了冬天，我去菜市买菜，看见有人趴在垃圾桶边翻东西，一件又油又腻的黑呢大衣，两襟都裂到了腋下，大衣成了四片布块，裤子刚到膝盖，也开裂了，用一根藤条绑着。大冷的天光着脚板，脚后跟翻出红森森的肉。我一时觉得背影有点熟悉，就慢下脚步多瞅几眼。那人刚好抬起头来，是很久不见的阿毛。

他看见我,闪过一丝吃惊和羞愧的神色,继而转为漠然。

他瘦得不成样子,以前红润黝黑的圆盘脸凹了下去,黑脸夹些伤痕,有的结痂,有的是新鲜的血口子。

"怎么弄成这样子,将军又欺负你了?"

他定定地看着我,漠然的脸上浮现出凄惶无助的神情,动了动嘴唇,可什么也没说。

我叹了一口气。"你随我来,我拿些旧衣旧鞋给你,这样子,很难熬过冬的。"

他摇了摇头,转身向东坛巷走去,步子一高一低,原来好端端的右腿也瘸了。

我回到家,赶紧把老公的旧衣旧鞋袜找出来,母亲问我干吗,我说了她也赶紧去找父亲大哥的旧衣物,母女俩把堆得像小山的衣物塞了满满一麻袋。

吃过晚饭我出去转悠,没找着阿毛。第二天又外出培训学习,就把这件事拜托给了母亲。

两星期后我学习回来,看见墙角那袋衣服还在,就随口问了母亲,"怎么没拿去给阿毛?"

母亲正忙着翻灶上的腊肉,头也不回,说,"阿毛死了。"

(原刊于《百色文艺》2014 年第 1 期)

阿　顺

阿顺是镇上的名人。

生产队那会儿，大家叫他阿顺队长。他是民兵队队长，扛枪，掌管大伙儿上工工分的登记簿，他哪天要是多看哪个人几眼，保准那个人当天茶不思饭不想，工作效率特高。

承包到户后，大家叫他阿顺。比他年长的、比他年幼的都叫他阿顺。

他不年轻，可不算太老，四十岁出头，头发花白，背有点驼，不是天生的，生产队那会儿挺直着呢，是后来弯多了才有的。

阿顺很不喜欢承包到户后的新时代，太快太乱了，跟不上，跟他名字也克上了，做什么都不顺。他种水稻，人家一亩收15袋，他收8袋，还得看老天爷眼色。他做生意，费老劲选来上好的河石作石碑，开张没几天，人家外边拉来黑亮的大理石碑，好看又好刻，把生意抢走了。他改行卖光碟，卖本地山歌碟和红歌碟，结果人家引进红火的邻县山歌和电影大片，生意又熄火了。

街尾的周婶教训她调皮的儿子，总爱拿阿顺说事，"年纪轻轻不学东西，光靠家里，能吃多久？看看阿顺，什么都不会，以前靠着三代贫农根正苗红当上队长，吃香喝辣，能撑多久？政策一变，狗屁都不是。"

阿顺是我的老邻居，两家厨房只隔着一堵墙，哪家炒什么菜，隔着墙就能闻出来，阿顺家炒菜，常有呛鼻的辣椒味翻越过来，只有逢年过节才闻到肉香。

我们老街大都是明清风格的二三进式老民居，也不知道是什么时候开始，都是一式住一户，他们家三户住个三进式，我家和他那个跑了的老婆的娘家住二进式。他那个地主后代的老婆是他当民兵队长时嫁过去的，图的就是个安稳和吃饱饭。后来承包到户，眼瞅他不成气候就跑了，改嫁到外县去，刚生的几个月的女儿给娘家带养，死活不让阿顺认亲。

也不知道他是怎么想，一贯暴烈的他竟然没把小孩硬抢过来，到底是外家那边人多势众惹不起，还是他不想女儿跟着他吃苦，谁也不得而知了。

三月三是我们壮族祭祖扫墓的大节日，家家户户要准备鸡、鸭、鱼、肉，再蒸上黑、紫、黄、红、白五色糯米饭祭祀祖宗，再穷的人家也不敢马虎。准备晚宴前，我和阿顺前妻生的女儿（名叫阿婷）上街买鞭炮（当地风俗是祭祀祖宗牌位后撤肉案要点鞭炮，宣告仪式结束，活人方能晚宴），我们买了鞭炮刚回到自家后门，阿顺突然从隔壁围墙翻出来，拿出芭蕉叶包着的一坨东西递给阿婷，嘴里嘟囔着，好像是说："这是给你的，拿着，我是你亲爹，不要怕。"十五岁的阿婷骇白了脸，一个劲儿往后缩，这个胡子拉碴、眼神畏缩而狂热的男人不止一次堵截她了，从小她外婆就教育她：这个人是疯子，会伤害她，不管他说什么都不要信，要躲远远的。阿婷怕都来不及，哪肯信一个"疯子"的话，眼看那东西就要塞到她手上，阿婷像避瘟疫似地用力甩开，撒腿就跑。那坨东西被甩在地上，散开来，一地的五颜六色，是一大包色彩斑斓的五色糯米饭和两个大鸡胖腿，还冒着热气呢。

　　阿顺愣愣地站着，眼圈泛红，胸脯急剧起伏。掉在泥巴里的五色糯米饭和鸡腿是他从饿妻馋儿嘴边抢过来的，现在却像一坨屎。许久，他才慢慢蹲下来，小心捡起那包糯米饭，又是拍又是摘，好一会儿，才用衣服前襟包起来，低着头塌着腰慢慢走了。

　　2006年，政府在小镇下游百米处建了一个水电站，老街临水，被征用成了库区，几百年的老街几乎搬空了，一部分人搬到镇府旁边的移民新区，一部分人往后挪，在原先老房后面的菜园垫高地基起新楼。

　　阿顺他家房子地势较高，没被征用，没得到补偿和地块，又没钱后挪起新房，但老房子也待不下了，一条曾经热闹熙攘的街道成了废墟，你一家在废瓦残砾里过？他也搬走了，在旧桥头与新桥头中间的废弃公路边搭建了几间板壁房，盖上油毛毡，一家人安顿下来。

　　隔着一条小河，两座桥，几十步的距离，这边高楼水泥路，那边草房烂泥路，像两个世界。

　　日子沉寂下来。

　　陪伴他的只有那声音高亢的土制音箱和红歌。第二个老婆也熬不了苦，投奔远嫁的女儿去了，儿子也一样，入赘到邻县一个女混子家，他成了真正的单子。

　　《东方红》唱了，起床，做饭、做工，种几分玉米地，几簇竹子几株芭蕉，两亩水田。

　　《国际歌》响了，抽两筒水烟，望下对岸的灯火，熄灯、睡觉。

　　就他这前不着村后不挨店、亲戚不爱朋友没有的样子，他像跟整个世界无涉似的……

一条江一个人

清明节我回家给父母扫坟,去移民新区大哥家吃饭,从老桥这边过去,刚走到坑坑洼洼的老桥头,看见一个人低着头背着一筐剥了皮、雪白雪白的春笋迎面过来,我拦住问竹笋卖不卖,他抬起头,才发现是阿顺。面目枯槁,身子佝偻,乱糟糟的白发长到脖子。以往不见他那么驼,那么瘦,也许是年纪越大越驼的缘故或是其他什么原因,总之他比前几年我见的还要老上几倍,那驼背,弯得让人心惊肉跳,好像一不小心就折断似的。

我算了算,阿顺当时最多也就六十岁。

我买了三根圆嘟嘟的笋子,他接过钱,蘸了蘸口水,数了数,抬头认真地说:"你给多了。"抽出五块钱还给我。

我告诉他,因为他的竹笋刚挖出来,很新鲜,所以价钱要比隔夜的贵点,街上他们都是这样卖的。他捏着钱,也许觉得我的话有道理,不再作声,可又觉得不踏实,犹犹豫豫,一副不放心的样子。

我就说:"拿着吧,你的竹笋种在河边,水分足,鲜嫩,值这个钱。"

他用一种终于遇到识货人了的眼神认真看了我几眼,摇了摇头,从背篓里选出一根肥大的笋子递给我,"这是送你的,不要钱。"

我推脱不要,说拿不动了,重。

他脸一下子暗下来,坚持说是送的,真不要钱。

我只好接过来,翻翻口袋想再找钱,他按住竹笋说:"你要是再给我钱,就是瞧不起我了。"

我强笑:"你种这个也不容易,不能白要。"

他虎着脸,扯回那根竹笋,把一张5块面额的人民币拍在我手上的三根竹笋,不再说话,扭过身去低头整理篓里的竹笋,清明的阳光已经很毒了，阿顺额前流着豆大的汗珠，嘀嗒嘀嗒落在雪白雪白的笋上。摆放好了，他扶着腰慢慢蹲下，用手在膝盖上一蹬，背起背篓，看都不看我一眼，走了。

过年时，我傍晚过去大哥家吃饭，为了省时，打算抄近路从阿顺家门前小路上去，走到他家门前，看见他坐在门口抽水烟筒，吧嗒吧嗒。见到我，他用一种严肃的语气说道："前面前几天发生车祸，地上血迹没干，不要走过去，晦气，改道吧。"

我转身离开，沿着来路返回。我回头看了看他，斜歪破败的木屋下，他坐在那里，像扎的纸人，小小的影子、小小的音乐，还有他那种严肃的口气，等待着不知什么时候莽撞闯入的过路者。

天好凉。

（原刊于《广西文学》2015年第7期）

阿　菊

阿菊是我的堂姐，大我 10 个月。

我、阿菊、阿珠、阿芬四个人在一个宁静小镇的明清老房子里一起长大。上了初中，正是小虎队风靡全国的时代，作为"四人帮"当中文化水平最高的的人，我觉得四人帮这个名字太恶，就给我们组合改了个名字叫——追风美少女。

是啊，追风，追芦苇芦花上的风，追青冈松林里的风，追三毛撒哈拉沙漠里的风。

因为年纪相近，又是亲族，从小，亲戚们总喜欢拿我和阿菊比较。

我文静乖巧，她桀骜率性。

我读书好，她玩得好。

我淑女，她"人来疯"。

每次我去她家，爷爷没少拿我当正面教材教育她，爷爷耳背，她貌似"恭顺"听着，嘴里却哼着邓丽君的《夜来香》，十个手指张牙舞爪涂上凤仙花汁，还挤眉弄眼问我好不好看。

阿珠和阿芬读到小学三年级就不读了，家里没钱，阿菊读完初一也不读了，按她的说法，要做天上鹰，不做池中鱼。

她们成了"社会人"，就我还背着大大的书包早出晚归。

她们羡慕我,说我将来一定是"公家人",阿菊说,这次一个读"书大学",一个读"社会大学",没有可比性,她耳根应该清静了,我这座五指山被搬走,她这个毛猴子就解放了。

她却不知道,我有多羡慕她。

她敢在街坊邻居前旁若无人高歌,虽然唱得总是走调,可我不敢。

她骑着大人的自行车,敢在闹市撒开双手,车头摇摇晃晃,一路大笑无视别人的眼光,可我不行。

她敢穿短到膝盖以上大红大艳的裙子,露出"伤风败俗"的小腿,可我不能。

有小男生有成年男子给她写情书,她敢拿出来读给我们听,可我没有。

上世纪八十年代的乡下,女人穿的几乎都是蓝黑涤卡长裤、的确良碎花上衣,小翻领,宽腰身,扣子直逼脖子,鲜艳点的、特别点的衣服都没有,一眼瞧过去,大家就像统一生产出来的机器人。

阿菊坚决不穿,她的衣服都是自己设计,很"骇世惊俗"。夏天,她买来一块红被面,做了件短到膝盖上的大摆裙,镶上阑干,别出心裁在裙边绣上大朵金色的花,穿上身,炫目像三月里的木棉花,裙裾飘飘的她吹着口哨招摇过市,路人看得眼睛都绿了。

做风一样自由恣肆的少女,那是我年少的梦想啊!

初一下学期我考试失误,成绩落到二十名,家里安排我留级重来,说我心野,严加看管。

就这样,即便我们同一条街,几家隔不了多远,追风美少女组合也很少能碰头。

初三毕业，我听从家里的安排，考了师范。上世纪九十年代初，中专毕业国家包分配，是响当当的铁饭碗，跳出农门了，体面、受人尊敬。

四个美少女偷了家里一把芭蕉芋粉条、十个鸡蛋，拔了两棵大白菜，跑到河滩开火锅庆祝。我穿上母亲新买的白裙子，这是我生平第一件裙子。我想买件红的，母亲说太妖，买了白色。

阿菊穿上她那件木棉花一样明艳的红裙子，露出外面的胳膊和小腿圆润白皙，闪着玉般光泽。她不算漂亮，但眉目桀骜，神采焕发，自有一种少年的炫目。她喜欢笑，笑声清脆，像"白帽子"（一种鸟）的晨啼，听了的人，都会觉得日子多么风和日丽！

阿菊还偷来爷爷半瓶米酒，我们第一次喝白酒，跟着阿菊面红耳赤学划拳，没几口，全醉翻了。

四人并列躺在坝前光滑的巨石上，驮娘江从大坝倾泻下来，溅起千层浪花，发出激越的响声，多像我们的青春呀，美好的十六岁！

我们畅谈各自的理想，阿珠说以后要挣很多很多钱，让人家不敢欺负她们孤儿寡母。阿芬说她只想和心上人平平淡淡过一辈子，她已经有男朋友了。阿菊说她希望像三毛一样，自由飘荡，最后在有雪的北方定居（我们南方小镇没下过雪）。我说我希望能当个作家，到很多地方，编很多故事。

她们笑着把我抛起来，说我的理想最牛，逼着我发誓，以后荣华富贵了绝不能忘了她们这些穷老朋友。老天！我还没来得及保证，这些个发酒疯的姑娘把我直接扔水里去了。

我师范还没毕业，阿菊、阿珠就嫁去了外地。

阿芬男友是当地人。因阿芬生得美，他怕人家抢，软硬兼施不让阿芬和外人接触（包括我这等女性朋友），加上她未来的婆婆自诩门楣清白，看不上她们家，为避免是非，阿芬大部分窝在家，男友守着，连我想见她都难。

我们的追风美少女组合就这样解体了。

二十岁那年，阿菊回来一次。

那时我已师范毕业，在小镇初中当音乐老师。

正是好年华，我穿着飘逸的白裙，长长的黑发倾泻下来，夹着自己发表的豆腐块作品集去看她。青葱岁月里，我一直渴望像阿菊穿火一般的红裙子，恣意如风。可是，我一直都没穿过红裙子，在我心里，世上没有谁比阿菊更适合穿红裙子了，适合到别人怎么穿都不合适。

阿菊生了三个孩子，全是女儿，个个瘦小面黄，跟杨柳条儿似的。我坐在门口跟她闲聊，她怀里两个女儿一人一个奶头，啧啧地吃奶，大的那个流着鼻涕目不转睛看电视。阿菊身上一件褪色发白的汗衫，袖口空飘飘。

几年不见，两人生疏得很，没话找话聊了一会儿，我就离开了，看得出，阿菊也松了一口气。

有一傍晚，她突然来找我，两人沿着河边慢慢地走，她是来找我帮忙的。这个忙，很有难度，她要我利用我的文化知识帮她想想办法怎样才能生个儿子。让一个未婚大姑娘帮一个已婚妇女出谋献策怎么生男孩，我不得不佩服阿菊的想象力。她拉开衣服，让我看看她身上的淤青、伤痕，全是她那驴脸老男人打的，因为她肚子不争气，连生了三个女孩。

我的社会就是香樟树下的校园，所谓知识不过是写了几篇为赋新词强说愁的酸文，能有什么好法子给她，阿菊失望得很，早早就回去了，连一直嚷着说要看我已发表的文章这事都给忘记了。

最终，老男人一脚踹了阿菊母女四人。

阿菊带着三个女儿辗转嫁了两次，越嫁越远，最后嫁到福建去，生到第六个孩子的时候，终于是儿子。

木棉花开了又谢，谢了又开，一晃十五年过去了。

阿菊再没回过小镇。

信倒是挺勤，斜斜歪歪像小学生的字，一笔一画，力透纸背。

我也离开了小镇，到县城工作，没成作家，也没有荣华富贵。年少的梦想，早就丢在了那个十六岁的盛夏。

前年我回家过年，听说阿菊回来了，抬回来的。她得了喉癌，那边没钱治疗，听之任之，堂哥不忍心看自己唯一的亲妹妹饱受病痛折磨，就接回来治疗，可惜晚了，她时日已经不多。

我提了一袋水果和营养品去看她，心想，至少她还能喝点补品吧。

堂嫂带我去看她，拉开门边的灯线，十五瓦的灯泡照射下，一团趴在角落的黑影动了动，两手吃力撑着，慢慢抬起上半身，当她的脸完全暴露在灯光下时，我吸了一口冷气，除了那双呆滞的眼睛似曾相识，这个骨瘦如柴、瘦得只剩下一张皮的人哪里还有半点阿菊的影子？乱七八糟的头发沾满稻草，眼球凹陷，整张脸塌陷下去，颧骨突出，瘦得五官扭曲狰狞，这还是我熟悉的阿菊吗？

我张了张嘴，却发现自己咽喉干涩疼痛，发不出声音。

这是一间不到八平方米的地下室，再强的阳光也照不到，拐弯抹角进来的风，也是发霉的。阿菊身下垫着稻草，上边盖着一床看不出颜色的被子，她一动，身下的稻草就吱吱作响。

堂嫂解释说，一开始阿菊是住堂屋后面的房子，但她因为病痛，整夜整夜的嚎，左邻右舍睡不得觉，再加上她怕光，所以就把她搬到这来，这够黑，安静，能让她喘口气。因为她大小便失禁，痛起来又满地打滚，所以放稻草更合适，棉被铺不得那么宽。

堂嫂指指我，问阿菊，"你还认识她不？"

她眯着眼盯住我，微微点下头。

眼前这个萎蔫皱缩、病入膏肓的老妪，谁相信她才三十出头？她可是我们"四人帮"的老大，是我们追风美少女的灵魂人物呀！

我想问她，疼不疼。想问问她，为什么不早点治疗？还想问问她，她想吃什么我去买，想问问她这些年到底过的是什么鬼日子。

我有很多很多的话想和她说，可什么也说不出来。

堂嫂有事先出去了，阿菊动了动嘴唇，我赶紧凑上前，问她有什么事。她求我两件事：一是再给她的男人和孩子们打个电话，问问他们怎么还没来。二是她想洗个澡，大嫂太忙，她不好意思麻烦人家，请我帮忙去叫她娘煮一锅热水，然后和她娘一起帮她洗个澡。说这话的时候，她污灰的脸堆满笑容，昏暗的灯光晃来晃去，衬得她的笑容坑坑洼洼，无限放大。

没几天，阿菊就去了。

葬礼冷冷清清，没有子女哭丧，没有子女端位。

时辰一到，抬灵柩的壮汉就急急上路，大家都想尽快赶回来，家里有热菜热汤等着呢。送殡的队伍稀稀落落，在边走边闲聊的人们中，阿菊的灵柩就像一片枯黄的叶子。

又下雨了。

（原刊于《广西文学》2015年第1期）

那些年，那些人

日头好大。

我帮母亲从河边挑水上来浇园，没几担已经汗流浃背。走到大榕树下，避避光，看见老队长李三挺直直孤坐在榕树下，手拢在袖管儿里，隔河望着对岸的草山，呆呆的。黑挂衫，精瘦，像一截干枯老树根。

我七岁时，觉得队长李三是镇上最威风的人物了。穿着一件发黄的白背心，军绿裤子，扎着裤脚，头发剪得短短，贴着头皮，几乎每根都竖起来，手里攥着五小队的工分簿，走起路来，目不斜视，落在人身上的眼神像镰刀，又薄又亮，锋利得很。他的手喜欢交叉放在腰后，腰杆挺得跟木桩似的，工分簿就在肥翘的屁股上抖啊抖，啪啪作响。只要听到石板街上那有节奏有韵律的"纸拍屁"大家就晓得是李三队长来了，男人们要么拿着酒碗，热情地邀他，"队长，来两碗？"要么递过去水烟筒，"队长，来一口？"他一般不接，仰着下巴，斜着眼，撇撇嘴，摇头，迈着"李氏正步"走了。

他是山上的汉族，入赘到我们街，一个汉族人势单力薄，能在壮族聚集的地方，领导指挥一个小队，用张评书的话来说，这个人，要么有才，要么有鬼。

第一辑 故乡掠影

我与他老婆的远房侄女同年同月出生，都是同一个小队，那个女孩分得田，我不得。理由是：我是女孩，以后是要嫁出去的，加上我家人多，不能再给了。沉默寡言的父亲一听，急了，抡起锄头在田间追着他打，虽然没打着，但这事自然更加没戏了。后来还是母亲提了米酒和肥鸡，几次登门拜访，隔了整整一年，我才分得自己那份口粮田。

被挤掉的前前任黄老队长一说起他，总"嗤"的一声，"队长又怎样，还不是说家里三代贫农又会哄人选上的，他老家在高山，又走动少，谁也没到过，晓得是真贫还是假贫呢，反正不是靠真本事。"

我八岁时，生产队解散，包产到户，队长李三第一个下岗，重新选队长，没人举荐他当队长。

我记得李三笔挺笔直的腰就是那年垮下来的。

我们两家是邻居，只隔一堵墙。一到晚上，他家就鸡飞狗跳，李三喜欢喝点小酒，喝了酒就以打骂老婆孩子为乐，母亲和他老婆的娘家人听不下，曾去劝架，他拦在门口不让进，大着舌头说："有本事，你们就从老子身上踏、踏过去，老子在外面管不了人，在自家管教自己老婆崽子，你们还有意见？都狗眼看人低，欺负到家了，滚！"

他横了没多久，三个儿子很快如春笋拔节长得牛高马大，护着老娘，他渐渐软下去，去外面找乐子。可惜他以前得势时太横，不得人心，现在落了势，还改不了那不饶人的毛病，根本没什么朋友，与邻里街坊一说话又喜欢拐到自己当年的"光荣事迹"，别人听着烦，都说他是"臭缸"。没多少人耐烦他，他扎哪一堆，哪堆儿就像黄蜂扎到蜜蜂窝哄地散光了。

不出一年，他那张寸发不乱、油光满面的弥勒脸塌了，颧骨

突出，刀子似的眼睛凹下去，成了鼠窝子。

李三的大儿子、二儿子成年后不愿意待在家，到别家入赘上门，只剩下他最不喜欢的小儿子在家娶妻生子。

我们两家新起的楼房挨着，在公路边。母亲常说，李三是糙了点，做事霸道，但骨子里还是好的。我家起房子时，地皮不够宽，台阶窄小，母亲试着去跟他说一说，他分文不收就给了近一米宽的地儿做台阶。

前些年中秋节，我们一大家子吃过晚饭上楼顶祭月，摆了满满一桌的糖果月饼，点了柚子灯，小孩满场跑，好不热闹。父亲刚出院不久，身子虚，没待多久，就要回房休息，我和小弟扶着父亲下来，父亲休息妥当后，我开了门，想看看别家是不是在门前赏月。刚一开门，就见李三一个人静静坐在他家门前，手里拿着烟，那只与他形影不离的老黄狗就卧在脚边。

我打招呼，"李叔，怎么不上去跟他们赏月呀？"他小儿子一家和他老婆还有好些个亲戚也在自家楼顶赏月，热闹得很，我们还隔着一米宽的空间用木板搭桥相互品尝对方的月饼呢。

李三叔瞥了我一眼，说，"他们又不叫我，干吗要去呀！"他的声音有一种老年人特有的尖利，像锋利的刀片擦过耳边，让人直起鸡皮疙瘩。我正想着怎么搭话，他已经转头回去，不理会，一味看着自己的脚趾动来动去，又用后脚跟去搓另一只脚的脚背，吐出一口烟，用手在腿上掸了掸。

小弟叫我回来，抱怨说，"你真是哪壶不该提哪壶。阿亮（李三的小儿子）和他是分家过。他妈跟阿亮，他，"小弟努努嘴，"自己一个人过，以前打骂儿子太多了，合不来。"

我恍然，忍不住扭头看他一眼，发现他伸出双手，托了几次，把脚边的老黄狗抱在怀里，老黄狗不知道主人要干吗，挣扎了几下,他搂得更紧了,脸埋在狗的背上。老人老狗抱成一团,在路灯与月光下融为一个暗影。

国庆节带孩子回老家,夏末秋初,正是鸡屎果(野生番石榴)和野草莓、牛奶果等各种野果成熟的季节,我划了船,带儿子到对岸山上摘野果。沿着老马帮的青石路,树木茂盛青峰绵延,小孩高兴极了,一路蹦蹦跳跳,越走越深。我正忙着俯身摘路边红彤彤的野草莓,儿子扯我的衣角,说,"妈,你看,好多果呀,黄灿灿的。"我以为他说的是鸡屎果,直身一看,原来是果园,一片黄澄澄的柑橘,在阳光中,绿叶的映衬下,黄得发红、发亮,风吹过来,那沉甸甸的柑橘在绿叶的簇拥下,摇来摆去,像小孩儿在唱着欢乐的歌儿。

儿子盯得两眼发光,直咽口水,嚷着,"妈,我要吃柑橘,妈,我们去看看有没有人在。"

拧不过儿子,我们走到路上方的果园门前,往里一瞅,一只黄狗在草棚前正虎视眈眈盯着我,一阵狂吠,好在有铁链绑着。

我大声喊道,"有人在吗?我们想买果。"

有个男声远远的应过来,一会儿,才看见一个身影从草棚旁边的果林钻出来,原来是李三,怪不得我见那只狗有点面熟。

李三过来给我开门,他身上的汗衫线头乱糟糟到处冒,衣角都卷了起来,前襟还破了几个洞,背上的汗浸出衣衫,头发已是一绺一绺的,一脸的灰土,只有眼睛和牙齿放光,嘴上也是一层土,干得起皱,他笑着说,"稀客呀,怪不得我今天听见喜鹊叫呢,你们娘俩怎么会到这儿来?"

我说来找野果的。

"草多病气大,小孩子细皮嫩肉的,不要逗留太久,容易生皮肤病,早点回去吧。"李三劝我。

我说,"嗯,准备了,买了果就回去。"我环顾整个果园,面积挺大的,少说也有几十亩,清一色金黄色的柑橘。

他带着我们母子一棵一棵的品尝鲜果,我边吃边和他聊,知道他开荒这个橘园有好几年了,方圆十里只有这个果园,平时除了出山买点油盐米醋什么的,大多时间他都待在山上。

我问道:"李叔,你老是一个人待在山上,不闷吗?"

现在大家的生活好多了,厨房用煤气灶,上山砍柴的人越来越少,夏季的山,最最繁荣似锦,又是最荒无人烟的。

他短促地笑了一声:"不闷。我有伴的,你看,"他指了指老黄狗和周围的果树,"想说话,我就和它们说,说多少说什么,它们都乐意听,不会嫌我唠叨呢。"

他选摘了几个又大又红的柑果递给我和我儿子,又说:"反正我重活也做不了,闲着也是闲着,一个人在哪不是过,开这个果园,还能帮点小孩,不吃白饭,知足了。"

我看看他,还是很精瘦,但精神好多了,脸色没那么阴沉。

"这个果园,少说也一年挣个好几万呀,李叔,您太厉害了。"

说到果园,他两眼放光,一脸褐黑的褶皱舒展开来,像乌云被阳光吹散,连嘴角都不由弯起,讲起种果,一套一套的。

他种的柑橘,阳光足,肥料够,水分多,甘甜可口。在他坚持下,我们母子几乎尝遍了近处每株果树的果实,吃得肚子滚圆。

称了十斤果,付了钱,我正准备走,他又扯了旁边的果树摘几个橘子往袋子里塞。

我拢紧袋口,推脱不要,说,"刚才光是尝,都免费吃好多个了,真不要了,你还是留着卖吧。"

他还是笑眯眯,说,"邻里邻居的,吃几个果算什么,我是穷,但送几个果还是有的。"我望了望他脸色,犹豫了一下,还是开了袋子由他放下去。

想翻口袋再看看有没有钱,他看穿我心思,直接说,"再给钱,我就生气了。"我只好作罢,轻笑一下和他挥手告别。

出了大门,我往后望了一眼,李三正站在草棚前,望着我们。

这时已近下午,太阳架在西南边的山头,青山苍翠,碧草连天,夕阳从松树的枝头直射美丽的果园,光芒万丈。光芒中心,站在破败草棚前的李三,像个模糊的小黑点。他的身后,是苍茫一片金黄金黄的蓬勃生机的果海。

这几年,李三渐渐老了,果园也老了,不出果,改种玉米,李三搬回家住,神神叨叨,经常坐在门口自言自语。

有一晚,夜里十点多了,听见他们家大吵大闹,我们都出来看,原来是他和他的小儿子在门口吵架,导火线是他儿子在打骂自己孩子,他不让打骂,过来劝架,结果儿子不买账,新账旧账一起算,连他一起骂。他以前是耍横惯了的人,再怎么夹尾巴做人,也受不住自家儿子这样说自己,一时横起,想把儿子手中哭啼的宝贝孙子拉过来,结果被儿子推了一把,一屁股摔倒在地。儿子不理他,拖着孩子转身就走,"砰"的一声关上门。

李三歪坐在地上,瞪眼看着紧紧关闭的大门,双手支在膝上,一头白发,胡乱立着。路灯昏暗,暗暗地照在他脸上,眼睛深陷进去,像是望着极远极远的远处,又像是盯着极近的近处。

母亲问他要不要紧,他摇摇头。撑着地,扶着腰,慢慢起来,低着头,轻轻抻一抻衣衫,踽踽走下台阶,回自己屋了,他身后的影子,细长细长。

前段时间我回家喝喜酒,看见他慢吞吞在路上走,一个人,一只老狗。

日头好大。

(原刊于《广西文学》2017年第8期)

芭蕉芋粉条

芭蕉芋是蕉科美人蕉属的植物。可它没美人蕉的"娇",也没美人蕉的"诗意"。李清照写道:窗前谁种芭蕉树?阴满中庭。阴满中庭,叶叶心心,舒卷有余情。蒋捷也感慨:流光容易把人抛,红了樱桃,绿了芭蕉。写的都是它的近亲美人蕉。

芭蕉芋虽不似美人蕉幸运高雅,进入文人骚客的梦里笔端,但在我们乡下,它比它的近亲受欢迎多了。作用大,味道"正",不仅是猪最主要的饲料,而且人也能吃,三年困难时期,在全国性严重缺粮的情况下,芭蕉芋曾作为野生代食品被政府大力推广。耐饥、耐贮藏,能煮着吃,还能制成粉条,价格较为低廉,做菜零食均宜,真正是郑板桥所谓的"暖老安贫"的食物。

上世纪八十年代的桂西乡下,水田里种两季水稻,旱田山地种的主要是为家里那几头猪服务。那时玉米是本地种子,没有什么杂交良种"迪卡"系列,不高产;木薯也不高产,一般要种两年才有胳膊粗,种了浪费地。可芭蕉芋不同,春种冬收,贱,好赖都能活,几场雨下来则乌油油了,所以我家乡漫山遍野均是叶阔乌绿的芭蕉芋。

乡下物质匮乏,兼我家老老少少一大家子,生活更紧拙。我们小孩子的零嘴不外乎时令的红薯、芋头、芭蕉芋及山上野果子。什么牛奶糖、饼干、苹果等外来高级零食，那是殷实人家才偶有。可奇怪的是，当我长大成人生活有所好转，忆起微涩的童年，脑海里浮现的却是寒冬里穿着单衣哆嗦着肩去上学，手里热气腾腾冒着暖烟的芭蕉芋。

芭蕉芋是根茎，是一种富有营养的淀粉作物，乡下人不乏生活智慧，发明了芭蕉芋粉条。不知是何人何时发明，是从外面传来抑或本地自行研制，亦不得而知了。总之，从我记事，它在我们当地已经是响当当的土特产之一了，十里盛名。

芭蕉芋粉条晶莹透亮，有滑韧爽口、久煮不糊、口感极佳的特性，在那个清贫的年代，是待客逢节上得桌的菜品，更是过年吃炭火锅必不可少的食料。其制作工序繁多，又需要大量水，懂得做而又有条件制作的村寨不多，做得好的当属镇上人家，而小镇当中做得最好的又当属我家所在的老街。老街在驮娘江畔，临水，得天独厚。

由于芭蕉芋冬收后必须趁鲜制成粉条，否则淀粉凝枯，因而它是充满冬天意味的食品，别的季节是见不到制作的。

为什么叫粉条而不是粉丝呢？因为都是纯手工完成，人工切割自然没有机器切的那么精细，所以呈条状形。

制作芭蕉芋粉条都是女人的活计，工序繁多。每每这个时节，我都深感乡下女人的辛劳。她们不仅农忙时和男人一起耕田耘地，农闲时又得为年衣年货奔劳。

把芭蕉芋洗净后就开始磨浆。起先没有粉碎机，要把芭蕉芋打出浆，靠石碓舂。先把芭蕉芋切成滚刀块，扔到石碓里，一两人脚踩踏板，使舂头上下起落舂轧出浆，另一人蹲或坐在石臼旁，用搅棍翻动臼内的芭蕉芋。踩踏板很累人，每舂得一臼，母亲都汗流满面，后襟湿一大片，一旁的我心里酸涩如嚼青杏，可深知自己几兄弟妹的新年衣裳就在这里，来年的学费也在这里，不敢怨，只是笨拙的去帮踩踏板，可惜人小力薄，起不了多大作用。

后来有人发明了另一种磨浆法：在长条凳上钉上一块铁皮，在铁皮上密密打洞，再把这些洞边拉高，形成尖锥，把芭蕉芋放在上面磨动。此种方法省力许多，出浆也相对多些，但费时，易伤手，一天下来脖子僵硬得低不下来。母亲和奶奶昼夜轮流磨浆，每个人的手红肿皲裂像老树皮。

磨出来的芭蕉芋浆有杂质，呈褐黄色，要使芭蕉芋粉条晶莹透亮，卖相好，就要将杂质滤掉，这就是洗浆。先捞出渣子喂猪，滤下来的浆水放到一个大木桶里，搁在河边，泡水。往往一家就有两三个木桶，河边一字排开，颇为壮观。那时我十岁左右，也知当为父母分忧，自告奋勇担此重任。洗浆要一天换两三次水，先用瓢子把沉淀下来的浆水搅浑，待它慢慢沉淀，水面浑浊，即是杂质，倒出来，再放新水，洗了三五天，浆块白皙，再怎么搅，水面清晰如镜，乃大功告成。木桶高且宽，齐我下巴，一人抱不拢。每每换水，必踮起脚跟，半个身子伸进去，搅着浆水。那时没有水鞋，只有布鞋，怕弄湿鞋袜，总是光脚干活，不担心脚冷，只担心自己力气不足，倾斜桶倒旧水时，不留神把浆也倒出来。每次换完三两个桶，汗水也打湿了身上五六件薄衣（因为穷，没有棉袄，到冬天就把所有春夏长袖衣服穿在身上，每次洗澡就把贴身那件洗净再套在外面，如此周而复始，直至冬末）。

小镇依山傍水，风光秀丽。驮娘江对岸青山逶迤，天高云低，山上牛叫鸟鸣，抬头望去，目不及处。心里满满的，怅怅的，亦知人世艰辛，生存与温饱比诗情画意更重些，人生百味就

是从这里出来。

用热水把浆块冲成熟粉,放到托盘蒸着,一张一张圆韧的芭蕉芋粉就出来了。

每到这时,再吝啬的主妇也大方起来,随便小孩子吃。我们极力发挥小小的智慧:糖水冲熟粉做红糖凉粉,整张打开夹点小葱白菜就成卷筒粉,切成细条拌上香菜米醋就是干捞粉。每人端上满满一海碗就蹲在门口呼啦呼啦吃着。

老街一溜明清风格,窄巷,二、三进式的灰墙黛瓦一户挨着一户,住的都是农户,要晒的东西多,所以几乎每家的厨房都改造成晒台式的,晾粉的时候,每家晒台密密匝匝的竹竿,女人在楼上边晾粉边聊谈,说说今年田里的收成,再聊聊粉条的价格,小孩在街道玩耍,男人大都不在家,或上山砍柴或下河打鱼,家家门庭洞开着,也没有客人来,墙根窗下到处是芭蕉芋的气息。冬阳温暖潋滟,细碎的阳光从柚子叶漏下来,街上静静的,惟有女人糯软的声音,明明就在楼上,听起来却好像隔着河飘过来,非常深远。

晾干的蒸粉天黑前收回来,垛好,草草吃过晚饭,母亲开始忙开了。搭起高凳安稳砧板,往煤油灯里灌满煤油,挑高灯花,准备切粉。粉条的粗细关乎生意好坏,越细的粉条卖相越好,这也是各家女人最显本事的技术活。你家的粉条透不透白,细不细丝,直接奠定在女人中的威信。

那时买煤油都凭票,家家用灯很节俭。偌大的堂屋只点一盏煤油灯,光线模糊微暗,母亲切粉,我在一旁写作业。

乡下的夜晚很寂静,偶尔的几声狗叫更平添静谧。只听见菜刀和砧板撞击发出清脆而绵密的声响,夹在期间的是母亲轻轻哼的上林调子(当地一种山歌)。为了切得均匀细致,母亲在灯下凑得很近，以至我每次抬头望过去都觉得她的头发像蒙着一层光。

后来母亲的眼睛一直不好，视力模糊，迎风落泪，想来是那时就伤到了。

切好的粉条再一次暴晒太阳，这是晒粉，也是最后一道工序。晒干之后收藏一年半载都不会发霉。可乡下人哪有条件存货那么久，都是为过年准备的年货，年完了，货也就清了。

挂满了晒台晒房顶。老房子房顶不算很高，连着晒台，很容易爬上去，只要留心脚下的瓦片即可。母亲觉得我毛躁，虽我人小体轻，亦不叫我爬屋顶，而是自己或叫二哥去。但她若出工，奶奶在，是叫我去爬。一则乡下男孩子金贵，不容有闪失，二则我比二哥勤快，容易叫得动。我是没什么想法的，觉得自己能出力，心里高兴着呢。有些同龄的女孩子家里都不供读书，而我能坐在宽敞的教室里跟着带老花镜的老师，吟读"锄禾日当午，汗滴禾下土。"亦有感恩的念头的。

夹着满当当的畚箕，小心抓一把一把粉条贴在灰瓦上。湿粉条银灰杂黄，冬阳照下来，银光闪闪。"谁知盘中餐，粒粒皆辛苦。"这样的粉条很有分量。

晒干的粉条凡是成色好条状细的，用稻草一把一把捆好，准备拿到市场卖，剩下来碎的断的差的自家留着吃。一把小海碗口大小的干粉条需要一斤多湿粉条才能晒制成。

逢集市，各家各户挑到集市摆卖，队伍排成长龙，吆喝声此起彼伏，也算当地特殊的街景。

僻壤地方流通不便，又诸多限制，当时市场独此一种粉条，所以很有销路。年成好，而卖相又好的，可得一把一块钱，可那毕竟是少数，一般就在五角钱一把。那时的一块钱还是挺值钱

的，猪肉一斤三块钱，冰棒一根五分钱。

但若年成不好，市场萧条，一块钱三至五把都有，满满一筐换得一撮散票，不过十块钱左右，叫人看了惊心，我小时候因此仿佛明了仁者对万民的哀痛。

到了上世纪九十年代，凭票供应取消，市场经济活跃，机器打出来的各种大米粉丝粉条冲击市场，手工制作、工序繁多的芭蕉芋粉条便很快退出人们的视线。

此后，我再没有吃上芭蕉芋粉条了。

它就像父母、奶奶这样的乡下人，一生微贱，无闻，活得草草，恰如"松子落"，没有故事，却榨尽自己心力。

今年，欣喜地发现市场有芭蕉芋粉条的身影，当然，它不是我们本地产的，也不是手工制作。但实实在在是很久不见、熟悉的粉条。我买了一把，回家一煮，竟有一股乡间历史的幽香轻逸出来。窗外微风吹过，华灯辉映，室内电脑正放着卡伦·卡朋特演唱的经典英文歌曲《昨日重现》，卡伦·卡朋特那清新、健康、略带忧郁的中音很迷人，我很喜欢这首歌，尤其是第一段乐章。当歌声萦绕耳边，我终于明白了自己为什么喜欢这首歌，因为乐声中藏着一些年少时候的自己，也藏着乡间岁月的身影。

（原刊于《广西文学》2014年第4期）

森林里的迤逦时光

一

在我们桂西地区的农村里，木棉树是随处可见的。爬着山梁，占着坡地，雄赳赳的。除了山上天然长的，还有乡亲们种的。木棉树很容易活，用我们的壮话来说，就是"烂生"。斩了几桠粗枝，随便往土里这么一插，几场雨下来，就都活了，绿油油的。

村里经常种木棉树来围田地或菜园子。木棉树长得快，主干基部长满粗大的瘤刺，要是不小心被扎了，生疼生疼的。有了它，那些到处打野食的牛马就不敢乱闯了。

2月至3月，早春热热闹闹的，正是木棉花盛开的季节。一树繁花，春深似海。一朵一朵硕大而艳丽的花朵像灯笼一样坐挂在光秃秃的枝丫上。它是红得不能再红了，红得不可收拾，像被烧着了，一路烧过去，把那紫蓝的天也熏红了。远远望去，整座山都成了《西游记》里边的火焰山。

5月份，木棉花凋零成泥，花柄处就结了蒴果。果实成熟裂开来，内里的卵圆形种子连同白色的棉絮会随风四散。我们这边生产队很少种棉花，所以每当棉絮飘时大家就上山搜集棉絮，用以代替棉花来作棉袄、枕头或婴儿褓褓的填充料。

大人都忙着下田干活挣工分,没时间也没精力来做这种细活儿,于是捡棉絮的任务就落在了我们这些小孩子的身上。

相信五月的莽莽青山一定会记得:骄阳似火的中午,一群半大的孩子,穿着很不合身、打着花花绿绿补丁的衣服(多半是哥哥姐姐的旧衣服),背着马料袋,穿行于草高树茂的山林,漫山遍野翻捡棉絮。"啪啪"那是棉絮从果实里崩裂出来。刚从果实里蹦出来的棉絮有点湿润,像白毛狗的卷毛被水打湿似的,一般不会飘得很远,都落在树下的多。一群孩子就像嫩黄色、长胡须的细腰蜂,嗡嗡的冲到这边,又嗡的冲到那边,宁静的山谷回响着我们稚嫩而喧嚣的声音。

我人瘦,又胆小,不敢单独行动,总是跟在伙伴的屁股后边,捡得都比别人少。阿珠胆子大,每次发现木棉树,她都是打头阵,用手比划着树下一个方块直嚷嚷:这是我先看见的,我占了,谁也不许要,谁要我扁谁。她块头大,性子辣,况且她只是占了一小部分,并不多,所以纵有谁不服也不和她理论了。占好了她就等着后边灰头灰脸赶来的我一起捡。亏了阿珠,每每别的小伙伴马料袋满了,我也得一大半袋了。

阿宝怪声怪调地说我是阿珠的小狗腿子,阿珠一把推到他,骑在他乌黑的肚皮上,指着他两条长长鼻涕虫的酒糟鼻说:错,我们是桃园三结义。哦不,是两结义,是大侠。再敢乱说,把你送去当太监去。那都是平日里听白胡子阿苗太公说书得来的。

这个时令,山上的野果们大多也熟了,黄的、红的、蓝的野草莓、褚红的牛奶果,还有吃多了会头晕的醉酒果等,在草木丛里发出又香又甜的浓浓气味。拾棉絮累了,我们就像灰喜鹊似的,扑簌扑簌的,散入草丛找果子吃。

112

苍青色的风从黛色的山岗上抚过，繁茂的草木低伏，叶尖上闪着热的阳光，光芒莹莹。疯了的知了，躲在枝丫的阴影里，歇斯底里的狂吠；而那胆小的野鸡，闻到了生人的气息，慌里慌张的，摆动着它红黄相间的长长尾巴，窜到这边草丛，又跑到那边草丛，咕咕咕地直叫。不是没想过要去抓它回家打牙祭，可是看那茂密和人一样高的蒿草地，实在怕藏着成了精的蛇妖，只好作罢。

估摸着下午上课时间要到了，大家就吆三喝四的绑了口袋跑下山，一只手扶着马料袋压在乱蓬蓬的小脑袋上，单手游过清闪闪的驮娘江。

捡回来的棉絮是宝贝，把棉絮里的木棉籽一颗一颗摘出去，然后把棉絮放在猪圈上的晒台摆了大簸箕小心晒着，怕风吹走，上边又压个簸箕。晒干了，攒够一个枕头的量，阿娘就拿去找供销社吃公家饭的干部，六七十年代，供销社的人都是祖宗，买什么都要用票，买布用布票，买煤油用油票，并且还是限量供应。这些国家干部什么都不缺，就缺点塞枕头的棉絮。阿娘曲着腰、涎着脸说好话央他们收了，运气好的话，不仅能卖掉还能换成布票。这样，过年我就能扯身花布，套在棉衣上，不用穿那粗硬而呆板的蓝黑色涤卡布了。

二

癞头张在镇上开了家收购站，凡是山上长的、地上爬的他都收，缺点烟钱、胭脂粉钱的大姑娘大老爷们都扛着大袋小袋山宝奔他去，可惜他的癞头太亮堂，像抹了猪板油，总是收购不得一个老婆。

木棉花像漫天朝霞一样映红了山头，万物也就睡足了，醒了，伸个懒腰，不小心一踢腿就踢出了黑沃的土地。软乎乎的黑木耳、香菇；甜丝丝的"苦笋"，爆炒腊肉最好吃；紫黑紫黑的山药，到处乱藤横生，一扯，拔出来长长的一大串，比我们的小胳膊小腿儿还要粗……

　　山宝里，晒干了的香菇和木耳价格是最高的。黑木耳一斤十块钱左右，香菇还要贵一些，就十来块。据说现在干香菇已经涨到四十几块钱一斤了，可那时一斤十来块钱对我们这些还穿着屁股打补丁的涤卡布裤子的小少年来讲，已经是天价了，要知道，猪肉当时刚一斤五块钱呢。

　　可惜香菇"金贵"，整个小姐命，挑地方，很难攒得够数。木耳倒是"贱生"，给截枯木就灿烂。只要雨后去到原始森林，总能找得到它的身影。所以我们上山，都是找木耳为主，至于其他，见什么要什么，不在乎多少。

　　每个周末，我都和阿珠结伴去山上找野生的黑木耳。我攒钱是为了借小说，阿珠是为了置嫁妆。镇上的文化站有一摞摞的武侠小说和琼瑶小说，借一本要三毛钱。可家里不给我这个钱份子，一是没钱，二是说要毕业了看闲书考不好，我只好自力更生。阿珠家日子紧，她阿爹是个酒鬼，整日把酒葫芦挂在裤腰带，做不了多少活路；她阿娘身子又弱，常年不离药罐子。比我大一岁的阿珠今年十六岁了，该许人家了，家里指不上，她只能自己倒腾办嫁妆。镇上是有规矩的，三样聘礼要回礼一样规格的嫁妆，不然嫁过去吃饭只能在下桌。

　　正值春雨登场，一场雨刚刚在天亮前离去。古老的小镇还在雾岚缭绕中宁静的沉睡，我和阿珠已经小腰斜挂着明晃晃的弯刀出发了。过了河，翻过树高藤绕的罗汉山，穿过绿草翻滚、黄牛

第一辑 故乡掠影／

膘肥的牧草场，就进入原始森林的地盘了。森林深不可测，树冠遮天蔽日，被闪电劈断的树还原封不动保持着受难的姿势，在岩石上轻轻唱歌的溪流、深涧高低成曲，覆满厚厚落叶和松针的小径弯弯曲曲，湮没在蒿草深处，森林弥漫着零碎的阳光……

　　这种地方是菌类最喜欢的窝。山神确实慷慨，不论是横倒的烂木或是站着的枯树，都挤挤攘攘长着黑木耳。特别是枯朽的木棉树，因为质地松软，木耳最喜欢把家安在上面。捡木耳实在是一件愉快的事，毛茸茸的木耳像一把把小伞，又像猪八戒的耳朵，咋呼呼的招风。你摘了它，它还仰着脸对你呵呵笑，好像是感谢你带它去看外面的花花世界。新鲜的黑木耳并不很黑，而是一种褐黄色，水汪汪的，很亮眼。只有晒了太阳才会变成黑色。

　　我们把马料袋拴在肚皮上，左摘右拣，上拉下拔，摘大的，留小的。看着马料袋渐渐鼓起来，心情实在是好，就唱起了山歌。可惜学的山歌都是哥哥妹妹之类的情歌，只好我当阿妹，阿珠当阿哥，装模作样对歌一把。唱得岔了，两人笑得直不起腰来，张扬四射的笑声震得正在苞叶芋肥硕的叶片上跳舞的露珠张惶掉下来，摔碎了一地的银珠子。

　　肚子饿了，就用镰刀在开阔地挖个坑，掏出沿途在别人地里挖来的红薯或芭蕉芋埋好，捡些枯枝烧上，一会儿噼里啪啦熟了，就是我们的午饭。村里人朴实，谁顺手要一点地里的东西，大家都觉得跟自家吃了一样。

　　吃饱了揉揉肚子稍作休息，就这一会儿工夫，阿珠也不闲着，拿出鞋面绣鞋头花。这时她已许了人家，按风俗，新嫁娘的嫁妆里必须有二十双左右的布鞋给男方家的家人及直系亲戚。她许的人家是阿山哥，阿山家光景殷实些，嫁过去可以少吃点苦，还可以帮衬娘家。

我看看头顶蓝白的天空和似火的木棉花，那是青春的颜色啊。

"绣个木棉花吧，挺好看的。"我抓住她绣花的手。

她瞅瞅头顶，笑着说好。又悄悄凑过来咬着我的耳朵说："小妮子不会是思春了吧？想绣鞋给汉子了？"我扑过去要拧她的嘴，她爬起来绕着木棉树跑，我追了一圈又一圈，清脆的笑声在鲜花荡漾的绿谷落呀落，落到金银花的花瓣，落到松树的松针，又跟着蒲公英的小伞飘远了。

午后实在乏了，我们就下到溪水边，那儿有一大块平平坦坦的石头，石头前边是一大面高敞明亮的坡地，日头从迤逦的云朵中照射下来，微风吹过松林，仿佛欢快的手拨动着琴弦。松如华盖，遮了日头，正是休寐的好地方。我们躺在那里，两人的手十指相扣，眯上一觉。当然也睡不深的，只是闭着眼静静倾听远远近近的各种声响：松针的声响像波涛，金银花开花的声音很顽皮，木棉花烈，像爆米花……然后渐渐有所遗忘地进入恍惚破碎的梦境之中。但哪怕已经进入了梦中，仍能感觉到自己正躺在那块溪水边的大石板上。梦中，温润如玉的风正从高处经过森林，它跟着相识或不相识的每棵树和每朵花打招呼。

三

七八月份，山上更热闹了。漫山遍野都是黄灿灿的"鸡屎果"。这种名字不雅的野果，其实就是市面上卖的番石榴的原身。只是它不是人工种植，也没经过嫁接技术，个头比嫁接后美其名曰称为番石榴的孪生兄弟要小，但它比吃饱了人工肥料的番石榴甘甜鲜美，不亚于一般水果，是定安较有名的特产。

第一辑 故乡掠影

西林县往百色方向的车辆必须经过定安这座古老而宁静的小镇，他们那边少有这种果的，觉得稀罕，况且这果卖得也太便宜了，一斤两毛钱，刚从山上摘下来的，亮晶晶的还沾着隔夜的露水呢。嘎吱咬上一口，脆脆甜甜，是解馋的好东西。于是定安的露天车站一到这个时令，就摆起了一队长长的卖"鸡屎果"队伍，都是妇女和小孩的多。运气好的话，像我们这种非专业卖果的小孩一中午就能赚到一块钱。上世纪八十年代的一块钱已经是很多了，借文化站一本厚厚的小说才两毛钱（旧书是两毛，新书是三毛），一个从闹腾腾油锅里捞上来的香飘飘的油盘（一种油炸品）一毛钱，一根凉丝丝的冰棒才五分钱。

那时候，每家的生活还不是很宽裕。父母都是庄稼好把式，又舍得下死力干活，饭倒是能吃饱，但零嘴是没有了，想吃，想用，得靠自己挣。

所以每到这个季节，我们小孩子也忙着上山摘鸡屎果换点零碎钱。正好是暑假，我们一群小孩早早就浩浩荡荡杀上山了。摘鸡屎果要赶早，一是早上往来的西林班车多，买卖好开张；二是鸡屎果娇气，一晒太阳久了就有股鸡屎味，不新鲜，必须赶早摘了。

鸡屎果树喜欢群居，特别喜欢在向阳的山顶或坡地一片一片的生长，倒是好找。每棵鸡果树上都挂满了鸡蛋大小的果子，熟了就黄灿灿，半熟不熟的就青皮泛白。为了卖得好，每一棵果树我们都要尝，吃阳光多的果子最甜，白心的果子更是比红心的要甜。往往是袋子装满了，小肚皮也装满了。

但摘鸡屎果还是有一定风险的。盛夏的大山是森林王国最热闹喜庆的时候，公民们尽情生长、繁殖，享受阳光。草丛里往往藏有巨大的蜂窝，时不时黑褐色的吹风蛇或三线蛇不紧不慢滑过

草尖；黑乎乎的毛毛虫伪装成枯叶一动不动伏在树干上……

阿郎谷有一片白心鸡屎果树林，我们往往直奔那里，像散开的阳光融入林子里。凉风飒飒穿过稠密的林子，小小的野花争先恐后地灿放，鸟鸣山涧，芳草萋萋，生命的气息、欢愉的精神，笼罩着山谷和天光。

蒿草丛里有棵大鸡果树，果子亮晶晶的，一看就知道好货色。只要把这棵都摘光了，我的花布手提袋也就将满了。可我怕草，想叫谁一起趟过去摘，可谁的眼前不是一堆的果子？没人搭理我，我的胆小早让他们无比唾弃。我犹豫再三，实在受不了诱惑，丢了几节枯枝过去不见有什么动静，鼓起勇气一脚踏进了高到我下巴的蒿草丛。一脚没事，看脚下，再下一脚。完了，一群黄蜂嗡的都惊起来，惨了！怕什么来什么，踩中人家的老窝了！一架架小型战斗机俯身向我冲来。我"哇"的一声转身就跑，边跑边喊救命。全然忘了大人告诫的：遇到黄蜂，赶紧包裹好自己趴在地上，不要跑，越跑它越攻击。我没命地跑，可怎么跑得过头上乌鸦鸦的"飞机"呢？我哭爹喊娘，耳朵轰鸣，根本没听见闻声赶来的小伙伴们在一边吼着叫我趴下。到底还是阿刀机灵，他脱下自己的外衣，跑到溪边浸了水，又用阿珠的外衣裹好自己的头部和脸部，冲到我身边，甩着滴水的衣服驱赶我头上嗡嗡的蜂群，随后拿那件衣裳蒙住两个人的小脑瓜，一把趴下。等到蜂群渐渐散去，我已经"猪头肥"了，头上、脸上到处是肿起的小包，歪着嘴说话都不利索了。女的小伙伴吓得抽抽噎噎哭了起来。阿刀很冷静，他屙了一泡尿，用牛奶树叶子装着，叫几个女伙伴把我摁住，七手八脚就往我头上、脸上、脖子、抹尿水。我一阵阵干呕，一站得起来二话没说就给了阿刀一脚。

第一辑 故乡掠影 /

  阿刀家和我家是邻居,他那五大三粗的阿娘不知道怎么回事,怎么看我都觉得顺眼,很早以前就催着我娘要给我和阿刀订娃娃亲,虽然阿娘一直拖着并没有答应,但他们家俨然把我当成了他们家的小儿媳妇。我没少为这事被伙伴们笑话,因此我对阿刀一向是仇人相见,分外眼红。

  鉴于阿刀救我一命,我开始慷慨地允许同班的阿刀抄我的作业。可惜阿刀人虽机灵,学习上却是一副三国阿斗的脑子,抄作业竟然把我的名字也抄进去了,害得身为堂堂学习委员的我和阿刀一同被老师拉到黑板下罚站,杀一儆百。于是我理所当然的中止了这种不明智的报答。

  可阿刀不干了,有一次在大码头,我和阿珠正在洗衣服,阿刀拿着一本小人书,凑到我跟前,嬉皮笑脸地指着里边的字问我:你说,这"滴水之恩,当涌泉相报"是什么意思?我和阿珠相视点头,放下手中的捣衣槌,一同扑向阿刀,一下子就传来阿刀鬼哭狼嚎的求饶声,打了一顿他就乖了,好一阵子他见了我和阿珠都绕道闪人,再不敢提什么滴水之恩当涌泉相报之类的话,更不敢提什么娃娃亲的事了。

  一晃二十多年过去了,小镇变了,老街没了。阿珠嫁了两次,有了三个娃,阿刀娶了个苗族姑娘,阿宝去广东打工,带回一个黝黑的客家女人……

  驮娘江瘦了,一路都有小型的水电站吃水;莽莽群峰也大都成和尚了,光秃秃的头晒着白花花的阳光,再没有幽深的森林能留住迤逦的阳光了。

  今年雨水迟,对岸的竹林才吐新叶,绿幽幽的竹枝,发着银光,软软的,摆呀摆,像个绿仙子。叫卜鸟(一种水鸟)站在枝头,敞着嗓子喊着"卜呃、卜呃",老人说它在唤雨呢。凄婉的

119

声音被风滤得轻轻的,像抽丝一样渐渐没了,不一会儿,鸟扑鲁扑鲁飞远了。

远山,微青。云翳,深白。云出云归,时光荏苒而逝,就像是暮春的晚景逼迫着内心。

小镇、老街、河流、木棉,还有记忆中不能泯灭的人啊!在时光的氤氲里,像一幅保管不善、被不小心的茶水倒在了上面的水彩画,茶印洇开了,明艳的线条被水吞噬,淡下去,淡下去,线条渐渐模糊。可那鲜明的色彩并没有真正消失,而是渗下去,直逼纸背,留了,刻了,烙在纸心。

(原刊于《广西文学》2013年第5期)

吟诗的河流

桂西北部，叠峰深处，古老小镇。我出生在那里，在一座明清风格雕龙画凤的老房子里。老房外面，是河流，河流之上是山峰、森林、草场、良田和野花无数。我生长在流水之畔。

河流叫驮娘江。几百年前是名副其实的江，现在瘦了，没有江的大气，只能算河。

夏天之际河流最充沛清澈，像脱了冬装的女子一身丰腴，莹莹的润。水亮汪汪，脚步轻盈，想停就停，想走就走，高兴了就在大块小块的鹅卵石上跳舞、凌波微步；不高兴了就在河滩的灌木丛里钻来窜去，东歪西扭，不肯出去。见阳光老是跟着，烦，干脆一头钻进细沙睡上一觉，谁也找不着。

河滩里的灌木一派庄严，许是困守阵地的缘故，散发出一股清凛之气。连花朵也特别有派头，昂着头，密密匝匝。乳白的花朵，像棉花糖，花蕊软软的，甜甜的。

我在流水之畔长着，一点一点地抽条，像细柳、像小竹。

赤着脚，撑着竿，一身母亲缝制的涤卡花衣裳，黑亮着小脸，划着小船在绿波中穿行，捞捞水草跳跳水，或者什么都不干，就划着玩。白天打碎一江阳光，晚上搅乱一江明月。站累了就躺下，一张芭蕉叶盖住脸，流水爱推到哪儿就去哪儿，小船荡

到这边又漾到那边，我只管睡觉，谁叫太阳月亮总是那么好呢？

风来了，就听河流吟诗。

翠绿的毛竹、大叶龙竹枝条向着流水弯曲，在水面上划出细细的波纹，勾出一幅印象画。

小鲤鱼、小鲫鱼、小河虾追着波纹，吐着泡泡。

丑陋的水蜈蚣躲在石头下，一掀开，撒开几十条小腿逃窜，那把红色的大钳子凶巴巴的。

细长的河螺钉在滑溜溜的石头上，一有点风吹草动就关上城门，溜回石头缝。

流水里有水草的香气和阳光的味道。

岸上的山很普通，有的敦厚、有的土鳖、有的四不像。管他美不美呢，照样欢欣鼓舞。

野桃花一串串艳红。

鸡果花白白的，花蕊比花瓣密。

布谷鸟站在竹条上，把枝子压弯。

蒲公英的伞，想往哪儿飞就往哪儿飞，有风托着。

木棉花的棉絮熟了，"啪"的一声裂开，纷纷扬扬飘落下来。

奔跑的黄牛突然停下来，迷惘地看着脚下。

来了风，一望无际的草场起伏着，像绿色的浪。

黄昏时分，从田里回来的男人，脱下身上反复汗湿的衣服，只剩下一件蓝色涤卡大裤衩，赤着被晒得黝黑发亮的身板，划着小船，几兜渔网，在河里捕鱼。

码头的女人洗白白绿绿的菜、花花绿绿的衣服，捣衣的声音"嘭、嘭、嘭"。

光着屁股的小孩在码头不远的水里哗啦哗啦打起水战。

月光下，流水挤挤攘攘摩挲岸边的青石板。

渔夫的篝火，忽明忽灭。

还有，秋天成群在水面鸣叫的白鹭，冬天迷离的白雾。

这一切，都是河流的诗歌，一年四季吟唱。

那些味道、声响、色彩和旋律早已融入我的血液，咕咕流淌。不管我在与不在，不管我远与不远。

在桂西的大山深处，有着无数这样的河流。它们有的很浅，只没过脚踝，有的只需走两三步就能到对岸，有的流着流着，拐过一座山峰就没了。它们有的从很远的地方来，有的从附近的山上来。不管从哪里来，它们都经历了千辛万苦，才汇成一条河流。

有了河流，就有了森林、飞鸟、草场、溪涧，再到后来，就出现了良田、居民、村落，还有熙熙攘攘的集市。

这些河流让我们心怀敬畏和感激。

它们就像我们的父辈、祖辈，还有那些更为遥远地为我们打造良田、村落的人们。他们在流水与山脉间奔走，在河里垒鱼梁、安放鱼笼，白花花的鲶鱼、箭鱼、鲤鱼、鲫鱼在鱼兜里蹦跳。梯田越长越高，从山脚爬到山顶，玉米地、芭蕉芋地到处在森林撕个口子，狭窄而踏实的泥巴路像一条条筋络从河边伸进大山。他们老得很快，而小孩子的笑声越来越多。他们喜欢静默，习惯低头，腰里插着水烟筒，休息的时候就抽出来点上呛鼻的烟丝，心满意足地来一口。他们崇尚土地，敬畏河流。他们每个人每一天都趟过河流，走向土地，最后，在河流边上的山随便占了一个小小的土包，碑上只有名字，没有事迹。

安静的深夜，特别是盛夏的夜里，我经常听见驮娘江潺潺的流水声，滑过河滩，绕过罗汉山，潮汛的时候一江褐黄，惊涛拍岸。甚至不用闭上眼睛，就能嗅到它的气息，那凉凉的水气。在梦里,它反复问我:你要回来吗?你要听诗吗,要听吗?我点点头,又生怕它看不见,连连回答:要、要。但不知道是不是钢筋水泥的隔音效果太好,那声音微弱而喑哑。它渐渐远去、远去、最后消失。它听不见我的回答。

在我出生之前,它已存在很多年了。

清至民国年间,驮娘江水量较大,几吨船只可在江上自由来往,成为滇黔桂土特产货物商品及烟土运输的通道,江边码头船只如梭,岸上商贾云集。我出生后,公路畅通,它的枢纽意义已然中断,等到我成年,环境大变化,它水量锐减,由江缩成小河。

我是浮光,是掠影,是须臾荣枯的小草。我投影到它的心湖,我落籽结花,它不知道我是谁,可我活多久就记住它多久。

中年后,我离开了它,不远,但也不经常回去。

出生的那个飞檐画壁明清老房子整条街早被拆了,父母离世,兄弟各自成家。

很多东西都不在了,可那条河流还在。

芦苇荡里的木芙蓉一天变三次色。

水蜻蜓立在灌木柔软的枝条,翅膀扑扇着五彩的光。

龙竹的枝条断了又长,长了又断。

布谷鸟总是不知疲倦地呼唤。

很多时候,笔端无故流泻出忧伤与思念,全与它有关。它就像老房子的老燕,每年走了,都能寻回来,固执地修补它的老巢。可老房子塌了,那些燕儿上哪去了?

我坐在河滩光滑巨大的鹅卵石上,像一块缺少阳光软黏的风化石。

我竖起耳朵聆听它的诗,风来了,彩虹雨来了,河上方的挖土机轰轰响,声音嘈杂,什么也听不清。

不时有熟人来回打水、洗衣、涉河,见了热情打招呼:吃了?嗯,吃了。我微笑点头。好像我不曾离去。

在山上摘了一袋鸡果,单手游过缓缓的河流。

在码头洗涤陈旧的衣衫、稚嫩的面容。

是的,我不曾离去。

在办公室整天对着电脑噼里啪啦打字一脸憔悴的不是我,在人海中一脸迷茫突然忘记自己想做什么的不是我,在深夜里被火车的汽笛声惊醒,茫然不知自己身在何处一脸惶恐的,也不是我。

赤着脚、撑着竿,在波光荡漾中唱着山歌的,那才是我。

而那首诗一定会再次浮起。在万物拔节的清晨,带着潮汛、带着阳光的味道,在耳边、在大地,流传开来。

(原刊于《百色文艺》2012 年第 3 期)

第二辑

历史锦时

Chapter 2

以花的姿势凋零

三国鼎立，风云涌起，各路豪杰挥戟争霸，这是一个英雄的时代，也是一个黑暗的时代。

公元262年，在岁月长河里，不过是一滴无声的水，在人类文化史上，却是一页热血溅洒、音乐绝响的重彩。那年，魏晋文学家、音乐家嵇康，因受小人陷害，被处死。

他是竹林七贤的精神领袖之一，在整个魏晋文艺界和思想界，都是一位极有魅力的人物，他的人格和文化影响是巨大而深远的。

在战乱的时代，他就像一道极光，撕裂漫长的黑暗，虽然光亮短暂，但那璀璨的一瞬足矣让后世文明咀嚼几千年了。

当时的名人阮籍母亲去世了，按当时的礼法，孝子必须三年服丧、三年素食、三年寡欢，甚至三年守墓。一分真诚扩充成十分伪饰，让活着的和死了的都长久受罪。阮籍抱着母亲的遗体放声痛哭，吐血数升，几乎死去。可是，他又完全不拘礼法，痛哭之后，在母丧之日喝酒吃肉，对来吊唁的客人白眼相向。这让许多世人不理解，可有一个青年理解了，带着美酒和古琴来吊唁，阮籍和这个青年成了心灵知己。这个青年就是嵇康。两人月下灵堂抚琴当酒，放浪形骸，长歌当哭。

他癫狂而清雅,文采飞扬,思想锋利。论文颇多精辟独到见解,诗歌平淡高远,超乎时俗。他的人生主张让当时的人听了触目惊心:"非汤武而薄周孔""越名教而任自然"。他完全不理会种种传世久远、名目堂皇的教条礼法。

他厌恶官场仕途,因为好友山涛推荐他入仕,他写了《与山巨源绝交书》,咄咄逼人,痛快淋漓,彰显人性平等原则,致使司马昭"闻而恶焉"。

嵇康把庄子哲学人间化,因此也诗化了。一手写文一手打铁。为逃避做官,他长期隐居在河南焦作的山阳,后来到了洛阳城外,竟然开了个铁匠铺,每天在大树下打铁。他给别人打铁不收钱,如果有人以酒肴作为酬劳他就会非常高兴,在铁匠铺里拉着别人开怀痛饮。

他是阳刚的、健康的,有着健全的人格,没有文人的酸味。

他太美好。既有"片云行过千山去"的洒脱,又仿佛霁月清风般的俊逸。见到他的人无不感叹说他"肃肃如松下风,高而徐引。"因为太美好,所以难容于世。

一个盛夏的午后,嵇康同好友向秀在家门口的大树下打铁,两人边打铁边说笑。此时,杨柳依依,微风习习。一队人马缓缓近了,高骑大马,锦衣华服。来的正是炙手可热的政治新贵钟会,钟会乃名门之后,也是一个有才华的人,非常神往嵇康,为表诚意,特地率队前来专门去造访嵇康,他却不知,嵇康不喜权贵,特别是摆架子的权臣。嵇康手起锤落,旁若无人。钟会站在柳下,像个小丑,更像一片远离阳光的阴影。

许久,钟会觉得无趣,悻悻地决定离开。嵇康在这个时候终于说话了,他问钟会:"何所闻而来,何所见而去?"钟会回答:"闻所闻而来,见所见而去。"这一次会晤是致命的,直接毁灭了两个有才华的人。钟会因为这次会面的失败,生生掐断了自己心中对文学神圣、美好的牵绊,彻底成为一只阴暗的"政治老鼠"。而嵇康,魏晋最明亮的星星,也坠入永夜。

因为受到吕安案件的牵连,嵇康也被收押入狱,但即便严惩追究,也不至于死罪,只是,钟会始终记得那一次会晤,那是他眼里的一粒沙,怎能忍受?黑夜里,他对自己一遍一遍地说:嵇康是光芒万丈的太阳,只要太阳不落山,自己永远都只能是太阳旁边的阴影。

统治者司马昭本来对嵇康的桀骜不驯甚是不满,想借此案磨磨他的棱角。机会来了,钟会以一副为国分忧、忍痛割爱的忠臣形象对司马昭道:"嵇康,卧龙也,不可起,宜因衅除之,以淳风俗。"司马昭岂能容另外一条龙安卧榻前?两个别有用心的人相对一笑,就这样定了嵇康的死刑。

艳阳高照。这是中国文化史上最黑暗的日子之一,居然还有太阳。嵇康身戴木枷,被一群兵丁,从大狱押到刑场。刑场在洛阳东市,路途不近。临刑前,嵇康神色宁静,如平常一般。他看了日影,离行刑尚有一段时间,便向兄长要来平时自己爱用的琴,在刑场上抚了一曲《广陵散》。琴声悠扬,直逼心底。曲毕,嵇康把琴放下,叹息道:"昔袁孝尼尝从吾学《广陵散》,吾每靳固之,《广陵散》于今绝矣!"说完,从容就戮。

此后,风流一词,便渐渐失去性真蕴藉。

世间,总有些人是要提前退场的,不能安享晚年。这些人,没能安然享受生命完整的长度,但注定成为无法逾越的高峰,被人们仰望。这样也好,避免了老年呆讷的尴尬和渐渐被遗忘的可能性失落。

魏晋名士们焦灼挣扎。他们追慕宁静却困于乱世,他们力求圆通而处处分裂，他们以昂贵的生命为代价，塑造出一种奇异而真正的文化人格，开拓了中国知识分子自在而又自为的一方心灵秘土，从此，文明的成果就是从这方心灵秘土中蓬勃地生长出来的。

四十岁，正是男人盛放的年华。如同一朵繁花，怒放到极致。

公元262年，嵇康刚好四十岁。在一个阳光灿烂的美丽黄昏，以花的姿势艳丽凋零，留下了一朵花的绝响……

（原刊于《右江日报》2011年10月27日）

牧羊的英雄

世上有一种人，他的生命就是一种见证，见证精神力量的存在，如同梅花，总是遭受比同类更多的浓霜风雪，被春天冷冷拒绝在门外，无缘阳光斗艳，在命运的暴力面前，几番被打落，但即使零落成泥，清香依然洁净、锋利如故，傲立群芳。又如同冰雪一般，清明、刚烈，一碰地面就融化，不甘被世俗沾染，要么选择玉碎，要么选择沉寂。

苏武，显然是这类人中的王者。

苏武，西汉人，汉武帝时作为使者出使匈奴。多年征战汉匈皆疲累，双方有意暂且休战示好，本一切顺利，孰料，在使团准备返回的时候，汉使出现内乱，汉使卫律降匈，其副手欲联合苏武副使密杀卫律，逃回大汉，结果事情败露，单于盛怒，扣留苏武一行，苏武宁死不降，被流放到渺无人烟的北海（今俄罗斯贝加尔湖），单于说直到公羊产仔才得释放。

当卫律在苏武眼前杀死他的副使，那殷红的鲜血冒着热气向他的青履洇来，苏武知道锦瑟华章的生命从此万劫不复，坠入深渊。他抽出宝剑，抹向自己。既然无力回天，不如留份贞洁吧。可是，连死都奢侈，他两次自杀均被救活。豪放的单于欣赏他的刚勇、忠烈，以高官厚禄劝降，他享受了一个俘虏最高的待遇，甚至比在汉时得到的更多。汉武帝虽雄才大略，但为人刚愎、苛刻，伴君大臣无不如伴虎侧眠。苏武亦欣赏单于的胸襟，若不是敌人，多好。可一起打江山，还可月下对酌，傲视大漠莽莽金色岁月。

可惜，注定不能成为朋友。如同两岸的树，无法越过一江滔滔的水携手到老。他的忠诚，他的爱国在骨髓里丰饶的生长，无法剥离。在暖衾美酒、名禄地位面前，他选择了放弃，选择了在荒无人烟、冰天雪地的酷寒北海，高歌牧羊，唱高亢苍凉的牧羊曲，吟深情哀婉的《离别妻》。饿了，刨草根、吞羊毛、生食老鼠；渴了，喝用自己体温融化的雪水；冷了，抱着洁白的羊取暖。偶有来客，把酒畅饮，大快朵颐，笑看玉壶冰心！

十九年之后，大汉强势逼人，君仪四方，匈奴有意示好，不得不归还苏武。当褴褛苟延的苏武踏入向往已久的西汉朝殿，递还给君主神圣的使节，君臣四目相对，不禁老泪纵横。

此生谁料，壮年出使，气宇轩昂；归来时，霜满鬓，物是人非。慈母已逝，而温柔的妻，熬不过生活的艰涩，也已改嫁。出使时，满堂亲人；回来了，庭院荒芜。

"结发为夫妻，恩爱两不疑。生当复来归，死当长相思。"原来，那情深义重的《离别妻》，那临行郑重许下的承诺，已如午夜的箫声，慢慢在光阴的夜空淡去、散尽。再缠绵入骨的爱情，总敌不过岁月的蹉跎。

好在大汉皇帝给了苏武一个很好的待遇，封为典属国之职，后又封关内侯，苏武安度晚年，享年80余岁。险峰料峭的一生归入宁谧。

这世界，他来过、爱过、恨过、抗争过、离乱过，人生如一川激流跌宕起伏，人生完满、生命怒放。

为了信仰，为了国家的荣誉，苏武坚守节操，选择舍弃了自己的儿女情长。到后来，他的坚守已不仅仅是因为爱国，在光阴的磨砺里，已经渐渐演变成对自己信仰的忠诚，蜕变为对自己内心宗教的苦修。

苏武作为使者，按结果来讲，可以说他是个失败者。但又有说他不是英雄呢？即便他扬牧鞭，并不是宝剑纵横沙场的将领。

苏武的青春流放，使本来平庸的生命奇峰迭起，青葱苍郁，散发温和而坚韧的光芒，也为后世一路高歌猛进的人们在翻阅他的时候，获得一个清理自己内心世界的喘息之机。善于清理的人，并借此拥有一个过渡、一个眺望未来完善饱满自己的港口。

当今社会，传统遭到侵蚀，我们还有纯粹的信仰吗？我们还有力气坚持信仰吗？面对浓香抹丽的诱惑，有多少人能有足够的力量去拒绝呢？面对幽黑无尽的磨难，又有多少人能有足够的力量去坚持呢？怕只怕，流年光影里，在物质与风月的狂欢中，不待岁月摧残，我们自己内心早已崩飞瓦解，信仰灰飞烟灭。

问世间，有多少种鲜花能在冰雪寒风中盛开呢？又有多少种鲜花为了坚守生命之香的清洁与赤诚、精神之光的纯粹与至刚，而甘之如饴的忍受霜雪的冰冷、风雨的吹打呢？

翻阅苏武，如同在一片绮丽旖旎的花海遇见一棵刀兵峥嵘气象的梅树，卓然独姿不阿，风骨嶙峋，暗香浓醇。

（原刊于《百色早报》2010年10月15日）

冷漠的证词

有这么一个人,他在状写波诡云谲的历史烟云时,以一种独立完善的美学追求和冷峻深邃的历史眼光,表达了对时代的理解以及对君权的反抗;在史的回望与记载中,寻求一种高贵的文化精神,和清洁、崭新的史学体裁。这个人就是西汉著名的史学家、文学家——司马迁。

他耗尽一生,只是起草了一份冷漠的证词。但这份证词却是厚重的,它实现了对真善美视界的建构,完成了对浩瀚历史的翔实和辩知。它就是后世所称道的巨作——《史记》。

《史记》在当时是寂寥的,凉薄的社会喜欢歌舞佳人夜光杯,或是踏遍长城,畅饮胡人血。

《史记》的作者司马迁年少立志,要发愤著书,完成父亲著史之遗愿。他有才情,有恒心,也有条件。任太史令,使他有机会研究各种藏书、史料,年少时又曾漫游大半中国,考证史料,开拓了胸襟与眼界。他以为自己的一生,稳妥、沉静,在故书堆里采撷书香,幸福终老。

此时的他,指点江山万户侯,微笑笃定,温润如微凉的蓝田玉。

可谁料,命运如此强大。不时,悍将李陵兵败匈奴,降旗易

主。天子大惊，满朝文武皆惶惧，不出一言。司马迁认为李陵"有国士之风"，是个人杰，降敌乃万不得已。所以，当汉武帝问司马迁的看法时，司马迁出于史官的公正之心为李陵之降辩护求情。

没想到，汉武帝听了，认为司马迁这样为李陵辩护，是有意贬低李广利（乃汉武帝宠妃的哥哥），汉武帝本就惊惧，听了更是勃然大怒："你这样替投降敌人的人强辩，不是存心反对朝廷吗？"他就把司马迁下了监狱，交给廷尉审问。下令对司马迁实施刑律中对男子最为耻辱的"宫刑"，阉惩司马迁。

司马迁被关进监狱以后，案子落到了当时名声很臭的酷吏杜周手中，在狱中备受凌辱，几乎断送了性命。"交手足，受木索，暴肌肤，受榜棰，幽于圜墙之中，当此之时，见狱吏则头抢地，视徒隶则心惕息。"看到这里，我简直不忍卒读，一个铮骨清雅的文人沦落在这等田地，是一个时代的悲哀，抑或是文化的悲哀。

在飞扬的鞭风中，看着自己的血肉静静流淌着热气腾腾的鲜血，露出森森白骨，如此的奇耻大辱落在一个刚直不阿的史官身上，这比死刑更为痛苦。他几次想死，但想到自己多年搜集资料，想到父亲临终前那郑重的承诺，想到写部历史书的夙愿，咬着牙对自己说："人固有一死，或重于泰山，或轻于鸿毛。我一定要活下去，我一定要写完这部史书。"

《报任安书》，可以说是最能表现司马迁这个人的一篇文章，类似他的自传。其中有一句话读起来很让人心痛：是以肠一日而九回，居则忽忽若有所亡，出则不知其所往。每念斯耻，汗未尝不发背沾衣也。

他说，"每日，我腹中肠子痛如刀绞，坐在家中，精神恍恍惚惚，好像丢失了什么，却不知从何寻起；出门则不知道往哪儿走。每当想到这件耻辱的事，冷汗没有不从脊背上冒出来而沾湿衣襟的。"

族人、亲友、同僚，包括才略过人的天子，都以期待的眼神逼着司马迁以死明志。毕竟，他是出于史官公正之心，为李陵辩护，开罪于皇帝，假如他就为此而死，亦不失为一位直谏烈臣，家族好友也就不至于跟着蒙羞。可以想象，司马迁自"宫刑"后，每个人看他的神情都写着"你怎么还不死"。

世态如此炎凉，伤害这般猝不及防。

囚室里没有白天，黑夜似乎停滞了，四面的墙冷漠地看着他。监狱，是惩罚罪恶，抑或者它本身就是罪恶？他靠着冰凉的牢墙，反复不停地问自己问沾满血腥的墙："这是我的罪吗？我一个做臣子的，就不能发表点意见？"他清醒地听到狱墙冷漠地说："你是天子的奴，你仗言就有罪。"炼狱令他醍醐灌顶，黑暗给了他冷静，对于至高无上的君主冷酷无情的天威，他终于有了清醒的认识和反省，放弃了侥幸与靠拢。

当他终于被赦从监牢里得以放出来，他已经蜕变成了一堵硬倔的墙，温润的玉变成了坚定的岩石。

此后的岁月无声而充盈，带着暗暗流淌的伤痛。司马迁对庙堂的一切声音充耳不闻，宠辱不惊。即便乖戾的汉武帝给了他一个中书令的职位，他还是专心致志写他的书，拖着残缺之躯，耗时十三年，终于完成了自己与父亲的理想，著成《太史公书》，东汉末年始称《史记》。写完不久，便猝然长逝。

这一历史巨作，以司马迁个人之力，通过本纪、表、书、世家、列传五种体例相互配合补充，构成了完整的历史体系。

《史记》溯记上至人文始祖黄帝，下至西汉太初年间，囊括了华夏三千年政治、经济、文化、民俗等发展脉络，再现了千年风流人物和明朗的历史长河。总共一百三十卷，五十二万余字。当之无愧成为中国第一部"正史"，但又比一般正史更为丰富博大，具有巨大的包容性和独特的辨知力。

司马迁身为朝廷史官，《史记》却能超出服务朝廷的视角，不以统治者的意志为准绳，本着人性的起点，公正、客观落笔。以正义和善恶观为框架，作品充满人性温情及文化激情。因此能超越时代变迁，虽物换星移，却与天地同在，与日月同光。

后人以《史记》之"史"代姓，称司马迁为史迁，表达了后人对"忍天大奇辱，成史家之绝唱；负千秋至重，赋无韵之离骚"的司马迁的景仰与崇敬。

《史记》是一面巨型的历史透视镜，是在极端痛苦、艰难的条件下用血和泪铸成的。这决定了它的性质是批判性的而非赞歌式的。历史以如此残酷的方式愚弄、挫磨史迁，决定了史迁所发之愤绝非一己之私愤，他的文字既愤恨封建和皇权，也愤慨俗风与世情。

当李陵漠北浴血死战之际，报捷与朝，"汉公卿王侯，皆奉觞上寿，礼拜山呼"。而当李陵战败俘降的消息传来，汉武帝龙颜大怒，满朝文武皆不敢言，只有史迁士无可忍，出列秉直真言；当史迁被不幸送进囹圄时，"交游莫救视，左右亲近，不为一言"。朝中不管是重臣还是同僚好友，无人为史官上谏说一句公道话。

这就是大汉盛世高阶层里的世态，这就是锦瑟华年里的人情。

《报任安书》里有言："猛虎在深山，百兽震恐，及在槛阱之中，摇尾而求食。积威约之渐也"。李陵是虎，而史迁虽乃一弱文人，其性刚烈，亦为猛虎。

世难清洁，盛世亦难。世俗与高贵如同一条河的上游和下游，交流同源。而英气和奴性，一直都是并立而生。就像太阳的周围，总有大片的黑暗。世间从未纯粹清洁，择洁者不论其以刚烈的孤高或是低柔的妥协，都注定受伤。

史迁其人生的锐度、人格的力度和人文精神的厚度，也就是在这种悲惨的命运狰狞里得以卓突表现的。他生命的焦灼和文体的自觉与不自觉，他焦躁中极力冷静的文字，都体现出一种深度追求，一种对社会人生和宇宙万物的深度关怀和深切体验。彰显了作者对重建历史真相的热切与叩问，显露出充满个性色彩的人格风范。

《史记》在历史传记范畴之中，但是，不能将《史记》看成单纯的史实记录。因为他在作品中达到一种新的历史深度、情感深度乃至人性深度。它以"人性"为索，以"实录"为脉，描绘出理想政治的图景，表现出对底层的关怀。凭借其冷静的文化自觉和炽热的文化责任，开辟了一片新的文字疆域，带给我们崭新的阅读方向和作为人该选择的人性坐标。所以，它同时也是一部充满人类文明思考、华彩飞扬的文学巨著。

卫宏《汉书旧仪注》曾说：司马迁作《景帝本纪》，极言其短及武帝过，斥责汉武帝"内多欲而外施仁义"，武帝怒而削去之，将《史记》手稿付之一炬。可司马迁没有被他的淫威吓到，而是坚持以人性的力量穿透世道和人心，直达实录的底线，成就了一种社会硬度。

可见，史迁以其残缺之躯，不仅成为"一家之言"，创造了一种新的文体，也塑造了一种文化精神，这种刚直而清新的精神，正是中国高雅文化的脊梁。而《史记》以其深刻的批判，成

为黄帝至大汉这段已然湮没、浩渺历史真相的供词，成为王朝皇权至上、奴性横流的冷漠的见证。

在封建时代，人类的历史更像是一条流淌于黑夜的河流，被流放的人们黑暗中行走已然习惯，可心里依然有翱翔的天空。而《史记》，虽然因为时代的局限，它成不了光明，也不是指南针，但从某种意义上来讲，它在封建社会的黑暗深度里，给行进的人们提供了一个明亮的想象。

天意高难问。《史记》如菊，蕊寒香冷。初问世时，汉晋名贤未知见重，很长时间《史记》不为人知，处境相当冷清、寂寞。如此直言天子之短，另立视角以品质之高贵和道义排仁人志士之位，蔑视世俗道德教条，世人阅之岂不心惊胆战？那被统治者一代一代修进加固的儒家统治思想，如高高耸立的围墙，束缚了人们的视界，禁锢了人们的思想，暗香难逸。

而鲁迅先生于一九二六年誉《史记》为"史家之绝唱，无韵之离骚"时，已经是两千年之后的事情了。

司马迁最震撼我的，不仅仅是他以个人之力独自完成巨作《史记》之丰富，更是他对命运顽强的反抗和对生命的珍惜。他以自己的人生历程对生死观、价值观进行了有力地阐释：一个人，活着，就让生命迸发出价值的光芒。越是厄运，越要发光，活出高度。你看他，明知一死可成就一世好名，却偏背个臭名，逆流而上。不管世俗嘲讽，无视庙堂怀恨，苟延残喘，寂寞偷生。不为名、不为利、无关情，只为责任、只践价值。

"世人皆醉，独我醒"，"我不下地狱，谁下地狱"？盛世华年，锦绣山河，奴性横流而君威冷酷。司马迁以文人的柔弱、史笔的刚劲，将华夏民族的泱泱大史，借一个时代的冰凉，书写成了一份冷漠而激越的证词。

在风骨匮乏的精神地带,他的轨迹他的文字,像高峰上的雪水,滋润了我们的灵魂和生命。

黑暗里,墙依然沉默,史笔始终冰冷。谁是谁的墙?谁又是岁月的赢家?而历史,就在这冷漠中渐渐明澈起来。

(原刊于《右江日报》2011年11月3日)

衣带渐宽终不悔，为伊消得人憔悴

"红豆生南国，春来发几枝。愿君多采撷，此物最相思。"一首红豆诗成为世人表达情愫的青鸟，却不知这是作者王维写给爱妻的盟约。

盛唐纹理皆是绮丽华美之脉，男女皆风流蕴藉，骨子里都是一派开放洒脱。所以唐人轶事多，男女欢情很正常。但王维却始终如一，他在青春年少成婚，31岁时夫人谢氏便离世，此后，他终身不再续娶，孤身一人30年而后随妻而去。

自古男儿博功名。即便风雅脱俗如王维，也是几番下长安，夫妻聚少离多。总以为来日方长，一朝功名富贵至，夫妻再赏月下泉。怎料此生，心，生死相依；人，却天各一方。

"千里孤坟，无处话凄凉"。正是良辰嘉年华，共过患难，受过委屈，本以为功名至可以让妻子好好享福了，谁知夫人却在富贵来临之时撒手离开了。王维即便晚年终于如愿以偿，得到了尚书右丞这样的地位，那又如何？纵然你得天下，无人分享，亦是高处清冷不胜寒啊，更何况还不是天下。这个高官，于丧妻、离乱后的王维而言，已然如同鸡肋，食之无味，弃之可惜，只好束之高阁，半隐半仕，已无当年指点江山万户侯的凌云壮志。

旧时故里草木深，小院香径独徘徊。犹记得当年漫步月下牵手时手心的温度,可我回首,微雨燕双飞,偏偏你却不在。

"赌书消得泼茶香,当时只道是寻常。"是啊,人总要在失去之后,方知世间已无任何一切可替代。此后,注定王维这一辈子,心是孤独的。若霏霏之烟、凄凄之风、萧萧之雨,纵是良辰美景只是虚设。

红尘如此清冷,生命如此漫长。若日日沉湎哀愁,又当如何自处呢?唐人特有的洒脱豪放让王维将失妻之痛深埋心底,哀至无声。只是,埋藏不是遗忘,"从此无心爱良宵,任他明月下西楼。"

盛唐大气、磅礴,诗中一派豪情壮志或峥嵘气象,没有形成将闺房之事著诗传阅的风气,悼亡诗词更是少之又少。王维宁静内敛,一生慎行、淡泊,自是不肯当这个出头鸟。所以情深至此,也只是化作寂寞的牢,禁锢自己。

可是,谁能说他无情呢?《新唐书》一贯惜墨如金,只记载名士名官及时代大事,却肯记录王维的家事:"王维丧妻不娶,孤居三十年。"寥寥数字,彰显了朝野、民间对王维一片痴情的敬仰。

三十一岁,正是好年华。王维青衣如水、双眸如星,神采俊逸,风姿卓然胜雪,诗画乐律三绝,身边怎么会没有莺莺燕燕围绕呢?可他却坚持不续娶,不纳妾,与诗画为伴,与青灯经卷相依长夜。固然,这与他深研佛理有一定关系,可他研读禅语,是为自救,为完善自我品质及修养,并不是为拯救社会。所以,谁能说这不是对亡妻情深过痴所致呢?

"愿得一心人,白头不相离。"这样的男人,不仅在你活着时与你琴瑟相鸣,为你寒夜披衣,还在你死后坚守盟约,矢志不渝。

这样的男人，美好得如同深谷里的竹林，苍茫深邃而又清新凝碧，每一阵风掠过，都是一首淡雅婉约的歌，余音袅袅。

　　王维年少高中状元，中青年却一直闲官赋仕，得不到重用。但他并没有养成狂傲孤愤的品性，而是像静静的一潭温泉，偶有涟漪，也只是微微的惆怅与无奈。这应该与妻子谢氏的柔情抚慰有很大关系吧。

　　蒹葭苍苍，白露为霜。王维的妻子必是一个聪慧而脱俗的才女。名利皆成烟云，人生得一知己，千金难买，夫复何求？所以王维即使在失意时，执子柔荑，仍能保持温柔而清洁的灵魂。

　　这样的女子，如贫贱时的西施，又像清高的陶渊明。可以为你含笑浣衣粗活，也可以与你吟诗作赋，还可以争论佛理禅意。

　　这样的女子，宛若榛子，貌似平凡，却清香幽雅；又如莲子一般独一无二，苦寒，但清爽回甘，永远不会腻烦。以至诗人王维即使闻名遐迩、即使位高权重，在夫人离世之后，凄凉后半生，宁愿孤独绝嗣也不肯再娶。

　　沧海月明珠有泪，蓝田辋川芳草新。纵是三五好友时时聚，游湖吟诗戏白鹭。又如何？最后还是曲终人散；纵是佛理禅意芬芳，又如何？总有心之一角是空置的，无可填充，无可排遣。

　　一曲琵琶幽谷传，哀婉的《郁轮袍》吸了谁的心，又断了谁的魂。欢难偶，春过了，琵琶流怨，都入相思调。

　　千年岁月，乍暖还寒，余温犹在。伤情处，一盏残灯，二轴诗画，奈何三更风雨凉薄，谁在灯火阑珊处等谁的影？

（原刊于《右江日报》2010 年 7 月 29 日）

柳永：万花丛中一点绿

这是一个干旱的时代。

这也是一个寂寞的时代。

秋水茫茫，晚风轻，频花渐老，夕阳下，数行霜树。烟波卷雪，溅起点点泪。

一对恋人执杯黯相望，酒，冷多暖少，别是一番滋味。一叶兰舟蠢蠢波动，似在催发。

盛夏已过，寒冬逼近，霜意浓似雪。转身望去，黄昏中，水天共色苍茫，辽阔邈远，烟波千里。以后的漂泊里，还有没有一双素手，在寒凉的尽头弹拨熟悉的岁月，人面桃花来年是否还依旧呢？

是夜，风走百冈，水过千山。人在船上听秋，听见的都是凉薄的音，伤心枕上三更雨，一声更比一声浓，谁解今夜眠呢？

旅魂乱，断云远，柳永的心绪，"寒蝉凄切"。他的伤，我想，应该不仅仅是恋人分离之创，更是一种现实的遗弃，一种理想的割离。

柳永乃是北宋一大词家，在词史上有重要地位。他是婉约派四大旗帜之一，在四旗中号"情长"，有"豪苏腻柳"之称。他的词凄婉缠绵，儿女情长，但却不靡靡。构词意境脱俗，豪放不

羁。以至于"教坊乐工,每得新腔,必求永为词,始行于世"。

他二十四岁即名噪天下,像一片绮美炫丽的牡丹香遍大宋山河。可他却是孤独的,寂寞的,朝廷不用,文人相轻。十年寒窗苦读,圣书所指引的那种正统的道路却对他来说大雪封路。

宦途难行,世态凉薄,汴京又米贵。"人生在世不称意,明朝散发弄扁舟",如何?唯有离开。

柳永一生被排斥在官场之外,如浮云流岚,只在世间流荡,不能永驻。他"偎红依翠"的浪子作风为当时朝廷和文人所不齿,以至满腔才华只能在"花柳烟巷"低斟浅唱,与酒共醉。

不羁而耀眼的才华得不到高层阶级的认可,得不到正统意义上的施展,难道就要它寂寂熄灭吗?难道就不能找另一个出口让诗意迸发升华吗?

在生的无望和追剿中,死亡如果迟迟未到,那风月之欢虽然不是一个新的开始,至少是一种自卫的方式,是一种嘶哑的反抗。

倚声填词的文人骚客很多,写男女之情的也很多。但那些写的男人都以一种下意识的或潜意识的尊卑心理甚至是猥琐心理,用高高在上的姿态俯视为他们提供视觉与听觉盛宴的女人。特别是伶人和风尘女子这类,提供最多最廉价的美丽和歌声,得到最低最底的践踏。只有柳永,不仅给她们怀抱的温暖,更甚的是给她们清澈的情义和庄重的尊严。这也是我最欣赏柳永的地方,不管哪个阶层的女子,在他眼里都是水做的明澈无尘。这点,只有红楼里的宝玉有此境界。

柳永一生浪迹烟花柳巷、市井底层,他写出了别人不敢写的或不屑写的,用美丽的文字拂尘了青楼之情、市井之恋。

他虽有花间词派遗风,却标新立异,独树一帜。所以说柳永是"花间派"的继承人,更是"花间派"的发展者。

他是"花间派"的一个独行者,一朵奇葩。他扩大了词境,佳作极多,许多篇章用凄切的曲调唱出了盛世中部分落魄文人的痛苦,真实感人。他还描绘了都市的繁华景象及四时景物风光,另有游仙、咏史、咏物等题材。柳永发展了词体,留存二百多首词,所用词调竟有一百五十个之多,并大部分为前所未见的、以旧腔改造或自制的新调,又十之七八为长调慢词,对词的解放与进步作出了巨大贡献。柳永还丰富了词的表现手法,他的词讲究章法结构,词风真率明朗,语言自然流畅,有鲜明的个性特色。词性诗情画意而又一往情深。他上承敦煌曲,用民间口语写作大量"俚词",下开金元曲。柳词又多用新腔、美腔,旖旎曼妙,富于音乐美。他的词不仅在当时传播极广,对后世影响也十分深远。

他给"花间派"拓宽了取向和底蕴,给宋朝的文字之江添了几许青釉的色翠、加了质感的厚度,也给自己的生命在夜夜春宵中提升了深度与光芒。他是那繁花似锦里青葱的背景,以一种低调的明绿衬花的芳浓,结果绿肥红瘦,一片绿叶倾城倾世,比花更明艳。

只是,这是一个极端势利的时代。社会允许你浪迹烟巷奴唱郎和,却不允许你"忍把功名,换了低斟浅唱"。你既然红袖软香左拥右抱,还想功名利禄双收,那可能吗?

还好,"凡有井水处,皆能歌柳词"。这多多少少给了他安慰。可惜,他毕竟还是凡俗中的文人,改了名还投身当官去了,遗憾这官不复初衷啊!

古代文人的理想,大都是希望凭借文字的托力跃上政治的舞台,叱咤风云,扬名立万。为此,不惜放低高傲的诗魂、芬芳的

思想，畏缩在统治者慷慨旁开的小门，挤身而入。

谁曾料，毕生追求的却不如闲暇、郁结时随手涂鸦的几行诗词，真正使自己扬名立万、垂香青史的，不是官绩，而是箱子里那一札札皱巴巴的长调慢词。

岁月跟命运开了一个很大的玩笑。

柳永当时是看不透的，可他还是把"娱宾遣兴"的长调慢词当作毕生得意苦心经营，极尽点染。

写"羁旅行役"，"渐霜风凄紧，关河冷落，残照当楼。"气象开阔，笔力苍劲，意境绮丽而悲壮，曾得到苏轼的称赏，认为唐人（即唐诗）佳处，不过如此。

写男女离情，跳出淫意狎乐，现出人性的真情和怜悯，"多情自古伤离别"，"执手相看泪眼，竟无语凝噎"。层层铺叙，声情双绘，一路起伏动人的幽咽怨断，跌宕着醉人的缠绵悱恻。

写都城的繁华，"市列珠玑，户盈罗绮，竞豪奢。重湖叠山巘清嘉，有三秋桂子，十里荷花。羌管弄晴，菱歌泛夜，嬉嬉钓叟莲娃。千骑拥高牙。乘醉听箫鼓，吟赏烟霞。"述钱塘富庶美不可收，惹得长城外胡笳竞折腰。

宋朝的智识阶层对"花间词"，特别是对柳的生活方式衍生派出的慢词风格，认为是文字的一种失重、失血、沉沦与堕落。那是潜意识里受儒家负面影响太深以致人性潜移默化的扭曲，造成的一种对文字理解的异化。"花间词"着眼力写日常生活。人生的起起落落，生活的悲欢离合，始终贯穿于悯己哀世的婉约中。体物甚是工致，抒情是另一味深刻清美，是时代的清明上河图。虽比不上豪放词，无气吞山河的气势，但细细琐琐，却也真实入微。

一个时代，不能容忍并尊重百花齐放、百家争鸣，那他的昌盛是有局限性和表面性的。宋朝与唐朝相比，文化、经济立见其绌。

"多情自古伤离别"，"今宵酒醒何处？"这流转如珠的幽怨，道尽尘世灰暗。再华丽喧闹的弦，再欢情如梦的夜，也掩不住时代的凄冷、人性的哀婉，不如归去！

垂柳堤十里，寒烟冷翠，一江风流东去。

柳永，一个拨开文字铿锵的社会化服务功能，显其温柔底子的绝世弦手。而今，云霏已开，今夜，你还苦苦吟唱湿漉漉的《雨霖铃》吗？

（原刊于《右江日报》2009年10月11日）

宋朝的梅花

盛夏的长安，一夜浮雨芳菲浓。年轻的少女踏青而去。凤鬟锦裳。柳眉杏眸，在溪边喜见小舟横截春水，笛歌随波层层上岸，于是纤挽三重彩裙，摇桨追笛声，误入藕花深处，惊起一滩鸥鹭，更惊起世人纷繁的目光。

此女便是宋朝婉约派宗主李清照。她如清秋夜半下弦月，朗朗照亮大宋万里疆土，以一杆玉笔独立岁月长廊幽园，芳香世间。

李清照年少即以诗文名盛京城；又得如意郎君，举案齐眉，琴瑟相鸣。这是她一生中最美好的时光，于是才思宛如万顷风涛，惊世拍岸，卷起千种风情，写下了一系列婉约雅正、空灵韶秀的诗词。特别是她的词，虽文字通俗浅白，却新颖清新独成一家。

前期，因生活美满，故而笔下一片香软，以闺思赏物为主。虽然内容狭窄、主题浅俗，可技法高超，字字珠玑，腴圆玉润，音律优美，琅琅如珠佩声。

后期，国破、家亡、夫死、珍藏金石尽失。她的笔锋锐利起来，惯于风流旖旎的艳词显出一派刀兵峥嵘气象，反映乱世飘摇，唱尽百姓疾苦离合悲欢。

"生当作人杰，死亦为鬼雄。"这是她铿锵的人格理想和爱国情操。

"冷冷清清，凄凄惨惨戚戚……这次第，怎一个愁字了得。"满纸浊泪，愤痛喧哗。西风消得黄花瘦，雁字回时，城破草深，旧时繁华，不过一江明月如春梦。

此时，李清照已寂寂进入老年。颠沛流离、生死离别，再加上千金散去，已经够孤苦不堪了。可世俗仍不放过她。前生受诬陷，谣言缠身，后世改嫁，遇人不淑，对簿公堂，坐牢离婚，又成为庸人茶余饭后的笑谈。人生的大悲痛、大苦难如影随形，不复当年风采。

可是，在我的心中，她始终是那个风华绝代、无比优雅的旷世才女。是她，在旧规重压的古代，给重锁深闺的妇女打开了一扇门，得于微颤颤地站在男人后面，赋词和诗，共享日月。在那样狼烟四起、儒家束缚的时代，她就如一个美轮美奂的世外桃源，落红成荫、草色芊绵，令世人神往。

少年时，读李清照，喜欢她词作的清丽蕴藉，如轻灵、秀逸的云彩，投影沉睡的心湖，微澜涟涟；青年时读李清照，喜欢她的创新慧质，浅中翻新、俗中见雅，如沙漠之月泉，甘甜清爽；如今再读她，更喜欢她真实勇敢、不逃避、不妥协、追求完美的人生态度。

她与丈夫赵明诚受小人诬陷，有卖国通敌之嫌。夫妻俩便携带全部金石字画藏品，随南宋一起逃难。欲赠藏品于朝廷，以洗清白。可是，铺天盖地的谣言，只不过是庸人们逞能他们过人的洞察和所谓的智慧，不过是给他们无望的生活加点刺激、提醒自己的存在罢了。苟且的朝廷，乱世的凡人，哪会顾及他们夫妻呢？又何谈什么洗冤呢？那只是文化人天真的一厢情愿罢了。

至此，她已风烛残年。生活无依，形如乞丐，只能卖字当酒，遁于市井，如此的孤单落魄，一定累极了。她渴望过几年实实在在、安稳的日子，享受点人间的温暖。所以，虽与亡夫情深笃定，还是冒着失名失节的危险，改嫁了。三个月后，发现对方丑恶面目，又不肯苟且，挑战礼教，毁名毁节上衙离婚。她破釜沉舟，只为追求健全正常的人生体系，让生命恢复高贵的原貌。这在封建礼教严格限制的社会，此等做法是背经离俗的。

宋朝词坛繁荣昌盛，百家争鸣。或豪放悲壮，或清丽舒徐，或缠绵悱恻。可谓千姿百态、云兴雾蔚、姹紫嫣红。李清照以一个女子的幽细触角，独辟蹊径，自成一宗，与千古须眉骚客垂照青史，乃是所有女子的荣耀。

乱世春窄，视野暗淡。是李清照，以清雅的文字呈现一副风物缤纷、淡彩的画。将溪塘的晴雨、泉石的流光缓缓道出。红粉痕，藕花风，繁花袅随碧云遥。她映亮满园景色的灵魂，也给宋朝末期暗淡、血腥的历史，增加了一抹明艳、绚烂的暖色。

仰望李清照。如是在寒烟冷霜的冬日，遇见一树灿烂的梅花。暗香浓醇，风骨嶙峋。

（原刊于《右江日报》2007年6月14日）

当时只道是寻常

宋朝文学家黄庭坚用"四痴"评价一个人:"仕官连蹇而不能一傍贵人之门,是一痴也;论文自有体,不肯作一新进士语,此又一痴也;费资千百万,家人寒饥,此又一痴也;人百负而不恨,已信人,终不疑其欺已,此又一痴也。"他升不了官,不会利用老爸的资源,厚着脸皮跑跑后门,是痴;文章写得行云流水,却不去参加科举考试,是痴;一生花钱无数,家人却饿得哇哇直叫,是痴;被人骗了一次又一次,却仍以诚待人,是痴。

黄庭坚所评价的这个"痴人",就是北宋著名词人晏几道,号小山,晏殊的第七子,人称"小晏"。

每个人在尘世行走,都少不了诸多内外的羁绊束缚,能坚持做到"一痴"已属难得,且必是付出了不少代价的,更何况"四痴"呢?

一个人,若一生都坚持初长成时的鲜嫩而锋利的个性,到底是幸运抑或不幸呢?

隔着岁月的琉璃,从后世远远望去,自然觉得小晏格调高,幽兰一样的芬芳,冰雪一样的清冽。

可当时呢,他苦苦陷入俗世泥潭。因为坚持,而鲜血淋淋。

父亲身居要职,那时的晏几道跟着享尽富贵锦绣。"舞低杨

柳楼心月,歌尽桃花扇影风"。暮宴朝欢,狂朋怪侣,对酒当歌赋新词,拂筝填曲赏曼舞。生活美好得如同一帘香馥的梦,快乐像初绽的梨花一园繁盛。

可转眼间,父亲去世了,梦也就破灭了。家道中落、门庭冷清。丝绸般光泽莹莹的人生突然被扯裂,罅隙巨大,他从中跌落下来,摔得面目全非。不要说锦衣玉食,就是维持生计也成问题。他该醒了,该从西楼的弦乐清醒过来,融入没有父荫庇护的红尘。而他,却如同一个胎儿,依恋母亲温暖的子宫,不愿睁开眼。

如此刚烈、孤高的灵魂偏偏长在一具锦衣玉食、尝尽富贵的躯体里,这是老天爷的垂怜,抑或是命运的捉弄?

又是青草萋萋的春天,彩燕纷飞。再次重逢曾经喜欢的歌女小萍,心是雀跃着,认为这是生命最后的亮色,却是青楼。隔着钱财与权势的河,纵然重逢,也枉一腔喜悦,再也回不到过去"彩衣殷勤捧玉钟,当年拼却醉颜红"的时光了。

小萍心怀旧情,舒展水袖,眼波流转,为他再舞一曲旧时弦。依旧是当初轻云般的舞姿,依旧是当初旖旎的曲子,一旁茗茶的看客,本该桃花一样的笑容,眼泪却猝不及防簌簌落下,在烛影摇曳中微不可闻地叹息。

楼下老鸨尖锐的声音穿透脉脉小曲,温情戛然而止。老鸨正在安排小萍接待其他客人。小山摸摸自己的荷包,零零碎碎的银两已经不能再买下小萍的时间。该离开了。她哽噎地送他下楼,在夹竹桃的花影里挥手作别,阑珊的花瓣一朵一朵飘落她肩上。

谁家新燕啄春泥?双鹣对飞不解人间离恨。

"当时明月在,曾照彩云归。"是啊,那彩云般的人儿,在明月妖娆下是多么的美好,他一直记取,记取那些过往浮岚的胜景。

第二辑 历史锦时/

春天来了，他的心却凋零一地。

"梦后楼台高锁，酒醒帘幕低垂。去年春恨却来时，落花人独立，微雨燕双飞。

记得小苹初见，两重心字罗衣。琵琶弦上说相思，当时明月在，曾照彩云归。"一阕《临江仙》清音绕梁，微痛纤悲。

"赌书消得泼茶香，当时只道是寻常。"此生谁料，当时寻常的欢歌长舞，到最后竟成奢侈。

在峥嵘的世间，沉浸在过往荼蘼的小山不为前途生计奔走，而是选择在冷清、陈黯的深院里，青衫翩翩，焚香茗茶。在悠远空灵的琴声中，继续采撷百合一般清新的文字。困顿的生活并没有消减他文采的风流蕴藉，反而令他一贯明艳逼人的小令凭空增了一份深沉伤怀，宛若一江旖旎春水奇峰迭起，苍莽芊绵。

读他的小令，如同在静谧、清凉的夜晚荷塘赏月。一塘荷色暗香汹涌，此时，一轮皎洁的圆月从远处的山头冉冉升起，点亮了夜的风情，夏荷盛开如锦。瞬间，天地澄明而空濛，苍苍茫茫，清远深美。

这样的男人，宛若一根优雅的刺。刺痛了你，你还为它心疼。

每个人的生命里，总会有一些伤痕残存着，它们像魔鬼一样缠绕着我们的心，轻轻一碰，就会隐隐作痛。于是许多人做了一个壳，把伤疤冻结，把自己躲进去，抓住熟悉的东西不放，从而失去了探究精彩世界的能力。可其实，如果打破了那个壳，我们仍还能够飞翔，生活依然能精彩。

可惜，小晏永远停留在了绮丽的过往，他拒绝与时代合唱，而是选择自己独吟。

是谁束缚了他？是眼耳六根梦幻的假象，抑或孤高清贵的格调？

一条江一个人

繁华如梦。只有懂得放下，彻知世间无常虚妄，收拾起贪嗔恋痴，才能见到内心一塘水碧连天的无限辽阔。

其实，对小晏，我一直很矛盾。他活在时代的边缘，一方面我羡慕他能清冷地停下追逐名利世俗的步伐，离中心远，离内心近；另一方面我又惋惜他的停滞不前，活在梦中惘然追忆。

生命中到底什么是最重要的？是名利、金钱、精神，抑或情义？我们是否要为成功跪着？在众声喧嚣、目不暇接的社会，我们要将自己压缩到怎样的一个程度才能得到认可？又或者，我们是否该坚持站着，尝试让内心比时代更强大？

当很多人跪着成功的时候，我想到了小晏的"四痴"，想到了落魄狼狈的他仍是一身傲然拒绝了大文豪苏轼的拜谒。

也许，我们不必学习小晏一味耽美于过去的风光，而忽视了前行；可是，他本是含着金汤匙出生的贵公子，阅尽繁华，习惯富贵，却在一朝落魄后，并没有不择手段重塑昔日的繁荣，而是选择远离作茧，昂然那一份优雅与高贵，任凭红尘喧哗。他坚守风骨的气节，不能不让人肃然起敬。也让我们在"大江东去，浪淘尽"的激越之外，领略到了另一番"微雨燕双飞"的温婉清新。

风，翻阅宋词。只见晏几道在花影流光中凭栏独立，清幽弦乐荡漾开来……

（原刊于《右江日报》2011年7月24日）

原来，爱比落花凉

寒雪梅中尽，春风柳上归。古时京都繁华绮丽，一城烟柳，十里桂香。才子佳人多云集此地，上演了一幕幕令人唏嘘的爱情故事。

杜十娘，明朝万历年间北京教坊司的名妓。

年幼被卖入青楼，锦瑟华年都在强作欢颜、曲意逢迎中点点蹉跎，杜十娘看透了来客掷金千两的虚情假意，她渴望过正常人的生活，有一个家，有个嘘寒问暖的男人相伴到老。

她不过一只小小的蚁，在无穷无尽的黑暗里，蜷缩着，只是希望能有一线光。

她选了李甲，认为他就是那一线光。李甲风度翩翩，出身望族，貌似君子，更主要的是他对她一往情深。

她动用全部的智慧，瞒过李甲，骗过老鸨，帮助自己轻松赎身，从良上岸。当大船在长天一色的江面上往李甲的家乡行驶，杜十娘的心就像追逐船尾的浪花，喜悦的笑一浪比一浪高。她不禁倚窗对月清歌曼吟。

谁料，美妙的歌声打破了美梦。邻船的商贾李富垂涎十娘的妙歌貌美，邀请李甲上船夜话煮酒。李甲饱读圣贤书，不过是个凉薄人，阅尽美色后他已有撤退之意，正愁不知如何向双亲解释

功名无着、千金散尽、赎妓归乡之事，李富一番话，击中他的软肋，他立马以一千两白银的高价将杜十娘转卖给李富。

两个猥琐的男人安抚自己，完成了一笔肮脏的交易，心满意足，把酒言欢。黑夜的江面涟涟，一如初水的平静。

当李甲酒足饭饱回到自己的船，支支吾吾地说自己家风甚严，怕不能给十娘幸福，已为她另觅良人。

十娘如棒当头。这个曾经山盟海誓、深情款款的男人，不仅弃她如敝屣，还做主转卖她牟取重金。那情深义重的美好时光，不过区区千两银子竟轻松买断。原来，那辛辛苦苦争取来的爱情，只是自己一个人的独舞，只是一枕黄粱。梦醒了，还是火坑里的羔羊。

人生就是如此了。你曾经身陷泥潭，脏过，你以为上岸洗了就干净了。可你没想到，那污渍却一直烙印在世间的长墙，你看不见，世人却一目了然。

在黑夜无边的风月里，因了那一曲曲深情款款、温柔旖旎的词令，十娘坚持了一份对世间真情的憧憬。多可悲，一个整日虚情假意、委以假笑的烟花女子，对于世间唯一的要求，竟是要一个真正的怀抱。

这是一个功利的时代，温情是多么稀薄。所谓的爱情怎么能抵挡得住金钱名利的围剿。

十娘静静地描眉画红，肤如凝脂、凤眉入鬓、轻纱彩裙宛如仙女下凡。她拿出自己攒藏的百宝箱，打开给李甲看，一层一层都是价值连城的珠宝奇珍，随便一件，都比李富给的千两银子贵重，她看着李甲懊悔的神情，是啊，不过千两白银，却丢了美人又丢宝。十娘早算好以后的坎坎坷坷，唯独忘了把人心的轻重算计在内。为了考验李甲，还故意隐瞒自己的身家。如果她不是太聪明，算得太细，李甲看到这个百宝箱，即使厌倦了她，说什么也不会把她卖掉的。那么，至少在年老色衰前，还勉强可以享受一些假象的幸福。

十娘轻舞翠袖，阅尽众生，自认为看人眼力超卓。可是，到头来，还是被那薄薄的温情蒙住了眼，看错了。

长记得、凭肩游，缃裙罗袜桃花岸，薄衫轻扇杏花楼。几番行，几番醉，几番留。

此生怎能料，转眼梦散，魂断。除却天边月，谁相随？杜十娘怀抱百宝箱，怒斥两个男人，纵身投入滔滔江水。浪，卷起千堆雪，拍打缄默的船。

其实，她完全可以不死的，她有百宝箱，随便丢一件砸到李富的脸上，都可以赎回自己的自由，然后装作什么都没有发生，和李甲安逸的生活；或者把李甲赶下船，自己扬长而去，静隐江湖。

可是，隐忍的期冀破灭了，还有什么可以救赎内心的坠落呢？既然无力对抗一个社会的冷酷，那就永远沉默，选择离开。

如此刚烈的灵魂偏偏长在一具浸染风尘、柔弱而妖娆的躯体里，这是老天爷的垂怜，抑或是命运的捉弄？想认命，可体内的声音嘶哑的反抗；欲抗争，却偏偏被世间抛弃。如同漂洋过海的小小鸟，孤勇一个，找不到栖息的岛屿，只能在最后，于夜色苍茫中，华美落幕，殉于大海。

想起《红楼梦》里的香菱，自小被拐卖，颠沛流离，吃尽苦头，好不容易安定下来，跟的却是混账的呆魔王薛蟠，周围都是些心机阴毒、争风吃醋的女人，香菱受尽折磨，老天爷实在看不下自己给她安排的命运,，早早就把她收了回去。这，何尝不是一种慈悲呢？

一条江一个人

　　人与人之间的温情和利用如同一条河的上游和下游,交流同源。世间从未纯粹清洁,凭谁又能单纯的只想择其一?
　　原来,不是没有爱,只是,爱比落花凉。
　　伤情处,高城望断,灯火已黄昏。该走的走了,不该走的也走了,人世间纷纷扰扰、依旧繁华。

(原刊于《右江日报》2011年1月18日)

纵有千种风情，更与何人说

有这么一个男子，他不是不天生富贵荣华显赫；他不是不风神俊逸、玉树临风；他也不是不聪慧过人、学富五车、文采斐然，但他却甘愿低低的，低到尘埃里，用他的超逸才华，只为一个女子作注，并在这个女子先行离世之后，念念不忘，甘愿收起华美的翅膀，只做鸳鸯，在伴侣去世后，哀声呼唤，并在泛滥成灾的相思中耗尽生命与才华。

这个男子就是纳兰性德。他字容若，宰相纳兰明珠的长子，康熙皇帝的御前一等侍卫，深得康熙喜爱。他是清朝翩翩才子，大清词坛三大家之一，被世人称为"清代的晏小山"。他以满清贵族的特殊身份和独特的词风自成"纳兰词"，在中国璀璨词坛上占了一席之地。

容若与妻卢氏雨蝉恩爱三年，却招天妒，卢氏二十一岁便因难产而死。容若从此一蹶不振，虽有继室、侧室、侍妾，却心已枯寂，沉迷于对卢氏的思念。十一年之后，便酣然随妻而去，化作双栖蝶。

其实，在卢氏之前，容若是有意中人的，是他的表妹。谁料，表妹却因貌美被选进宫，成为康熙帝的妃子。不久，心冷的容若就与卢氏成亲。他是谦谦君子，卢氏又是贤淑端庄，真的

好，自当与妻相敬如宾。但心中终是有些不甘心，旧情起伏绵延，潜伏在伤口处，扯不断，医不好。

离别催人老。直到表妹不能承受相思之重，郁郁而终。他伤痛之余，方警醒，"人生苦短，为欢几何？"他终于深情注视这个深夜送衣、红袖添香的枕边人，也终于全心全意去爱这个订了钗钿盟约的灵慧女子。

从此，她空谷新雨般清新的笑颜、白衣胜雪的风华，成为容若眼中唯一的风景，也是容若郁郁不得志的孤独心灵里唯一的慰藉。

此生谁料。当日赌书泼茶香、相倚赏飞雪的美好时光竟如此短暂，短到变成余生心园的荆棘，每每呼吸，都痛彻肺腑。

今生，终是离别，终成陌路。"纵使相逢应不识，尘满面，鬓如霜。"

人生最大的悲哀莫过于：当我学会深爱你时，偏偏你已不在。

纳兰词虽没有苏轼的豪迈洒脱、气势磅礴；也没有柳永的千回百转、一唱三叠，但他一个天皇贵胄的相国公子，又是满清初入关，能掌握中原汉族文化之精深，词风清新隽秀、哀感顽艳，尽显迷离之致，自成一家，实为可贵。而且，他以"深情"为笔，"性真"为脉，毫不节制说尽伤心事，一咏三叹。此等似杜鹃啼血的词话，无人能比。

所以，从女人的角度，我最欣赏纳兰容若。光是名字就已经是华美旖旎、如细滑雅致的锦缎，更何况他那丝丝入扣的深情呢。

欣赏他在"无可奈何花落去"的初恋情怀中幡然醒悟："满目山河空念远，不如怜取眼前人"，转而对妻子全心全意，"绣榻闲时，并吹红雨，雕栏曲处，同倚斜阳"。

更欣赏他在妻子去世后，独抚旧时琴，那一份"泪咽却无声，只向从前悔薄情，凭仗丹青重省识，盈盈，一片伤心画不成"的自责与深情。

他知道今生与妻卢氏已是生死两茫茫，但是，"不思量，自难忘"。于是就把再续良缘的愿望寄托于来世，希望来生永结同心。可是有今生劫别之鉴，担心情比天长，命比纸薄，还是不能白头到老。念此，清冷的忌日之夜，更是寒彻心扉，"清泪尽，纸灰起。"

这样的男人像雪花，清绝至纯，不染尘埃，飘啊，飘啊，没等落到凡间，半空中就融化了。

这样的男人也像荷花，只开盛夏，在最温暖的岁月里绽放最美丽的青春。然后，华丽转身，决绝沉入黑夜，空留赏花人惜对枯荷听风雨。

纵观纳兰词，写得最好的最感人的是给卢氏的悼亡词，直让人不忍卒读。活着时真心对女人好的男人是有的，但有多少男子能对亡妻毕生念念不忘，哀至断肠呢？以容若的深情，他若能预见妻子的生产是以生命作赌注，和命运博彩，那么我想，他宁愿绝嗣也不会让卢氏涉险的。可惜，谁有先知呢，谁又听见黑暗里命运得意的笑声呢？那座桥很多人走过去都没事，为什么偏偏到自己，刚走半道，桥就断裂坠入深渊了呢。

世界如此的寂寥，生命如此的寂寞。一个人取暖，总难以抵挡寒冬。所以，更多的人在深爱离去后，选择遗忘，或者将其冷藏角落。这样，即使偶尔想起，也不至于痛到生无所恋了。

大师王国维说纳兰容若是"千古伤心人，北宋以来，一个而已"。溢美之意虽过满，但说的也不无道理。

是啊，爱人已逝，阴阳相隔。"便纵有千种风情，更与何人说？"

岁月再好，不能执手共听雨声赏荷，亦不过是"葬花天气"寒深冬。还不如归去、归去，化作双飞蝶，于阳光青草间跳一曲名叫爱情的舞蹈。

（原刊于《右江日报》2010年5月25日）

张爱玲：墓地里的上弦月

她是墓地里的上弦月。照亮的总是无常，却使大片大片的黑暗更加刺眼明显。不圆满的华光，晕黄迷茫的孤勇，寒雪般冷冷的清醒，弥漫着"缥缈孤鸿影，寂寞沙洲冷"的清寥。

她是一缕深秋的微岚，又宛如一抹黑夜，立在云端吹低低的箫，清凉出尘。她在时光的浮光掠影里，历尽命运的无常，终于以一种出家的修行禅悟繁华不过一帘幽梦，人生本苦，最终不过是尘归尘，土归土，一场寂然、虚无。

她，就是中国现代文坛上被称为"怪才"的女作家——张爱玲。

旷世才女张爱玲，文风奇特，孤高自赏，写乱世传奇之音，过绚丽传奇一生。张爱玲出生于显赫的家庭，可谓名门闺秀，但由于父母、性格、教育、成长的背景极度不和谐，使得家庭氛围非常尴尬、怪异，矛盾重重，如深冬里的月光，有无边无际的悲凉与清冷。

她的绘画和音乐素养很高。这一点，与唐代诗人王维相似。可王维的音画给他的诗文增加淡远、朦胧的背景，像是幽静、唯美、素清的水墨画；张爱玲的作品，张扬宕漾，背景是热闹的、艳丽的，像是喧哗、深艳、空虚的印象画。

第二辑　历史锦时

读她的作品，如同在富丽堂皇的大厅欣赏钢琴演奏。音符是西欧化的干脆明朗，可显出来的却是中国的传统底蕴。如同一座老的大宅院，日光阴暗，光阴停留，静静中不动声色的彰显华贵雍容。

她不写英雄、不唱高调，不做振臂一呼激昂状。她远远避开当时动荡的社会，站得高高的，隔着白色的云彩，以一种冷漠的悲悯、一种郁重的失落、一种时代的恐慌，深刻特描了当时芸芸众生中最卑微最庞大的小人物阶层。人类的原始劣根性在小人物身上一览无遗，不及躲藏，也根本不想藏好，而是任其有滋有味的，随肉体、随时代成长。

父亲的颓废、狂暴；母亲的自私、高调；名门望族在时代末梢的愈加明显的阴暗与暮色，这样寂寞而断裂的生长环境注定了她对人性里的自私、冷漠、贪婪的那部分。她以幽细入微的笔触，在一盏茉莉花茶的氤氲里，缓缓向你道来。绚烂的文字，没有愤怒、没有波澜，只是平静地裸露真实，触目惊心。

著名翻译家傅雷曾多次称赞张爱玲对国人病态心理的描写，令人"毛骨悚然"。

她不是无情，而是无奈。烽烟迭起的乱世，黑夜很长，只是一盏煤油灯，光线太暗，人们的心荒着，长满了草。

《金锁记》里的曹七巧，日子永远是下午，太阳永远在窗外沉沦。房间永远是帷幔低垂的昏暗。抽着大烟，戴着黄金的枷锁，尖锐而苛刻。她拆散了女儿的婚事、逼疯了妯娌、逼死了儿媳，逼走了男人给的爱，也逼走了命运的怜悯，最后，也逼死了自己。她就像微风中的罂粟，招摇地笑啊笑啊，虽灿烂却充满毒汁。

而《半生缘》里的曼璐，因为没有孩子，为了留住老公的

心,不惜拿自己辛辛苦苦卖笑供读成人的妹妹曼桢当祭品,献给粗俗不堪的老公,只为了传宗接代的是自己人。

这样的人生,在胡琴上咿呀咿呀的,拉过来拉过去,说不尽啊!

如果没有她的描写,我们会认为,人本性善占上风。那些发霉的阴暗的心理,只会在无人的夜晚偷偷拿出来浏览、风干,并努力的下符咒压制、封锁,人前还是阳光般的光明磊落、坦诚真挚。是她固执的补充解说,将文人、文史刻意模糊、遮盖的人性阴暗面,与海上的浪巅一起旭升,理直气壮、明目张胆。

能够深刻意识到人类身上劣根性的根深蒂固,并不遗余力剖析出来的,纵观当代文坛,除了张爱玲,也就鲁迅先生。可鲁迅先生是圣斗士、是呐喊冲锋的旗手,是抱着治病救人的宗旨的,所以他只闻风、切诊、开方、下药。不像张爱玲那样,将病源和发病规律深入而绵长的一一找出。从这一点来说,是张爱玲让我们更全面地认识了自己和他人,她让我们每个人都看到了自己在阳光下清晰、阴暗的影子。

可惜,那个仓促的时代,需要的只是热情与流血,不是出世的冷静和清醒。她这种所谓"消极"和"病态"下的悲悯与警示,又如何能被晕头转向、热血沸腾的世人所知呢?于是,她的慈怀成了变态,她的警世成了冷酷。她不肯粉饰太平的文字和态度,在世人猎奇赏新后,受到了不该有的冷遇、尘封。

当然,一个破坏与建设并存的时代,最需要豪情和牺牲。可是,对于那类跳出时代、只对人的终极存在产生关怀的冷峻智言,为什么不能被尊敬地摆在视野醒目处呢?当烽烟散去、尘埃落定,我们拿什么佐证建设自己人生向度和精神向度的心灵坐标呢?哪里还有一池千年的雪,感化我们歇斯底里的意识形态呢?

所以,从另一个角度来讲,张爱玲的"消极"其实是一场世人不知的精神圣战，她没有民族史的大背景，而是以最底层的、也最活跃的个体的生命力为路标，孤军深入，默默找寻人性的真实答案。她的光辉不是因为满身披甲，而是因为文字里流泻出来的对人性的沉思和对人世的宽厚。

短短的两年辉煌后，张爱玲便沉寂了。特别是她的晚年，刻意地自我埋没、自我放逐。命薄如斯，我想，她是对自己所挚爱的人们失望至极了吧。隐居海外，不肯见客，不肯再给世人回头的机会。如春晴浮岚，随风波滟，似有依恋，却淡无烟痕，溯水而去。即便离世，也是决绝地静静不让人知。

她的传奇、她的苍凉与锋锐化成玻璃灵柩，守护过去的灿烂。隔着时间与空间的冗长望过去，越光辉的也就越凄迷。

世人对张爱玲，一类是捧，一类是贬。而她要的，却是爱。就这样，胡兰成出场了。我们愤愤不平，觉得这种投机的人实在配不上张爱玲。可是，能够如此深刻地理解她、又爱得如此勇敢而浪漫的，舍他其谁呢？毕竟，玩世不恭的是张爱玲的文字，而真正的张爱玲，自闭自怜、涉世未深、心空着、破着，需要温暖。他是上帝赐予她的一袭华美的袍子，是实实在在生命的欢悦，她无法拒绝。不管是同时代的人或是后人，他们翻读张爱玲的文字，总是滤取她的奇特文风，不自觉地忽略了她身上的负重与灵魂的声音。而胡兰成，恰恰能把她从孤峰雪地里解救下来，并给了她一个心灵恣意生长的花园，一个俗世离乱里温暖的怀抱。所以，不管他是坠落的最终落点，或是天空最高的亮点，张爱玲孤僻而脆弱的灵魂，都需要这个皈依。

喜宝曾经说过，我要很多很多的爱。如果没有爱，那么就很多很多的钱。世间女子，无论优秀与否，求的不过是一个爱人的怀抱罢了。但又有多少女人是幸运儿呢？更多的，是只能爱自

己，在寒夜里抱紧自己瘦削的双肩。

人与人之间的温情和利用如同一条河的上游和下游，交流同源。世间清洁单薄、稀少，我们又如何能单纯地只想择其一？

乱世清冷而喧嚣，繁华而荒芜。每一个人都有着"最后的晚餐"的疯狂与恐慌。张爱玲为此喜欢丰盛且浓烈的活，怕生命只是幻觉。她着异服，不惊人不罢休，拼命写书，生造铿锵重墨字词，"出名要趁早啊。"如此深刻体会到显赫背后的狰狞，繁华过后的虚无，她并非情愿。可她摆脱不了宿命的束缚，只好骄傲地接受。用文字这一途径脱离枷锁，使自己的生命得到另类的净化和海拔。她是神话、是传奇。她本该堕落，叼着烟，混沌迷茫着人生；可她却飞上了巅峰，成就一段传奇。

少年父母离婚没有爱，家庭变故，心千疮百孔；青年时历尽离乱婚变，穿越死神之门；晚年隐居生活拮据孤独、为生存抗争。

张爱玲人生的锐度、生命的厚度，就是在这种清冷的命运里得以卓突表现的。她生命的寂寞和文字的病态、绮美，都体现出一种深度追求，对人性的质疑，对爱的追求，对温暖的渴望。

她的理论从源头制造了一个人类社会实象的阴暗，又在终点界定了一个悲剧化的结局，于是这一过程都成了折磨。

她的文字因其经历与汲取的独特，有着某种禅宗似的彻悟与洞悉。烟花残照里，就像斑驳的沉香炉里插的那炷香，看似平静，无惊无险，可每一粒灰都是隐喻，每一个微笑都是诀别，无始无终。

当然，与鲁迅先生相比，张爱玲更像古代一个亦正似邪的独行侠。她对这个世间是从无进入的激情，虽然她一直貌似比许多人更为热切真诚，对世俗的成功和名利有着积极的野心。但她是这个世间的漫游者，她内心的世界，并不在此地。她轻飘飘地挑着文化责任，对教育责任和社会责任却一直是一种疏离的态度，她没有努力为下一代的精神培育积一点文化功德，她的作品没有那种文化自觉。

如果通过文字的传播，达到一种呐喊，唤起更多人的良知与热血，逐渐引入改善的力量，那么，比躲在角落里慈悲更有价值。可惜，张爱玲没有这样去做，准确地说，她没有努力去做。所以，她的华美是幽凉的、是个人的，不能成为主流。也因此，她没有"壁立千仞，无欲则刚"的文化特质。在历史的长河里，时间无情地洗刷一切浮华，她的疏离与漫游，是一种不幸，还是一种幸运呢？

张爱玲一生跌宕，虽然对著文来讲，是奇峰迭起，力透纸背，平添几分重墨；但对生命本质而言，是一种苍凉的凄楚了。

她是一朵诡艳的昙花。黑夜越沉重，芬芳越热烈。那浓醇而绵长的暗香，是对自己生命的赞美和对寂寞的新解吧。她临水照影，扰乱了千江的明月、千江的波心，那嘈嘈切切的浪花，都是惊粟的臣拜。

她是墓地里的上弦月，总在夜深才跃然云上，凄冷甚于清辉。那浓得难以化解的黑暗，总是不停地扑向孤月，不过半弯月色，能穿越吗？

能不穿越吗，孤独造就了她犀利的孤勇，虽然月色朦胧，伊人不在。

午夜里，那千顷松涛，凉薄、凉薄的，在轻轻唱什么歌？

（原刊于《右江日报》2010年9月22日）

张承志：一座特立独行的孤峰

这个宁静的盛夏，心里总有一种躁动，令人坐立难安。那是读了书的缘故，那书，是张承志先生写的《清洁的精神》。

远处，树荫间阳光倾泻，金光依旧，可是灿烂之中竟含着点点愁思。花到八月最华丽，却也难掩其轻愁、悲凉。就好像残冬里炉上温的那壶青梅酒，烟丝袅袅，外暖内冷。

不过400页的书，我拿着，在树荫下行走，感觉像是背负磐石，简直要倾倒，连身边的风也跟着踉踉跄跄起来。

读这本书，是我这半生最艰难的旅程。走不完的戈壁滩、爬不完的塬山，撞眼的，都是荒凉而焦灼的黄颜色——黄土、黄坡、黄沙，还有卑微的黄窑洞，以及被上帝遗忘的褴褛的黄皮肤。

我呼吸困难，极度的虚弱，缺氧，感觉水草丰美的生命遭遇天火燎原。

受伤，是我的收成。

我从不知道，也不肯相信，这个丰富而美好的世界还有如此的冰山一角。这个角落与我所在的五彩纷呈、歌舞升平的社会远远割离，似乎不属于这个世界，只是黄土高原上的一粒尘埃，静动于遗弃中，展放底层的自由。

夜深人静的时候，这些褴褛潜伏在我的伤口，瘦骨嶙峋地以一种世人陌生的、甚至是不屑的姿势，质疑、对抗我一路走来的丰满富态的教育体制和温情的知识。

屈服，是我悚然的感动，是悲怆的喜悦。

那是万马奔疆、江潮袭涌的感动，天地动容。

我不知道：高贵，可以以褴褛的形式傲立。

我也不知道：血性，可以以软弱的方式迸流。

我更不知道：理想，可以以寂寞的姿势痛哭。

西海固的雪，恣肆、狂猛，如命运的狰狞。

西海固的雪，刚烈、清洁，如宗教的结构。

张承志先生听到遥远的雪冰洁的呼唤，从故书堆和铜锈的文物中抬起头来，灵魂，迫不及待地从装着空调的四季如春的现代化书房出发，从没遭遇如此力量的雪。终于懂得：下跪和呐喊都同等是一种尊严，一种激情，一种该有的文化的良知！

17年的蝉蛹勇敢地冲破黑暗但温暖的地下，呈祭弱小的美好在十面埋伏的世界，只为一声歌唱。

阳光，迟迟未到。

勇敢、尊严、血性、拒俗，这些义、信、耻、殉的精神，都是清洁的文化表述。

可惜，谁解清洁？谁愿清洁？

世人皆忙碌。生活与教育灌输给我们的最核心的人生价值观就是名利双收。谁肯停下来，谁敢叛逆？

谁还能像尧舜上古时期那个名叫许由的古人，因尧求他当九州长，许由觉得奇耻大辱，奔至河畔，清洗听脏了的双耳？

那些古老的血性、高尚的尊严随故事一页一页翻去，千年岁月，唯有余烬。

应该感谢张承志先生，他的文化自觉与文化功德，让我们减弱虚幻的乐观而看到阙失，离开表面的统一而看到分裂，反省盲目的自信而怀疑、考察自我的立场。他更让我们看到了一种人的自我最高实现原来是生命热情奔放的状态——一个是灵的平静，一个是魂的奔放，合在一起才叫完美。

以往读别的作家的作品，也有感动。但那种感动，是回味式、总结式的读书心得类的感动，淡软而绵长。如水、如烟，轻似风岚，浅似流溪。而张承志的作品，与他同时代的其他作家作品不同，不是粉饰、不是温暖、不是启示；而是裸露、而是愤怒、而是滴血，而是一种英雄的血性，一种清冷的阳刚。如火，激情沸腾；如雪，冷冽清醒，激烈地摧毁你的世界观、价值观，你不得不震撼、不得不感动。当然，如果你在污浊里沾沾自喜，那你自然不震撼不感动。

我被深深感动了，感动于他的民族精神、他的忧患情结、他的愤世嫉俗。

他的血性和痛苦，以愤怒的呐喊沿民族兴衰史出发，是大底子、大出发。由于阐述民族的苦难，他把自我置于其中，个人的血性始终起伏贯穿于讲解中，不做冷静的旁观者，所以给人一种时空的错觉，感觉民族的苦难演变成他个人的苦难，文章的框架人们也就模糊判断由大变小，境界从升落降。更主要的是，他以一种执法者的偏执撕下人心的一块面纱，在罪感的折磨中全力进行"人性的自我清洁"，直通人类文明的底线。

史铁生的残疾是他的苦难，他由自己的苦难联系到人类的苦难，有了延伸向外，人们归括他的作品层次递升、境界渐朗、高洁，起点由小至大，文字间无可非议地行走着文化责任。因此，人们崇尚史铁生甚于张承志。单是个人主观的喜好，那无可非议。可从思想的纵深和民族的高度来讲，这对张承志不公平。传统的儒家、中庸思想一直束缚大多数人们的潜意识，史铁生对苦难的隐忍与坦然得到人们传颂，而张承志对人性、民族的病垢的揭露与愤怒，人们认为过于夸张、跋扈，是作秀，而不喜欢。

鲁迅先生在他的时代是寂寞的、愤怒的，苏轼在他的时代也是落拓的、孤独的。那大部分世人的麻木，以及为掩盖自己的麻木所努力制造的藩篱是无影的剑，专寻热性的血封喉。凡是勇者，总是孤立的。即使身边不乏一些拥戴者，那也只是对勇敢的臣拜，并不是心灵真正的响应。

这个时代，被许多的批评家指类为缺乏"旺健的思想主流"和"个人主义意识"过早发育、膨胀。

这个时代，被许多批评家称为"悲凉的时代"。正义和严肃正迅速边缘化。精神——一种中国高雅文化的脊梁，正被"恶化"的文字环境强暴。"虚幻的乐观"及"表面的统一"迷惑我们的判断；"反省与审思"只是我们纸上高谈阔论的文学术语，只是我们摆高姿态的资本，并没有成为我们的文学良心；更可怕的是，没能成为文字工作者向世人提供选择人生向度和精神向度的心灵坐标。

我们依旧忙碌着，边忙着讨伐世人的浮躁，边忙着掠取物质的丰盛。

卡夫卡曾站在资本主义工业革命鼎盛的高峰，悲悯狂欢的人们，清醒地认识到"自从滞重的土地里长出了笼子和机器，所有的道路都仅仅是踌躇而已了"。

摸索中发展的社会在一种明艳的繁荣浓荫下暗长荒诞的根系，根系无知而狂妄。因此，张承志的道路是痛苦的。他选择了一种极端的讨伐，表达自己的爱国民族痴情，那愤怒的层层讨伐

下的热血与怜悯为厚厚的浮尘所掩盖，世人不知，或者根本就没有人想去真正弄懂。所以，他的人生如同卡夫卡一般，存在是一种痼疾，是钉牢在大地上的一个悖论。如作家筱敏所说的"注定成为被告，成为犯人，注定在众多的观赏者面前，听任机器的针耙在他背上刺写那个不容辩驳的罪名。"

他是一粒锐利的沙，谁又甘心揉进眼里？

陈子昂当年独自一袭青衫在幽州台上，看到云雾迷蒙前方，风起云涌，念起自己与世隔膜，"前不见古人，后不见来者"，心灵坚持到中年仍被深刻的孤独粉碎，怆然涕下。

千年后的今天，那先生呢？孤身伫立悬崖边，把自己也挺直成了一座张牙舞爪、特立独行的孤峰，前是深渊后是绝壁。这是不幸也是幸运。为之，你才能在欢庆声中保持清醒的哀愁，你才能在喧嚣浮尘中听到真知微弱的声音。神选择了你，带着巨大的使命，你穿过西海固贫瘠而剽悍的雪，找到了通往真知的很窄的门。你身后没有簇拥者，门窄，路也很窄。但对于命运、对于生命、对于宗教、还有对于抛弃你的社会和冷眼旁观的人们，你独自的到来，这已足够。

或许，你的爱情，太偏激；或许，你的视觉，太苛刻。

但行走在这样一个物质重重围剿灵魂的时代，多一些良知的激越和文字的狂热，多一些鹰的飞翔与神的光芒，对人性，对文学，难道不算是一种人类的福音吗？

（原刊于《百色文艺》2009年第2期）

余秋雨：我想与你一起同行

当我路经衰草萧萧的青峰时，我只看见风沉重的翅膀，听不到空中飘荡的声音。

当我从冗长晦涩的《楚辞》抬起头来，那不扎实的古文功底让我对精美的古文一知半解，甚至断章取义。

这时，我多渴望有一座桥梁，可以摇摇晃晃扶上去。透过山河、透过纸背，听到一种远古的声音，在古典文化和现代文字之间来回自如，细细品味一路文明。

而余秋雨，正是这个桥梁。

读《文化苦旅》的时候，感觉自己豁然开朗：那些山河原野、险峰静潭，默默地在岁月烟海里寂寂无声。是余秋雨先生，用文字点活了山水的灵魂，使得这些斑驳或青葱的山水诗化起来，鲜活起来，重现幅员辽阔的人文图景，呈出一派生命的丰满。

跟着他的脚步，我走进敦煌圣地，看着斯坦因等外国冒险家用一点银元跟看管石窟的王道士换去一车一车珍贵的经卷，看到一个古老民族在愚昧中的伤口无声滴血；走进都江堰的永恒，欣赏一个清朗、低调的滋养世界；走进西湖的光影，看到了一个个绮丽而浪漫的梦、一个个文字的光环与传奇……

而在《山居笔记》《霜冷长河》《千年一叹》等书籍里,我更靠近他,进入一个苍茫的世界。这个世界里,风是苍凉的,可气息是热的。

合上书本,千年历史如歌,历历在目。在时光的埋伏里璀璨而莽莽,闪烁着文明的智慧,诉说一个古老民族的伤痕累累和不泯的精神。

在山水与往事的城堡里,余秋雨依仗着自身渊博的文学和史学功底,以及丰厚的文化感悟力和艺术表现力,不仅人为地构造出了一幅幅浓郁而又深沉的人文图景,揭示了中国文明巨大的内涵,也对人性与文化坦诚了他的焦虑与思考的深度。

他把历史现场虚拟式的还原,让人物、自然、现象重新漫步在回忆的原野,原野上开满苍老而诗性的花朵。他以直抒式的咏叹和纵横四海的气势,挥洒着对中国文化的种种遐想和议论、对一个个时代、一个个文化现象进行考究与审省。

在《莫高窟》一文,他激昂地说道:"没有一个人能够面对着它们保持平静。唐朝就这样,这样才算唐代。文明的民族,总算拥有这么一个朝代,总算有过这么一个时代,驾驭如此瑰丽的色流,而竟能指挥若定。"

而在《霜冷长河》里,他以李清照受小人诽谤困扰的遭遇说明:我们一生最花力气维护并始终为之奋斗、为之苦恼的东西,往往并不是生命中最珍贵的东西。

余秋雨先生的散文不仅仅是一种对中华文明的解释作业,因其在文化解读之外又具有浓郁的文明拷问意义,所以也是对人性和时代狠狠剖析的"中国读本",深入灵魂。

苏轼、柳宗元等古代著名文人一再被谪贬。针对这一现象他阐述了在人类文明发展过程中,权力一直凌驾在文化之上。可皇权并不能压制文化的光芒，文采华章雍容与殿阙对峙，一路流芳。

对于"文革"这样一个动荡的社会形态，他以为是历史主体意识对自然人性全面否定的结果，是个人命运与历史主体之间的断裂和错位。

中华民族早期特别强烈的文化亮点，在余先生看来，它安顿了中华文化的精神魂魄，重点论述；而对于后期那些漫长的历史走廊，则快步走过。这是余秋雨心中的一部中华文化史，也是一部充满强烈色彩感的中华文化史。他以其饱学和情感，向国人传递文化记忆，播散了中国传统文化，敲响世界文明之钟，将中国文化推向世界。

有评论家誉他为：左手写散文，不流之于浅薄；右手撰述艺术理论，也不失其丰瞻高深。

在文化意识上，我很怀旧，却不甘心放纵自己化为故纸堆中的书蠹，我只希望在安装了空调的钢筋森林里，依然有一盏传统的明灯、一本陈旧的线装书照亮我的夜晚。新和旧可以同时存在。

他的作品，恰好就达到了许多爱读书的人们所需要的高度。激扬文字中气势如虹、亲躬叩问，充满着生命的庄重和文化的使命。又蕴含强烈的主体意识，体现本我人格的自在，坦露人生哲思的火光撞击。

每每读他的书，仿佛在聆听一曲曲气势磅礴的交响乐。那一种生命姿态，流淌自他的灵魂深处，拨响于他的忧患之心。跌宕在世人面前的，是浓重而丰饶的宏大文明史。

读他的书，又仿佛跟着他的脚步踏遍千山万水，俯身历史，采贝拾珍，倾听一种遥远而铿锵的行板。

他的文字时而沉着大气，时而温纯淡然，透着唐朝大气磅礴的风致，可谓龙文虎脊，力透纸背，直面现实；他的笔锋犹如锋利的剑，带着冷冽的思考，刺在历史和人性的关节之处。

生命原本是单纯的。可是，人却活得越来越复杂了。很多时候，我们不是作为生命在活，而是作为欲望、野心、身份、称谓在活。

我真想和他同行，行走江湖。看看飞天的笑容，打捞西湖的遗梦。在天涯的尽头，在大漠的月下，如浮云掠过江山如画。看看那些沉寂而暗发幽香的人文山水，辨读那些晦涩的碑文。

霜冷长河。无数的才子佳人化为尘土散落在山水间，倾世的才情与生前的空名，最后都化作景点，供后人游玩，指指点点。可他们并没有消失在光阴里。才华、故事秘密融入山水，隐藏玄机。后人一旦面对，悟出禅机，便打开了封存久远的文化内涵和人格魅力，拓宽了自己的心灵通道。

人在路上，社会理性使命已悄悄绅绎，纵使红尘纷扰，也可以独静于时代外，站立在自己生命的高处，俯看内心。

人生本是一场苦旅。不过，一路上如果都有文化的花香相伴，那苦难也轻盈起来了。

走吧，从心灵出发，让自己的生命丰满起来。

中国，这样的行走，越来越多就好了。

我期待着，并且相信，明天或者后天，会有这么一群人，有少年有中年，走进故书、走进山河，破译密码。

（原刊于《百色文艺》2011年第3期）

史铁生：一座荒凉而生机繁盛的花园

在浩渺无边的岁月长河里，我们每个人都是光阴的人质。运气不好的，就被命运选为祭品，祭祀给诸神取乐。就这样，他被选上了。这个祭品，就是中国著名作家史铁生，一个轮椅上的猛士，有铁一般的意志，史一般的存在。

命运想借此打击人类昂然的尊严，谁料，祭品那浑身散发的压迫力和生命的威严，以及对自身苦难的顺安与勇敢，反而使一切都成了他的背景。

什么是命运？什么是劫数？什么又是胜利？他用自己榛子般外粗内秀的一生作了最好的证实。

从《命若琴弦》到《我与地坛》，再到遗世之作《病隙碎笔》，史铁生先生的作品与人文精神，在中国现代文化里呈现出一幅深幽空灵、矿藏丰富的原野风光。上面，泼墨着色彩斑斓的灵魂版图，潺缓着清澈澄明的精神川流。

因为残疾，他脱离社会的流水线，不能像许多同龄人一样走向世俗默定的成功之路，被远远抛在尘世喧嚣之外，但他以自身的奋发，反而获得了更多的精神自由与翱翔天地，获得了灵魂真正的自由。也因此在名利的墙外，在斑驳剥落的岁月痕迹里，拥有了一种静寂而生机盎然的生命状态，和高贵、清澈的意识形态。

十六岁的时候，我正被读书和升学压得喘不过气来，觉得未来就像一片荒野，空荡荡的，可能分布着一万条道路，但没有一条是我可以看得见的。那种无以传达的空洞，那种灵魂深处深不见底的无望和迷惘，使青春的光泽零散而冰凉。绝望的我在古老静滞的小镇里找不到答案，只好常常躲入芦苇疯长的河滩，在午后的花影下读许多不属于年龄的书，寻求救赎。就这样，史铁生先生写的《我与地坛》铺开在我的面前……

他刚刚二十岁，正是青春大好，却意外双腿瘫了，蓬勃辽阔的生活被命运截断，禁锢在冰冷的轮椅上，成了轮椅上的"侏儒"。就好像一只原本坚定朝前方行进的小兽，正开心地随着大部队出发，寻找美丽草原，却突然失明了，找不到方向，也找不着队伍，狂躁得团团乱转。

还好，有一座地坛，看着他撞得头破血流后，耐心地陪伴他安静下来。在祭坛石门的落日里，我看见轮椅上的青年沉浸在沉静的光芒里，默默地看自己长长的影子，划过青草、划过时间……

人，为什么要活着，活着又该怎样活？在生的绝望与死的逼近、在寻找与放弃的挣扎里，轮椅上的心灵给自己矮下来的生活命题，并艰难寻找答案。

"每一步，其实每一步都是走在回去的路上，当牵牛花初开的时节，葬礼的号角就已吹响。但是太阳，他每时每刻都是夕阳也都是旭日。当他熄灭着走下山去收尽苍凉残照之际，正是他在另一面燃烧着爬上山巅布散烈烈朝晖之时。"

当合上书本，那悲凉而深刻的的结尾，击倒了我的年少轻狂，一种洞悉生命面目的悲怆弥漫晶莹青春。透过翠柏的苍幽岁月，先生以一种平静的态度冷静道出生命的真相和残酷。

三十岁的时候，再读先生写的《病隙碎笔》。

在白色的病房，面对记者的采访，他笑侃自己生病是职业，写作是业余。这个钢铁战士，先是瘫痪，后又从肾炎发展到尿毒症，几乎后半生在靠透析维持生命，最后因心肌梗死离世。没有谁比他更体会健康的意义，也没有谁比他更了解精神的可贵。

《病隙碎笔》是他在重病中点点滴滴拼凑而成，十几万字，用了整整四年时间，每天在透析的间隙那个短暂的清醒里撑着写一个小片段。可谓字字肺腑，蕴涵着鲜血的浓烈和猩红。

书中讲了一个故事很让人深思：说有个叫约伯的人很信仰上帝，上帝想了解他的信仰是否纯洁坚贞，一再让他遭受厄运。撒旦挑拨离间对约伯说，是因为他得罪上帝，所以才受尽折磨。约伯很委屈，但醒悟过来信仰还是坚持下去，最终考验通过，上帝把约伯失去的一切还给了他，赐福与约伯……

整本书弥漫着一种禅的芬芳，充满人生信仰的芬芳与甘甜，玄思深刻，直抵人性深处，直面人性诟病。

是的，他要告诉我们，上帝不许诺光荣与福乐，但上帝保佑你的希望。人不可以逃避苦难，亦不可以放弃希望，恰是在这样的意义上，上帝存在。命运不受贿，但希望与你同在，这才是信仰的真意，是存者的生门。

在生与死的重重围剿中，他始终是命运追逐狩猎的目标，他与死神数次过招，棋逢对手，只有死亡征服了他。可是他弥久不散的灵魂的光芒，也刺痛了命运来不及散开的笑容，谁能说他不是早就征服了死亡呢？

他让我最佩服的，不仅是他身残志坚的励志故事，也不仅仅是他自强不息的意志，而是他对生命的郑重：不因为身体的缺陷，而放低自己生活质量的标准。而是与正常人一样，追求生命

内外的完整，健全精神灵魂的高贵。他的追求完全脱离了世俗的束缚，纯粹而正常；脱离了尘世外在的附加条件，从而回归了人的真正意义与目的。

我们每个人都是光阴里的一滴露珠，落到草尖就晶莹，落到石头就残缺，谁也没有资格选择落点，只能选择生存的姿势。

读他的作品，你总会发现，在滞缓、甚至带有些宿命的玄思那暮色暗沉的背后，有一个鸟语花香的花园。那些沧桑、忧郁的枝干上，竟开出积极乐观甚至幽默自足的花朵。

我一直在想，如果没有那场该死的暴风雨，没有那一场狰狞无比的大病，史铁生应该还是身体健康，四肢矫健的吧？那么，身体健康的他站在世界的喧嚣，耳濡目染的是世俗默定的标准，他还能如后来保持内心的宁静和积雪般凛冽的精神吗？他还能有今天的成就吗？

假如，他健康了，却又不幸平凡如我，那么，是不是他也像我这样，在陈旧的办公室哀叹物价飞涨，与子女难以沟通，而工资，又偏偏沉眠不前？

他生前曾对朋友说过，如果可能，宁愿健康而俗气地活着，也不要这虚名。

是啊，杰出总是与沉重相随。生命苦短，谁不想活得简单点、轻松点呢？可惜，每个人生下来都有自己的旨意，有些人演得好，有些人却杂乱无章或暗淡无声。

所以，苦难在很大程度上来讲，是成功的引线，是辉煌的敲门砖。

想起诗人舒婷写的那首《神女峰》：与其在悬崖上展览千年，不如在爱人的肩膀痛哭一晚。的确，从生命的价值来讲，我们欢迎苦难带来磨练锤出成就的光芒，但单单从生命本身而言，我仅希望健康地活着，平庸而快乐享受每一天。

因为他很艰难地从生存的窄缝里走出来，所以带着豁然开朗的喜悦，以一种昂然而清澈的玄思，审视世界。对人类的终极意义进行艰苦卓绝而又辉煌壮丽地追问与眺望，苦苦追索人之为"人"的价值和光辉。

勇者，总是历史上一滴最鲜亮的鲜血。贝多芬是，莫扎特是，史铁生亦是。

当势如破竹的金钱标准已大大超越了文化价值和道德原则，很多作家轻飘飘地挑着文化责任，对教育责任和社会责任隐晦地保持一种疏离的态度，并没有努力为国民精神培育文化功德，也没有积极推进"人性的清洁"。

曾有人把残疾人称之为"被上帝咬过一口的苹果"。但史铁生先生的一生不像残缺无味的苹果，更像传说中的英雄丹柯，掏出自己的心燃烧成火炬，为迷路的人们带路，找到一个崇高清澈的世界。他让我们知道，生命并不只是指肉体的身躯，还应该包括心灵和精神在内，他让我们感悟生命神奇之时，也感悟到了精神对生命建设的重要。

霍金——另一个坐在轮椅上的人，他用作品照亮了宇宙。而史铁生，他用看得见的残缺，照亮我们心灵与精神的某些残缺，照亮的是人类的心灵。

身躯可以残缺，内在生命必须完整，因为，上帝眼中无残疾。他用残缺的身体，说出了最为健全而丰满的思想。他体验到的是生命的苦难，表达出的却是存在的明朗和欢乐。

当他以自己的生命之灯照亮命运的大门，生命的温暖和死神的高高在上成全了他的完整。

这个时代，我们这些所谓的正常人，由于肢体的完整，由于

行动的灵便，由于俗务的纠缠，更由于欲望的循循善诱，我们都忙着倾听社会的标准、物质的要求，有多少人真正停得下来，扫扫心灵的灰尘，倾听心灵的声音、正视生命的要求呢？

有的时候，我都弄不清楚，到底是史铁生瘫痪了，还是我们这些人瘫痪了呢？

这个铁一般的生命，有种霁月清风的特质，令人感到舒服妥帖。我一直有个错觉，他会一直都在。至少，在我老的时候还在。只要我一转身，都可以看见他在地坛里听雨燕高歌，在合欢树下想母亲的音容笑貌。可是，他还是走了，在新年的第一天黎明，轻轻地走了。

那一座沧桑的地坛，永远活着在时光的高处！

其实，史铁生先生何尝不正是他笔下的地坛呢？荒凉的野地，没有精美辉煌的琉璃建筑，没有游人如织的名气，很普通很平凡，冷落寂静，华美、浮彩都被命运之神撕剥殆尽。但当你走进，你会欣喜地发现，园子荒芜却不衰败，生机盎然。芳草芊绵、翠树、藤蔓、昆虫竞相生长，天空更加洁净、深邃；阳光更加明亮、温暖；还有，那静静拂过草尖的光阴，剔透得不染一丝尘埃。

听听，植物拔节、昆虫窸窣，仿若黎明前的号角，充满了对生命的主宰和希望的精神。

（原刊于《右江日报》2011年2月7日）

徐霞客：旅游里的文化传奇

　　一袭落满尘埃的青衫，黄昏里，独坐山巅，斜阳千里外。一掬篝火，一支秃笔，一双锐利而空明的眼眸，山风来，枕着一片山林入梦。这就是明代著名的地理学家徐霞客。

　　他21岁出游，五十几岁因病才停止游历，一生最美好的时光都在行走江湖，寻找山水隐藏在岁月深处的灵魂。

　　世人誉他为"千古奇人"。此言正确地概括了他的一生。他出生富庶，聪颖强记，博览群书，却无意功名。这在重科举的古代是一奇；在朝廷完全没有资助的情况下，他自费游历大江南北，考证地理是一奇；在重文抑理的时代，他毕生探索大自然的奥秘，独辟蹊径，自成一家，这又是一奇。

　　在明代，男儿们忙着吟文作赋或是挥戟沙场博取功名，他却溯江登山，把地理考察当作毕生的追求。没有谁逼他这样做，也不是政府委他以重任，纯粹是个人行为。

　　看电视频道《探索与发现》，一位老地理学家这样评价徐霞客："他是地理千古第一人，是他使旅游成为文化，他开辟了地理这门新学科。"

　　是啊，因为他，单纯的旅游变成了一种明亮而清新的梦想。他破旧不堪的草屐，跌跌撞撞推开了一个崭新的领域，使旅游从文学的附庸品分裂出来，独立成为美丽与危险并存的一种新文化、一门神圣的科学。而自己，也成为世间流唱的一段传奇、成为旅游文化里的奇葩。

他对地理学科的贡献是极为重大的。对溶洞的考证，他比西方人早了一百多年；他"北历三秦，南极五岭，西出石门金沙"，查出金沙江才是长江上源。虽然由于当时条件的限制，徐霞客没能找到长江的真正源头，但他为寻找长江源头，迈出了极为重要的一步。

徐霞客在三十多年的旅行考察中，先后游历了江苏、安徽、浙江、山东、云南等十六个省（自治区）。东到浙江的普陀山，西到云南的腾冲，南到广西南宁一带，北至河北蓟县的盘山，足迹遍及大半个中国。更可贵的是，他主要是靠徒步跋涉，连骑马乘船都很少，经常自己背着行李赶路。寻访的地方，多是荒凉的穷乡僻壤，或是人迹罕见的边疆地区。大多以野果、清泉果腹，偶有人家，方可重温世间热气腾腾的饭菜。

二十八岁那年，他攀登温州雁荡山。想起古书上说的雁荡山顶有个大湖，就决定爬到山顶去看看。当他艰难地爬到山顶时，只见山脊笔直，不仅无处下脚，也没有湖泊的痕迹。可徐霞客仍不罢休，继续前行到一个大悬崖，路没有了。他仔细观察悬崖，发现下面有个小小的平台，就用一条长长的布带子系在悬崖顶上的一块岩石上，然后抓住布带子悬空而下，到了小平台上才发现下面斗深百丈，无法下去。他只好抓住布带，脚蹬悬崖，吃力地往上爬，爬到一半，带子断了，幸好他机敏地抓住了一块突出的岩石，才没有掉下深渊，粉身碎骨。最后费尽九牛二虎之力，才爬回了崖顶。三十多年的游历，他历经无数险境，九死一生。

每天，不管跋涉多么疲劳，不管在什么地方住宿，他都坚持把自己当天考察的收获记录下来,写下的游记有二百四十多万字,可惜大多失散了。留下来的经过后人整理成书,就是著名的《徐霞客游记》。这部书四十多万字,是把科学和文学融合在一起的大"奇书"。

在这本"奇书"里,我们可以看到:徐霞客的游历,并不是单纯为了寻奇访胜,更重要的是为了探索大自然的奥秘,寻找大自然的规律。

他经对福建建溪和宁洋溪水流的考察,得到"程愈迫则流愈急"的结论,也就是说路程越短,水流越急。这个地理学上的著名结论,就是由徐霞客通过实地考察得出来的。他在山脉、水道、地质和地貌等方面的调查和研究均取得了超越前人的成就。

同时,他对石灰岩地貌的科学考察,也比西方人早一百多年,称得上是世界最早的石灰岩地貌学者。不仅对火山、温泉、气候等自然现象有考察研究,对各地的名胜古迹演变和少数民族的风土人情,他也都有生动的描述和记载。他的这部奇书,在文学上的价值也很高,篇篇都可以说是优美的散文。

五十一岁那年,他游历到中缅交界的腾越(今云南腾冲),不幸病倒,返乡后不久就去世了。一个伟大的灵魂沉眠在他一生挚爱的壮丽山河。

在当时,大家争先恐后挤着科考的独木桥,他却选择了地理考证这条冷僻的路。这并不是一条荣华富贵、扬名立万的好捷径,但他去了,独自走上这条掩没在荒野深处的幽幽之径。并且,把这条路踩出了至高的境界与丰沛的风景。

可以想象,独自行走重峦叠嶂的他是孤独的,仿若深涧空谷中自开自赏的幽兰。但孤独的心灵包裹着一颗珍珠,那颗莹泽的珍珠就是他坚硬而柔软的理想和追求。

一个人有梦想不难，难的是一生矢志不渝坚持梦想。熙熙攘攘里，岁月仓促，如梭的人流奔涌前进，他却在时代里缓慢行走。

他是一个内心力量很强大的人，强大到以至种种红尘纷扰皆成了他屹立的背景。

他涉水爬山寻找大自然的生命轨迹，寻找理想与精神的静水流深。在他身上，我们看到一个坚持信仰的灵魂之光，同时窥探到一种源于心灵的沉静之美。这微光静美，使久已周旋尘世的我们，感到了背离精神之乡的遥远。

他就好像古代的侠客行走江湖，以信仰为鞘中剑，踏遍千山万水，破译大自然的真实密码。

原来，灵魂也可以这样绽放：自由而不羁，孤独行走、高贵吟唱。

（原刊于《百色早报》2011 年 5 月 12 日）

第三辑

羁旅芬芳

Chapter 3

人生若只如初见

终于有个宁静而清冷的晨,可以心无旁骛的写她。在我的文中,她不再是清绝的背景,也不是借她美丽的图片去装饰其他的涂鸦。

远远望见属都湖,她静静卧在青山碧草掩映之中,若隐若现。她不像是大地留在地球表面的泪珠,因为她没有忧伤的味道。她更像一颗剔透的琥珀,静、淡远,而且禅意芬芳。

来到湖畔,雪域的风拂来,散发着雪的气息,虽是盛夏犹如深秋。水边萋萋芳草,修长而多情,随风揽影,戏倏忽往来的鱼。岸边草甸繁英缤纷,红、黄、紫、绿、橙,坚强的格桑花,粉墨登场。而守护神一般的高大的针叶林、阔叶林,傲然睥睨众生,带着清冷的质感。

慢慢走在碧塔海的栈道,撑把蓝花伞,享受着雪域高原清新的阳光,独自一人。同行的同事已走远,我不想追赶。朱红的栈道带着古典的气息蜿蜒若蛇,望不到尽头。前无来者,后无游人,阳光透过树梢,斑驳地打在我的脸上,衣上影动,我就仿佛一个停留在时光之外的影子,带着日光的余温和月色的阴柔。世界好似遗弃了我。

真好。整片海似乎只属于我了。青蓝的湖水一波一波滟滟而来,撞击栈道高挑的吊脚,碎浪胜雪,喧哗旖旎,似乎在一遍一遍呼喊我俗气的名字,漫不经心却又带着无穷的诱惑。我静静回眸,长发飘飞。反正我是怎样也追不上同事了,始终都是孤独,何不让自己的孤独多点诗意，沾点灵气呢？于是，我干脆坐在栈道上，抛弃那一贯的淑女形象，脱鞋戏水。

听说香格里拉有一个名景，叫"杜鹃醉鱼"。据说在阳春三月，一岸杜鹃朝夕怒放，萎谢后落英纷纷入水，闻香而来的鱼儿以花瓣为食，竟然微熏半醉，就在澄澈的阳光下，翻着白白的小肚皮，枕水而眠。这真是神仙般奢华至极的生活，想想都让人嫉妒。盛夏而来，我虽无缘见到此景，但闭上眼睛，想象微风中，落英缤纷，花下鱼风流，已是极美。

在我的常识里，杜鹃树应是树如其花，娇小、柔弱，似江南女子。但在香格里拉，颠覆了我的认知。碧塔海边的杜鹃树，高大、伟岸，嶙峋沧桑，一派伟丈夫的风格。

人们更多的喜欢丽江古镇的繁荣。但对我而言，如果可以选择，我宁愿在香格里拉枕草而眠，听海入梦，也不愿像无头苍蝇似的。在丽江和大理的商铺团团转。

少时，几个游人从我身后急急赶路而去，见我独自一人坐在栈道，似以玉足垂钓闲鱼，神色空远，见有几分怪异，竟放慢脚步，频频回望我，准备一副江湖救美的大侠风范。我知道，人家是把我当成失意落魄欲自绝山水之人了，却不知，红尘中我始终清醒。因为清醒的知道世间美景数不胜数，你不可能处处身处其中，"满目山河空念远，不如怜取眼前人"，所以一路走来，慢条斯理，走走停停，怜见眼前景，让生命的花园一一采香。

总有些人，旅游胜赶路，总唯恐在难得的游览中，遗漏哪些景点，相机不停拍摄，心灵没空欣赏。倒不如让心灵沉静下来，一一铭记。匆忙中，有谁能真正听得懂海浪清冷的声音呢？又有谁明了挺拔的杜鹃树最是那一低头的温柔呢？而香格里拉，那种宗教与山水、子民合为一体的与众不同的神韵，那种远离喧嚣、遗世独立的淡定不染烟尘，又岂是一部相机能带走的呢？

我们匆忙的行走,是想摆脱什么,是时间的束缚,还是社会的标准,或者是日益逼近的死亡的恐惧?人活在世上。总被命运的苍茫与内心的焦灼搞得晕头转向。

远处是迷蒙的雪山,近处是错落有序的针阔叶林、青碧的草甸、艳丽的野花、涓涓细流的小溪,还有那悠然南山的牦牛、满脸皱纹边走边转经筒的藏族老妇人。

香格里拉,一个遗落的世外桃源,一处消失的地平线。充满奇特的文化走向及自然景观。它的风范,沉着、从容,充满韧力;它的气息,优雅而锐利;它的歌声简单而清澈,放射出神性的光芒。

香格里拉如此的清绝,裹挟着霜气的高原风在林中长啸徘徊,满山乱舞,实为喧闹,细听却都是寂寞,犹如生命本身。而寂寞又寂寞得坦然,坚守枯寂若甘,食之若饴。有多少人能悟出其中真相呢?更多的是那成群结队的浮躁,表面繁荣的窃喜在自己的人生经历上写着"到此一游",以此抚慰自己匆匆赶路的生命。

香格里拉,那深幽迷漫、清冷胜雪的蓝色,那以出世之心鲜活入世的绿色,那明明冷傲却又笑颜绮丽的芳菲,都界定了它与世间的距离。它是天堂,是精神的栖息地,是每个人心灵深处隐秘不可言传的宗教。它屹立风雨,显露了一种历史的纵深,一种文化的渊厚,一种寂寞的高贵。

突然发现自己明白了,从心灵到精神,像饱满的栀子花,嫣然绽放。内心里,有一种来自雪域的宁静。活着,不就是这样吗?心,清冷着;舞,激越着。灵魂坚守出世的超然,生命保持入世的积极。

终要离开了,忍不住再次回首。云雾散开,远山苍翠,梵语隐隐约约,而眼前,尽是清幽的芬芳。

人生若只如初见。如果每一次相遇,都保留着那一份初见的美好,那一份初见的心悸,多好!

(原刊于《右江日报》2010年3月25日)

白云深处，你在悬崖上舞蹈

　　七月盛夏，雨季如约而至。那些日子，滂沱大雨和彩虹阳光总默契地在地球上演一半是海洋一半是火焰的剧情。按捺不住的山，开始春光外泄。挺拔的树木们在白云深处握住彼此的手，在岁月中静静偕老；芳草一派清新无邪，深情的芊绵低语，绿得幽幽泛蓝的树林怂恿山的精灵——泉溪离家出走，于是，一股股清碧或浑浊的溪水飞流直下，推着挤着，去寻找传说中的海洋。

　　这样的日子，美好得如同唐诗宋词，最适合放下手中的工作，做个闲云野鹤游山玩水。于是，我们来到了黄果树瀑布。

　　黄果树瀑布，位于贵州省安顺镇宁县。是珠江水系支流白水河九级瀑布群中规模最大的一级瀑布，因当地一种常见的植物"黄果树"而得名，以水势浩大著称，以其雄奇壮阔的大瀑布、连环密布的瀑布群而闻名于海内外。瀑布高度为七十七点八米，其中主瀑高六十七米，瀑布宽一百零一米，属喀斯特地貌中的侵蚀裂典型瀑布。黄果树瀑布不只一个瀑布的存在，而是以它为核心，在它的上游和下游二十千米的河段上，共形成了雄、奇、险、秀风格各异的瀑布十八个。1999年被大世界吉尼斯总部评为世界上最大的瀑布群，列入世界吉尼斯纪录。

　　黄果树瀑布十分壮丽，享有"中华第一瀑"之盛誉，是除尼

亚加拉瀑布和维多利亚瀑布之外的第三大瀑布。周围岩溶广布，河宽水急，山峦叠翠，气势雄伟。瀑布落差七十四米，宽八十一米，河水从断崖顶端凌空飞流直下，溅起水浪高达九十多米。氤氲烟雾迎风飞舞，落在瀑布右侧的黄果树小镇上。在艳阳高照之日，烟笼雾罩，映出金色的光来，亦真亦幻。那街道，仿佛金色大道，于是有了远近闻名的"银雨洒金街"奇景。

盛夏到此，暑气全消。不错，苍树老藤、翠草浮桥、林间小路曲径通幽，无不湿意浓浓。烟雾似梨花雨沾湿游人薄衣，迷离成了一幅淡雅的水墨画。

黄果树瀑布对岸高崖上的观瀑亭上有对联曰："白水如棉不用弓弹花自散，虹霞似锦何须梭织天生成。"此乃著名的地理学家徐霞客到此考察的感叹，亦是黄果树瀑布的真实写照。

"捣珠崩玉，飞沫反涌，如烟雾腾空，势甚雄伟；所谓'珠帘钩不卷，匹练挂遥峰'，俱不足以拟其壮也，高峻数倍者有之，而从无此阔而大者。"徐霞客阅尽无数江山如画，对黄果树瀑布尚且如此赞叹，那我们这等窝在钢筋森林的蚁族目瞪口呆也是情理之中了。

盛夏，水量充沛，黄果树瀑布一派少年轻狂，奔腾浩荡，如蛟龙翻滚，飞浪滔天，卷起千堆雪。那撼天动地的惊雷巨响，十里之外则闻其声。

冬天，枯水季节，黄果树瀑布宛若大家闺秀，温婉沉静，妩媚秀丽。水，分成一捋一捋，轻轻落崖，迎风飞舞，如漫天初雪般静美。

我们来得正是时候，雨季刚过，水流充沛如宝剑出鞘，笑傲江湖。

黄果树瀑布是世界上唯一可以从上、下、前、后、左、右六个方位观赏的瀑布,也是世界上有水帘洞自然贯通且能从洞内外听、观、摸的瀑布。

水帘洞在瀑布后绝壁。天然溶洞,自然贯通。人工修造的栈道将其连接两岸,洞深二十多米,有六个洞窗、五个洞厅、三股洞泉和六个通道。可在洞内窗口窥见瀑布飞帘倾泻之胜境。到黄果树瀑布,不进水帘洞,就不能真正领略到黄果树瀑布的雄奇和壮观。唯一可惜的是,这不是孙悟空的老家花果山,不然还可走进名著,沾点仙气。

我们穿上雨衣,穿行洞中,洞内还算宽敞,也能直立行走,头顶一直在滴水。从洞窗内可以观看洞外飞流直下的瀑布。瀑布的轰鸣声很大,完全盖住了一切其他声音,我们从一个小洞窗挤身伸出手接了咆哮而下的瀑布,感觉手被水浪撞击得有些麻痛,努力透过烟雾往下看,但见千仞峭壁下,水花高蹈,云笼雾罩,雪浪咆哮。耳畔,仿佛听见水之精灵一声声低魅入骨的呼唤:"来吧,加入我们吧!还有什么比飞跃更快乐的呢。"看得呆了,只觉心神涤荡,灵魂出窍。赶紧收身退出,如此再看下去,我担心自己精神恍惚,要随瀑布而去了。水帘洞的妙处,不仅在于可近距离观看瀑布,还可以居高临下观赏犀牛潭上的彩虹。

瀑布下的犀牛潭,经常挂着七彩缤纷的彩虹,这里的彩虹不仅是七彩俱全的双道,而且是动态的,只要天晴,从上午九时至下午五时,都能看到,并随你的走动而变化和移动。古人云:天空云虹以苍天作衬,犀牛滩云虹以雪白之瀑布衬之,故有"雪映川霞"的美称。

正是日薄西山,斜阳晚照。凭栏处,但见犀牛潭里彩虹缭绕,云蒸霞蔚,一片绯红迷离、升腾、变幻,如同琼阁仙境。恍惚中,疑身在云端之上,梦之彼岸,有种梦里不知身是客的感觉。

黄果树瀑布有个奇异的特征，称为"向岩后撤"。风雨溶蚀和雨水不断冲刷，使原先形成的瀑布不断向后撤，曾有过三次大的变迁，它后撤距离长达二百零五米，现今的三道滩、马蹄滩、油鱼井便是它后撤留下的遗迹。

它不仅拥有世界上最典型、最壮观的喀斯特瀑布群，而且，据说，在其周围还发育着许多喀斯特溶洞，洞内发育各种喀斯特洞穴地貌，形成著名的贵州地下世界，可以预见，假以时日，黔中南将成为我国乃至世界上最著名的瀑布游览区之一。

白云深处，黄果树瀑布，你在悬崖上舞蹈。霞彩流光，苍柏翠凉。在蓝天之间，高山之巅，你舞出一种人类所永远无法企及的生命状态，时而激越，时而沉静，随心所欲传唱着野性的呼唤、如歌的行板！

（原刊于《右江日报》2011年9月26日）

初秋,到山东来看海

九月,已是初秋,踏上山东这块土地,空气依然是炽热的海风的气息。雨开始下了,像月笼轻纱,裹着一个美丽的倩影,梦里,是海鸥的柔情。

"家家泉水,户户垂杨","四面荷花三面柳,一城山色半城湖"。说的就是泉城济南。这是一处以泉水众多、风光明秀而著称于世的美丽城市。撑着伞,在济南的杨柳依依处,于红舫古桥边,欣赏黑虎泉的幽深清澈,瞻仰解放阁先烈的遗址。可惜荷花已谢,看不到一湖出淤泥而不染的婷婷夏荷。因为城下泉脉纵横,为安全和保护,老城区楼房皆不高,两三层而已。

济南的夜,都是雨调。沧桑而多情的法国梧桐,整夜在我的窗外浪漫的低语。

第二天到青岛,雨中的海岸线一片灰蒙蒙,青岛所得名的红瓦绿树、碧海蓝天景致,因雨减去一半美色。青岛景致较多,有青岛百年标志——栈桥、青岛电视旅游观光塔、八大关、东海路雕塑街、"五月的风"等。

我最喜欢绿树掩映中幽静的名人街。据说,从民国至近代,有许多名人曾在此讲学著书或停泊疲累的灵魂,如老舍在此写成《骆驼祥子》、还有康有为、梁实秋、闻一多等文人骚客流连于此。斜雨清风中，樱花虽谢，睡莲却花事正繁，芳草萋萋，一片芊绵，这是一条很有韵味的街道。

行走在苍凉无语的雪松下，欣赏那一座座古老典雅的德式建筑。由于曾经沦为德、日的殖民地，整个青岛展现着一种旧殖民地的风情，典雅、安逸，还透露着些许陈旧、琐碎的高贵与傲慢。当年被德、日侵略的血腥已在历史长河淡去，留下的却是精美的一面。游人如织，争先恐后观看，我不知道自己该抱什么心态去抚摸这些历史的痕迹，虽然它在岁月里以一种无辜的方式优雅的伫立。午后偶现的阳光，照射在博物馆门前鲜红欲滴的红枫上，美丽浮动，灿烂得刺眼，我不禁闭上眼睛。

我们一行，白天，扬帆破浪，看海鸥低旋，浪打青礁，卷起千堆雪。漫步五四广场，瞻"五月的风"雨中怒放，燃烧得像青春的热血；夜晚，街头排挡，我们畅饮原浆啤酒，狂吃川菜，犒劳这几天老吃馒头已经饿坏的肚子。风声、雨声、声声入耳，滑落酒杯，化作海韵入肠。青岛的生活不是诗歌的，也不是童话的，但可以成为小说，精彩、故事多。可惜酒把我的笔钝坏了，午夜安静的街道，法国梧桐的漏雨不断提醒我什么，怜我不是诗人，吟不出任何诗句，也唱不出赞美的歌。倒是一夜好梦，梦里都是家乡的美食。

离开了青岛，进入威海、蓬莱。路过烟台，买了一袋有名的烟台苹果，确实很脆很甜很清凉。拿了一个给年轻的女导游，她一口咬下去，一只月白的肥虫从苹果里探头探脑冒出来，睡眼惺忪，好像在梦中被惊醒。我们一片尖叫，小导游脸色不变，拉出虫子丢出去，继续若无其事吃完那个苹果，大家目瞪口呆。结果，一路过来，一车都比她年长的游客牢骚少了许多，车里竟然有了歌声。

黄昏时分，走进蓬莱仙阁。阁外的海波澜不惊，烟笼雾罩

第三辑　羁旅芬芳／

据说此处曾出现过海市蜃楼奇观,可惜我们无缘看到。这八仙得道成仙的楼阁,建筑一律仿古的琉璃彩绘,很崭新,瞧不出哪点仙气,富贵气倒是很浓。八仙庙前的香较贵,我实在舍不得买香上供财神爷和八仙,心里暗暗祈祷了几下,就去观赏渤海和黄海接集的交界处,导游说此交界处青蓝对峙,泾渭分明,是个名景。艇太快,雨太密,我什么也看不清,只拍了一张披着雨衣满脸傻笑的留影。

倚在仙阁的长廊,但见长天沧海一色苍茫,青灰色的大海浩淼无边,漫天的细雨和轻风在海面上铺陈它们的影像。暮霭沉沉中,传来悠扬的钟声,是谁在祈求上苍呢?求什么?财富,平安,抑或幸福?我们的欲望如此的多,老天爷能忙得过来吗?那钟声带着魅惑人心的穿透力,清凉出尘。今夕是何夕?我不由倦起,幽生遁入空门之念。

初秋,到山东来看海,又何尝不是来看雨呢?那一片海,与秋雨相依,与清风共舞。虽然不是绝色,可节奏是轻盈的,色泽是明澈的,风格是快活的,自有一份江湖潇洒。

用几天的时间体会山东,显然是仓促的,不期望能抓住它的灵魂,但用心感受它的每一个细节,记住它的美丽身影,也不枉我冒雨来看它了。

(原刊于《右江日报》2010 年 11 月 15 日)

独立小桥风满袖

到达丽江古城时，已是黄昏，暮霭沉沉，一盏盏红灯笼高挂客栈商铺前檐，花灯似海。青黛的石板路静静迎风，雕檐镂花、花木繁荫的客栈带着岁月的余温，暗香汹涌。隔着时间和空间的琉璃，有一种霁月清风般静静凉凉的光辉。恍惚中，我仿佛看见苏童《妻妾成群》里的五太太项莲轻轻地走来，她若有若无地笑着，苍凉如一片深秋的绿叶。

披一张梅花傲雪的披肩，我悄悄地走着，唯恐惊扰了沉睡的历史。温暖的灯笼，迷离的夜色，寂静的小巷，在水边叽叽喳喳低头觅食的麻雀，还有偶尔擦肩而过的外国游客那听不懂的英语，构成了一幅奢华而不真实的画面。

想起一名行者在她的书里写道"暮宿丽江一家僻静的小客栈，流水在客房下面，晚上睡梦中，听见枕下潺潺的流水声，疑是野营溪涧，醒来，竟一时不知身在何处"。甚是神往，按着她述说的路线，我很快找到这家流水上的客栈，它就在一个偏僻的小巷尽头，确实小，毫不张扬，黑褐的木门斑驳苍老，雕栏飞檐脱尽浮华饰美，在岁月中洗尽素心。我几次想举手叩门投宿，但又想自己是团队出行，不可任性，方悻悻作罢。现在想想，真后悔，我又有多少机会重游丽江呢，当初就该任性一回。

而文昌宫，《一米阳光》的拍摄地，去的时候，恰好关门。我松了一口气，那样伤感彷徨的爱情，我不忍再读。

我们在新城区住宿，第二天一早，又进丽江古城。进到喧哗的商业街，人潮汹涌，比肩接踵。我们在商铺中穿行，摸摸看不懂的东巴文字，试试艳丽华美的民族服饰，尝尝风味各异的小吃。欣赏酒家门前的民族姑娘高歌揽客，纳西族的姑娘毕竟娇小些，比不得牛高马大的摩梭姑娘嗓音高，许多顾客都被摩梭姑娘吸引过去了。她们扯着嗓子，唱读菜谱，抑扬顿挫，煞是好听，许多外国游客都停下脚步欣赏，作为丽江一景。

中午，我们仨妇女选个小楼吃午餐。与楼下的喧嚣不同，木楼上很清净，饭桌边立着一架子的书，在等餐的闲暇，我抽了本旅游的书，翻阅行者的轨迹。一抬眼，看见对面的阁楼几个年轻的男孩在拨弄吉他自唱自乐，那伤感而迷茫的民谣，像一把软剑，剑风冰冷，剑意却极温柔，像在述说又似在不停地抗争。张扬着桀骜却又充满着清洁的思想。这里的午餐不怎么样，但背景音乐和书籍很好。

用过午餐，我们就上山看玉龙雪山。百闻不如一见，一阵失望。正是盛夏，没有想象中皑皑白雪的一片苍茫、大气磅礴，远处高峰冰川耸立，近处冰碛冻石横陈，云雾散去，群山无彩，清清冷冷的。这应该才是玉龙雪山真正的面目，平常中不过多了一点雪的灵性。蓝天白云倒是澄明，似乎伸手就能触到。不过也好，在冰川中清醒的孤独，总比在人群中热闹的寂寞与迷惑好些。雪，冷而清明，纯净素朴，在某一层次上，像极了我们的心。

拍了几张相片，我们还是回到丽江古城。那里才有俗世实实在在的温暖。又是黄昏，还是一街的灯火迷离，每个人脸上都是亮如寒星的眸光。寻找什么，期待什么？是远古的繁荣，还是远离尘世略带洁净的温暖，抑或是一帘绮丽的幽梦？走在人群中，没有答案的答案像一块雪山的蓝冰，堵在我盛夏热烈的心弦，使我感到有点冷。我多想走进那间静静的小酒吧，点一杯咖啡，什么也不做，只静静欣赏玻璃外喧闹的浮尘。那间小酒吧，行者鞠曾在她的书里做过介绍：是尼泊尔人开的，安静、清淡的温暖，丈夫经常绅士的微笑，而中国夫人，则似水浒传里的扈三娘，美而辣，带着强烈的民族特色。

正想进去，同事都走远了，只好跟上前。那个小酒吧在回眸中渐行渐远，像那烟雨中来不及拍照的黑山白水。

丽江，安放心灵最放松的家园，我最眷恋的精神角落。你仿若中国的古典音乐，繁艳、苍茫，给人一种不知今夕是何年的怅惘；又仿若莫扎特的音乐，空灵、清澈，静静的欢喜；更宛如诗人戴望舒念念不忘的丁香姑娘，结着秋一般的清愁，在华年小巷里，流转妖娆而清凉的风情。

丽江，世界像你一样包容我，你像世界一样对待我。那海洋般的月色，那火焰般的冰雪，如此温柔又如此伤害，我麻木的平静决堤，心曲成殇，使我舔伤口时，感受到的依旧是你的气息——芬芳。

独立小桥风满袖，平林新月人归后。流云过，烟雨渺，梨花落尽绕画楼。桥上人独立，月色雪中来。俯看一溪雪水幽幽泛蓝，苍青色的晚风拂来，杨柳依依，临水照影，亭榭飞檐在光影中怀思红尘无语。轻捻着时光里的等候，看水，看莲，看叶，灵魂和月色一起曼舞。

轻轻地，如一片晚霞我走了，身后月华箫声般悠扬。风情，千年依旧。

（原刊于《右江日报》2010年7月27日）

烟 雨 漓 江

深秋，却不像深秋，一袭薄衫，一场烟雨，我来到了桂林的漓江。

对于桂林漓江的印象，首先是在小学读本里。有篇课文《桂林山水》，倾囊陈列桂林的美景。语文老师是一个颇具文学美感的人，把一篇《桂林山水》读得抑扬顿挫，并要求我们诵读如流。文中很多文段如今都忘记了，但那句"漓江的水真清啊，漓江的水真绿啊"却深深刻在脑海里。

长大后，见了太多被现代文明所污染的自然风光，我很质疑漓江的风光还有语文课本所说的那么美吗？

当我满腹疑惑真正站在漓江的竹筏上，逆江逐浪，放眼十里画廊时，不得不承认：漓江，真的担当得起那样唯美的文字。

江水清澈温婉，随着奇峰潺潺而流，白鹭横江，烟雨迷离；水中汀地，芷兰正是萋萋，绿树如盖；岸上人家，金黄稻田、青瓦灰檐，整个景致就像一绢淡雅空远的水墨画。

俯身水边，水中的鹅卵石光滑而明黄的年轮一圈一圈荡漾着微澜。水草在水底随水流舞动，舒展的枝叶柔软无骨，好似一个精灵，又仿若一个美人，曼妙跳着《霓裳曲》。

水至绿，胜似岸边垂竹，又仿佛一块翡翠，在烟雨濛濛的雾霭中，泛着盎然而幽蓝的绿光。

山，或险峻，或狂狷，或奇美。有像骆驼过江的，憨态十足；有如同夫妻并肩的，笑看岁月无痕……最著名的是九马画山景点，周总理曾数出有九匹马，可我愚钝，怎么数也数不到九匹马。距离兴坪镇不远的"黄布倒影"就是二十元人民币画面的实景处。

有水无山，景致少了些许厚重，就显得轻浮几分；若有山无水，则过于凝重，景致少了空灵之气。

造物主在造阳朔的时候，可能心情大好，舍得费了不少心思。你看，山，精致奇险、各具风姿；水，风情万千、清浅淡雅。

江岸近山青青，远山墨黛；江边杉树林立、竹丛簇簇。岸上的村落，不时有孩童的欢歌笑语以及鸡鸣狗叫的声音飘到江面上，愈发衬得静静的青山、清清的江流、静静的渡口安然祥静了。

白鸟横江，江流烟雨，浮云穿行。烟雨中的漓江，静谧而闲逸，宛若陶渊明笔下的世外桃源。

竹筏幽幽穿行于烟濛薄风中。我独立筏头，长发飘飞。雾气太浓，一时看不清前方后景，恍如世界只剩下了自己，遗世独立。雨，是浪漫的天使，铺天盖地而来却又温柔无边，湿了我的眼，涤了我的心，笑着、闹着，落入江中，激起如歌的行板。一瞬间，心静如禅，感觉生活回到了原点。

世界如此喧嚣忙碌，每个人不管是不是情愿，都被裹挟着跌跌撞撞往前走。身，在奔波着，心却空凉着。有这么一个地方，好像就是造物主的良苦用心。

水乡周庄是一幅清凉的水墨画，美是美了，但那些芳街水道蕴涵历史的声音太纷繁,毕竟是有些空寂了,充满岁月凝固的感觉;阳朔则不同,它没有厚重的历史承载感,它有鱼鹰、有橙黄的稻田、有明亮的阳光,有纯自然的男耕女织生活,无一不显现着浓郁的人间烟火气息,让人觉得熨帖,有种俗世的温暖。

西街是阳朔这个世外桃源里的时尚元素。外国人成群结队来这里寻找最古老的中国,而中国人却来这里寻找最小资的情调。洋人画的壁画、正宗的蓝山咖啡,地道的阳朔手工围巾、纯粹的中国茶……这里,每天都有浪漫的邂逅,都有唯美的剧情上演。

在阳朔,可以早上到漓江看鸬鹚捕鱼,享受最乡村的阳光;晚上,进西街品尝最地道的咖啡,享受最小资的风情。像这样古老与现代、乡村与都市和谐结合不显突兀的地方,全中国恐怕没有几个。

到过云南的坝美,说是中国的"世外桃源"。确实有点像,摸索穿过黑暗中的河流过三道山,才豁然开朗进入一块平地。确实隐匿。但这种兜兜转转的隐逸,总是不自觉的、带有刻意的雕琢。不像阳朔,男耕女织坦荡着,把隐逸过成了一种熨帖的生活。

也有一些人说,这个中国最美的田园小镇已经商品化了,清雅的山水沾染了铜臭味了。是啊,你看,一艘艘的游轮、一叶叶专为游客设计的竹筏,江面上百舸争流。鸣笛声、马达声,声声荡漾,颇为壮观。

物质与精神如同一条河的上游和下游,交流同源。我们喝下去的每一口水都是他们发酵后的化合物。每一个人都有追求丰衣足食的渴望,谁又能说谁比谁更清高更高贵呢?只要,白天的喧嚣过后,晚上还可以看到点点渔火燃亮江面,就已经不错了。

流年光影里,在物质与风月的狂欢中,如果,我们自己内心

还能坚守那份渔舟唱晚,那么,一切的风景,依旧氤氲如润泽的水墨,让人沉醉在安静悠长的清梦里。

那一个霜薄雨浓的深秋,我看了一眼漓江,顿起退隐之心。

那一刻,我多么渴望自己是漓江里的一尾鲤鱼,在涟涟的水波里,逗起缕缕的明漪;或什么也不做,只静静地发呆,在薄霭和微漪里,细数岁月的鳞片。

雨,还在下着。

那又如何,人生在世须尽欢。不妨学学东坡居士,笑看风雨,吟啸且徐行!

(原刊于《右江日报》2011 年 9 月 18 日)

我与天涯有个约会

今生，不知道是不是与雨特别有缘，无论是在草长莺飞的暮春还是在阳光明媚的初夏，也不管我是出发到彩云之南抑或热带之都，总是遭遇雨天。以至眼前的异域风光在烟霭飞雨中总带有诗的深沉与朦胧。

暮色苍茫，作别北海，乘坐轮船前往海南。一路上，游轮腾波驾浪，像一柄白色的剑直搅海心。因为总是喜欢出发，所以我一向都耐得住旅途辛劳，极少头晕呕吐的。可那晚，我们几个"牌友"刚玩了几圈，我就头晕目眩了。我极力把自己蜷成一团缩进薄薄的棉被，昏昏沉沉睡到半夜，被轮船与海浪撞击发出的巨大声音惊醒了。船，忽上忽下，颠簸得更厉害了。我看了又看柜里的救生衣，静听风声、雷声、海浪声，只觉得世界安静极了，仿佛只剩下自己沉浮。后来才知道是缅甸发生7级地震，广西有震感。

凌晨4点，船终于安然靠岸。睡眼惺忪中被工作人员赶下船，伫立在木棉花盛开的码头，等着导游领走。海风从花隙穿过，其实，世界不过就是这海南的晨风，初感凛冽，里子里还是夹着丝丝的暖意。

一路海口到琼海再到三亚，挺拔的椰树，浓绿的槟榔，青蓝

的海水，低飞的鸥鹭，还有穿着岛服的男人和穿着绚丽的波西米亚长裙的女人们，构成了热带独特的风情。

因为水温太凉，我们没能下海畅游，只能在海边戏水。不知道是我们戏海，还是大海戏我们呢，一群人在潮起潮落中衣服反反复复地湿了又湿。

在兴隆华侨镇，观看了华侨后代的表演，老的跳得不错，年轻的动作表情都很机械，看着觉得比他们还累。是啊，年轻的心总是没边的，想飞，怎么甘心日复一日在沉静的疏影婆娑下跳着古老的舞步呢？

晚上，泡在温泉里数星星。灯火太辉煌，星辰变得缥缈，仙踪难觅。男同胞向我们女方挑战，双方打起水战来，一时水花四溅，不亦乐乎。一会儿，我们又去另外一个池让亲亲鱼"吃脚"，据说，谁的脚污垢老皮最多，鱼儿就特喜欢啄那个人的脚，帮你清洁。我们几人静静坐着，看那小小的鱼儿在我们的脚底忙碌啄着，又酥又麻的感觉让人觉得温暖。坐久了，我们又回来泡温泉，几个小孩在学游泳，池里每个人脸上都洋溢着友善的笑容。这样暖洋洋的夜晚，每个人都卸下了重重的外壳。

在琼海，坐着游艇观赏海河汇流、海天一色的景致，妙舌生花的导游指着博鳌亚洲论坛会址对面小岛的别墅区，说某明星价值几百万的别墅就在其中。他还说，在海河汇流的地方许愿很灵验的，许多游客跟着他伸手抓运气，我没有动。这个世界，强大的是命运，不是人类。该是你的就是你的，不该是你的怎么留也留不住。

上了玉带滩，海滩狭长似绸，褐黄的细沙温柔，踩上去好似踏入少女的清清幽梦。一位当地妇女为了噱头，在她卖菠萝的小摊旁展览了一只小鳄鱼，鳄鱼嘴巴被封住了，我端详它的时候，它正好睁开眼睛,四目静静对视,身边的喧闹声此起彼伏,它不是这个世界的。我不知道,夜深人静的时候,孤独稚小的它是否怀念沼泽里慵懒的阳光和妈妈温暖的怀抱?

《非诚勿扰Ⅱ》在海南的海边拍摄点因为还没有开发成景点,整个园子荒废了,咖啡厅、小木屋挂着蜘蛛网。游人极少,海风在林间低吟而歌,带出了人走茶凉的清冷。这里的海岸线很开阔,一条废弃的小船孤零零地搁浅在沙滩,成了静寂的背景。海浪一排排天际而来,像世界一样喧嚣。

小园香径独徘徊。漫步在舒淇与葛优曾经走过的木栈道,每一棵菠萝树都极致地打开了最美的风情。当长天一色,夕阳徘徊,我不知道,拍戏闲时静坐沙滩的舒淇,是否觉得眼前喧哗张扬的这片海,就像自己波澜起伏的人生?这个女星,不算漂亮,却有着倔强的眼神,总让人心起怜惜。

终于到了天涯海角景点,我也俗不可耐地忙着在天涯石前留下纪念。

我并不相信山盟海誓,也不相信天荒地老。可我喜欢"天涯海角"这四个苍虬的字,以及这两块冰凉的巨石,喜欢"天涯海角"蕴涵的苍茫,与距离造成的空间感。这种喜欢,与爱情无关。

站在礁石林立的海岸线,海浪一轮一轮地向岸边汹涌而来,拍打着缄默的礁石,卷起千堆雪,咆哮如猛虎下山、蛟龙初醒,喧哗如滚滚红尘。岸边的人群逐浪嬉笑着,我静静伫立着,任天光微暗中椰风裹挟着白浪朝我扑来。想起诗人海子的诗:"从明天起,做一个幸福的人,喂马、劈柴、周游世界,我有一所房子,面朝大海,春暖花开。"那是多么幸福的生活啊,可惜,幸福太短暂,悲伤总比生命还长。诗人最后还是卧轨自杀了。

这里的海是激扬的,带着俗世的温暖。而香格里拉的海是禅的沉默,连翻浪也是清清冷冷的。

几分山雨空濛,几许繁华似梦。在这个世界,总有一些好风景,让人感叹造物主的神工,这些奇景佳境,穿越了岁月烟尘,风情万种,在隔世之音的召唤下,尽享岁月的宽容。

如果你厌倦了现代文明的符号,想倏忽忘却了碌碌红尘中的自己。那就打点你的行囊吧,前往那些可以让生命丰满起来的地方,去那里写诗、喝酒,或是寻找流失千年的浪漫萍聚。

所以,活着,我喜欢出发。用脚步,或者心灵。

(原刊于《右江日报》2011年11月21日)

周马峡谷游记

古人云：智者乐水，仁者乐山。山水之间蕴含着无穷的乐趣和智慧。

暑假刚开始，我就应好友的邀请，前往田林县六隆镇有名的周马峡谷游玩。

六隆镇是八渡笋开发区，漫山遍野长着青葱的翠竹，风吹过，竹翩舞，好一片青波荡漾的海洋！空气非常的清新凉爽，含香带甜，是沿路的古树老藤上繁盛细密的黄色小花萌发的暗香吧。遥望草色芊绵，繁英娟俏，好似进入了陶渊明笔下的世外桃源。

车走了大约三个钟头，终于到达目的地。周马峡谷在一个叫周马的村寨上游，峡名也就由此得来。我们在村里租了一条船，船夫作导游，逆流而上。

船慢慢地行驶，放眼望去，河不算宽，水微微的混浊，两岸种满玉米，矮矮的土山憨厚地匍匐着，风景不算美，我有些失望。突然，水势由平缓变急流。河道骤窄，波涛汹涌、骇浪拍岸，如万马狂奔。抬头一看，前面两座高峻挺拔的石山隔河对峙而立。两山中间，一条窄窄的河道，浩浩急泻，口吐白沫、挟持寒风、凌厉锐冲。冲到半途，河中又威坐一块灰白的巨石，

割水为二。水发怒了，汇聚后形成更壮丽的咆哮、更野性的狰狞。

我们的船如片枫叶在咆哮上飘摇，令人胆战心惊。年轻黝黑的船夫脸色严肃，忙着拔篙加速，躲礁劈浪。

终于驶过这段急流，水势由急变缓，便进入周马峡谷。但见两岸峰峦夹江而立，江流回环曲折。万丈绝壁，直插云霄，遮天蔽日。峡顶疏林纤竹，浓翠欲滴。泛舟谷底，清风徐来，深潭阴冷，给人一种凉爽如深秋的舒适感，顿时忘了尘世的纷扰。

船夫说峡顶有猴子。那猴子常在夕阳残照时成群结队出现，缘藤清啼、投石问江。可惜，今天天气阴沉，无缘识猿真面目。

周马峡谷属喀斯特地貌。两岸石壁布满各式各样的乳石。大一些的，状如磬钟垂挂，春笋破土；小一些的，如花鸟飞虫、仙草蘑菇。近岸低处的乳石长满厚厚的藓草和丝草，褐黄的乳石给壁上的树碧草灰一衬，显出一种高高在上的威仪，景象奇异而美不胜收。

峡谷不算长，大约两公里。峡外开阔明朗、线条柔和；峡内却鬼斧神工、险峻寒肃。

峡谷尽头，两岸怪石向江中迈步，似要牵手会晤，形成极窄的口子。因而人们又把周马峡谷称为鸳鸯峡和钳牙峡。据说，枯水期水落石出，大船无法通过这个口子。

我们的船也过不去，只好转头回走。谷内有沙滩，细细的银色的沙。我们下船登陆，此时，天色已近黄昏，可神奇的是，整天不露面的太阳竟露出半边脸。一抹夕光照着山顶的杂树，淡淡的晚霞轻飘飘地浮在淡青的天空。远处，尽为烟波所掩，千古江山，一片苍茫；近处，游鱼戏沙、鸟鸣山涧、人闲花落。一刹时，竟不知身在何处，不知是山是水、是人间，或是仙界……

船缓缓驶出谷底。隐约听到几声缥缈的猿啼，宛如远天外传来的幽婉梵音。但愿我们的闯入没惊扰它们的悠适。

走进山水，面对山水，在清晨、在黄昏，听鸟鸣山涧，看泉石流光。只有在这样的时刻，我们才能感受到远离卑琐、远离尘嚣，才能更接近生命的本质。

（原刊于《右江日报》2009年5月16日）

岑王老山游记

早就听说田林的岑王老山有桂西第一高峰之称,一直无缘拜访。直到四月,芳菲将尽,才跟着旅游局得以前行。

老山海拔高,气温低,昼夜温差大,四季如秋寒。春闻野兰发而幽香;夏观杜鹃傲然独秀;秋品枫叶红艳飒爽;冬赏险峰云海飘逸。

幽兰风姿我们已经错过,好在还有满山的杜鹃风中绽笑,等候知音。我们一行四人在老山林场吃了野味十足的中餐,就在林场的工作人员带领下,进入岑王老山主峰地带。风,越来越清凉,树,越来越嫩绿,仿佛春天刚到枝头。经纬度的影响使得高峰区域的树木生长期比山下缓慢。

我们兵分两路。男士上杜鹃山搭建木架观测台,而我们两名女士将独自攀登岑王老山主峰,体味杜甫"会当凌绝顶,一览众山小"的豪情气概。一路但见佳木俊秀而繁荫,藤萝缠绕;翠竹成林,清癯临风,飘飘然一派道风仙骨。竹下,成片的幽兰枕着阳光风声清浅入梦,不理尘事。虽已无花,但山中润湿,野兰墨绿苍碧,丰腴不减,不似花落人憔悴的怨妇,倒更像珠圆玉润的杨贵妃。

"行到水穷处,坐看云起时。"连爬带滚,跌跌跄跄,我们这两个"巾帼英雄"终于到达峰顶。峰顶修建一座五层高的观测台,有一对类似夫妻的工人正在粉刷,那男的高歌着,低沉的声音在山中林间回荡着,余音袅袅,在枝头跳跃,因而有了一种浑厚的美好。令人听之心旷神怡而怅惘。我们在观测台上远眺,只见青峰十里,跌宕起伏,空谷深涧青红相间,绿肥红瘦。有三五小鸟竞比歌喉,轻轻的,绵绵的,如酥甜的棉花糖,一下子就在悠悠的蓝天白云间融化,很轻易就触及到了人坚硬的心灵。

又是一路沿涧而下,我们开拔到男士的聚集点,循香觅杜鹃芳踪。

"千姿百态色斑斓,千山万岭总相见。子规滴血花丽姝。花中西施数杜鹃。"古人淋漓尽致描绘了杜鹃花的鲜艳和娇美,形容它有古代美女西施初长成的清新自然、沉鱼之美,我一直将信将疑,今日一见,确实不虚此名。一簇簇的花瓣酡红似火,艳而不俗,媚而不妖,自端一派雍容华贵。红粉中隐隐的温情,就像喝酒微醺的村姑,美艳中尽显英姿飒爽,在灵逸的夏风,演绎一种狂野与温柔。

他们不停地变换角度拍摄杜鹃最后的温柔与美丽,再过几天,花期就尽了,梢上的花将落寞凋零。我没拿相机,闲人一个,正好闲倚花下欣赏风景。

斜阳外,落霞残照。远处,险峰十里笼罩在浮光掠影中,青黛如墨,浮岚涌动,烟波千里,长天一色苍茫;近处,悠然微云入林,锦鸠声声,昏鸦点点。一种幽远的华美在岁月尽情奔流。

身处美景,岂能无声?我不由矫情一把,清歌一曲,伴繁花问斜阳。

直到天黑,我们才瑟瑟缩缩从山上下来,夕阳一落山,真的很寒凉。又冷又饿,我真的想抓把杜鹃花充饥,又觉得自己太俗，没到那个境界，恐暴殄天物，只好作罢。

又到林场撮了一餐，等到回程离开老山，已是夜里十点。真累。好在一路清凉月色，林中相伴。

世事跌宕如峰，人生总有许多际遇，再平淡的生活也会遭遇许多美好，恰如我们与杜鹃的约会，恰如我们与上弦月的相惜。

所以，在你的人生轨迹上，如果有过这样的夜晚：生命行驶在高大静谧的森林，满山的芳菲暗香汹涌，而月色，皎洁清静，始终温柔地在林梢不离不弃地陪伴你，一路天涯。那么，请你铭记，并在余生里深深感恩。

（原刊于《百色早报》2010年7月25日）

水波灯影里的凌云

盛夏流火,几个同学相约去凌云看望一位生了病的同学。在凌云县城吵吵闹闹吃过晚饭,凌云籍的同学就带领我们这群叽叽喳喳的女人上街看看凌云的夜景。

已是黄昏。暮色正在渐渐聚拢,天色还没有黑尽,微亮的天光释放着夕阳最后的光芒。

暖煦的晚风,调皮地吹散了我的长发。泗水河很浅很静,一江春水轻轻哼着歌,配着岸边老人悠扬的二胡,那流转如珠的曲调,缓缓随绿波荡漾开来,带着涟涟的悱恻,若泣若诉、若吟若唱,在江面上悠悠扬扬,跌宕绵长。

我一直喜欢那种清流在城中蜿蜒流淌、穿越而行的城市,带着淡淡的古韵与空灵。凌云县城就是这么一座小城。城外,险奇的石山被云雾裹着盖着,与四周的山水田园,远处的村庄天野连成了一片,雾岚袅绕,浑然一体,像一幅疏密浓淡相宜、意境空灵和谐的水墨画,与天空相融,与人居交融,给闲适的眼睛一种精神的愉悦。

城内,很安静。一盏一盏橙色的花灯次第亮了,灯火阑珊,迷离如梦。静静的泗水河在两岸灯火和满天星辰的映照下,散发出空明的光泽。河中眩晕着的灯光,悠扬着的二胡,夹着那壮乡

山歌或现代舞曲的声音,彩绘出了灯影里的凌云。在朦朦的水波灯影里,我们感受到了凌云的夜,是薄薄的,是甜甜的。

凌云古称泗城,因澄碧、龙渊、龙溪、西溪河从三面汇入县城而得名。作为历代州、府、县建制之地,创下许多辉煌。这座蛰伏在桂西旮旯里的小城所主辖的泗城州曾是明朝时期广西最大的直隶州,有"百粤推尊,两江上郡"之美誉。

这是一片厚重的土地。它从荒蛮走来,一路披荆斩棘、跌跌撞撞进入文明,渐入现代。

环顾凌云,栉比鳞次的建筑、古香古色的雅亭城门、流光溢彩的古桥、整洁宽敞的大道。那个"天下第一壶"的大茶壶,伫立在泗水河边,像岁月的容器,容纳过往一切沧桑,呈现出了一种海纳百川的气势;而那庄严肃穆的文庙,金碧辉煌,远远就能感受到古老泗城对文化炽热的虔诚。文庙旁有一书法碑廊,上有远至明朝土司,近至九岁现代儿童写的书法,彰显了中华国粹的传承。

变了,记忆中的凌云!1996年,为了喝同学的喜酒,我曾经来过凌云。那时的凌云,交通不便,建筑破旧不堪,像一个风烛残年的老人,衣着褴褛,步履蹒跚。

这个古老茶乡,在改革大潮中,不再沉默,勇敢地立在风口浪尖搏浪弄潮。如今,破茧成蝶,蜕变成了石山里一片丰饶美丽的福地。你看,工厂林立,机器欢鸣;稻浪万亩,阵阵飘花;茶田层层,飘香万里;高楼崛起,更是鳞次栉比。

信步走在泗水河岸边的文化长廊。这条文化长廊位于凌云县城河堤路,绿树繁荫,芳草凝露,古朴的大理石护栏雕刻着凌云本土人士写的旧体诗,内容是凌云各景点及人们生活场景。

白天,人们在长廊的树下乘凉闲话,赏文鉴词;夜晚,两岸灯火在树梢、在凉亭、在喷泉，如繁花般绽放，映着欢乐的流水，流光溢彩。人们有的散步，有的跳舞，有的唱歌，男女老少怡然自乐。

凌云同学说，我们凌云呀，可是书画之乡。言语中颇是自豪。定睛细看，确实，一股文化的馨香之风扑面而来，我们如踏着茶声清乐的余韵，在一行行流香遗雅的字句间踱步。

走到转角处，发现在长桥的凉亭，有几位鬓发如霜的老人正在唱歌，咿呀的二胡低低伴唱着。他们的歌声，从干涩的歌喉里发出来，有着太多的沧桑，并不是十分的悦耳动听。但它们经了夏夜的微风的吹漾和水波的摇拂，袅娜着到我们耳边的时候，已经不单是他们的歌声了，而是混着微风与河水的私语了。于是我们不得不被牵惹着，震撼着，相与沉浮于这歌声里了。月辉、灯影、水色、烟霭，因这间歇的歌调而愈显朦胧。

这二十年来，凌云经济建设、文化建设有了很大发展。这片古老的大山，不再沉寂。它像凤凰涅槃般，在祖国稳步发展的美好前景里，获得新生，焕发青春的活力，唱响改革的欢歌。

提到凌云，不能不提到茶。凌云奇峰峻秀，云雾缭绕，好茶长在白云深处。二十世纪末，凌云以盛产白毫茶被誉为"中国白毫茶之乡"，凌云白毫茶香飘海内外，种茶已成为凌云人们一项新产业，而茶园独特而清幽的风景也成了凌云新兴的旅游胜地。那茶山之巅的金字塔，云蒸霞蔚，烟波环绕，据说是中国最美的名茶园风光，可惜我们时间不充足，无法前往领略其妙处。

路边各种花的香掺杂着淡淡的茶香混合成甜蜜的空气，直钻我们的鼻子。

喝茶去，到了凌云不喝茶等于白走一趟。东道主嚷了起来。我们笑着拥进了一家挂着红灯笼的茶馆。

镂花的屏风、古朴的竹椅，精致的茶具，恍惚间以为自己身处瑰丽风流的唐朝。

滚烫的开水注下去，墨绿的白毫茶在氤氲里舒展了泗城的美丽传奇，芬芳的故事飘溢，融化了一室的微光。这高山之巅的茶，既保持了清晨荷露的清新，又带有温润的甘香。抿一口，春的气息凛冽，韵味隽永，像一首清雅的诗，又仿若一幅淡墨清雅的中国画。

几个人闲闲地聊着，舌尖上有一种时光悠悠、先涩后甘的感慨，喝着喝着，竟不觉有几分醉意了。

窗外，明月当空，曾照彩云归。阵阵笑声从镂了花的窗棂缝隙里飘进来，有小孩的、有老人的、有年轻人的，是啊，这如诗如画的生活，幸福都要溢成河了，怎能不笑开颜呢？

华灯映水。从玻璃里映出黄黄的散光，反晕出一片朦胧的烟霭；透过这烟霭，在涟涟的水波里，又逗起缕缕的明漪。在这薄霭和微漪里，听着那清脆的欢畅的笑声，谁能不被引入他的美梦去呢？

盛夏，我们去听瀑

七月盛夏，如火流丹。身在忙碌，心甚是向往高山流水的空远清幽。一直到去利周采风，靠近岑王老山，才有机会进山一探幽迹，体会高山流水的雅趣流韵。

岑王老山是田林县境内的国家级自然保护区，保护区总面积二百九十八平方千米，为广西著名的水源林之一，拥有桂西原生性最好、连片面积最大的阔叶林。主峰海拔二千零六十二点五米，是桂西第一高峰，广西第四高峰，被称为"桂西屋脊"，是座不可多得的"中草药仓库"。素以春岚、夏瀑、秋云、冬雪四季美景不同而著称。气候温凉，常出现雨雾，是天然的大氧吧，是避暑的好去处。

雨季刚过，山林湿度大。一进老山境内，一种清新而欣欣然的气息迎面扑来，如同盛夏遇见了一场猝不及防的雪，让人精神一振。青峰延绵十里，走脉险中带秀，青黛如墨，浮岚涌动，烟波千里，长天一色苍茫；近处，悠然微云入林，锦鸠声声，昏鸦点点，一种清幽的耽美在岁月尽情奔流。

高空蔚蓝澄澈，天色山颜共苍茫一片。森林苍莽浑厚，古老的水青冈在微雾灰朦中肩并肩，坚毅的身影在岁月中格外的挺拔，树身上那丝丝缕缕的藤萝地衣，碧绿透亮，带着岁月的光

泽,恬静的微笑。清癯而修长的方竹、金竹,在时光雕琢里无欲则刚,享受微风掠影、阳光薄雾的清凉出尘,像一阙宋词,妖娆而清雅,浓烈而寡淡。穿越峰岭,蝉鸣在午后更加激越,幽涧一声声回应它急切的热情。那倏忽沉入林子的金边小鸟,轻歌嘹亮,如同精灵般融入天边的岚霭。野芳发而幽香,佳木秀而繁阴。闻着若有若无的香气,感到人世的稳妥。

静静的树,静静的风,还有青苔上静静的时光。我们仿若进入陶渊明的世外桃源,恍惚中有一种天荒地老的感觉。

刚到山脚,就隐隐约约听见白云深处瀑布的轰鸣,我们不由加快步子向瀑布奔去。

上山的路不好走。因为湿度大,路面又滑又泥泞,而且杂草丛生,藤蔓挡道,不时有人摔倒,大家哄笑一片。"飞珠散轻霞,流沫沸穹石。""灵山多秀色,空水共氤氲。"想起唐朝李白和张九龄观瀑的诗句,更激起我们一睹老山瀑布的热情。鼓足干劲,终于来到了瀑布跟前。真是一幅壮美空灵的飞瀑图。但见高山入云,苍石嶙峋,碧树纵情。一束娟秀的流水弯弯延延,从山崖青苔冲撞突围,跌宕冲泻。它时而苦苦寻觅,时而长啸高歌,时而冲突挣扎,时而寂寞独舞,犹如苦恋的女子,酒后的情态百千,又如栖山的志士,梦中笔走龙蛇。我久久伫立,感叹于这山水之灵的生命姿态。我想,每一天生命都是一次绝世的表演。但这飞瀑的表演却集合众多的生命姿态。水花似碎银飞溅入鬓间,有浅浅入世的欢喜。

瀑布的水势不算很大,以致没什么恢弘气势。如果说黄果树瀑布是伟丈夫,给人力量与震撼;那么老山瀑布则是一个原生态的乡野女子,她把自己放在一种幽静微凉的低处,虽然在同类中平凡无奇,但那份天寒袖薄、日暮倚修竹的清爽、新雅,反而如幽春深深渗透了游客的心灵。

树下听瀑，初觉喧闹，似有千军万马踏过宁谧青青草原，放松身心细细一听，稍久则觉辽远，许久则似有若无，久之则仿佛归于寂静。青山去远，人越来越轻，负重的灵魂轻盈如羽飘浮起来，在清新似初雪落临的空谷深涧，宛若悠然南山的云彩。

飞瀑，其实是静谧的，犹如生命本身。

瀑布前的小水潭，光滑的溪石伴着水声安然入眠。温柔的溪水带不走满潭青石，沉淀着心情。岁月静好，现世安稳。苍翠的青苔忠诚的守护着瀑布的梦境，繁茂的绿树伸出无数支手臂，似乎想挽留微笑温凉的飞瀑。

每个人生下来，都是在不停地赶路，追求生命中的计划或梦想。我们埋头赶路，相信再转个拐角，迎面就会看到成功的金秋，璀璨如钻石般等待我们采撷。我们不敢分心旁逸，怕耽搁了成功的概率。可我们没想到的是，有朝一日终于到达了成功的彼岸，闲暇下来，终于有时间观赏一路的风景，却发现，无限风光，已被岁月在我们身后——掩埋，无从找回，空留人独立中宵。

在价值的演绎里，什么是最重要的呢，成功，梦想，情感，或作个游者，收集一路的芳踪？大部分人都会选择事业，包括我。这是社会的规范标准。可我又多害怕，那一味只追求事业的人生，因为缺乏大自然的灵性浸染，少了精神的秘密花园，而荒草丛生，无处安放一直冲锋陷阵的疲累的灵魂。

所以，在追逐与被追逐的岁月里，在拼命采撷和攻略的生命中，我们要学会稍作停留，学会抬起双眸，静静欣赏身边的霁月清风、芳草古崖。让生活在物质的围剿战里，心灵仍能突围，保持澄明柔软的一角。

有一路风光旖旎相伴,生命就能丰盛而浓烈的绽放。那样,即使再平庸的一生也会变得熙攘华丽、疆域无边。

活着,不就应该像这岑王老山飞瀑吗?温柔的心,宁静的魂,激越的姿态。灵魂坚守出世的超然,生命保持入世的积极。

"九层峭壁划青空,三级鸣泉飞暮雨。"盛夏,我们去聆听飞瀑私语吧。寻找一种清凉的人世坐标,倾闻大自然的偈语,风花雪月,禅意弥漫。让我们的心灵、思想在青岭雪瀑刷洗中亦见清净、醇香。

(原刊于《右江日报》2010 年 8 月 13 日)

那一片静静妖娆的竹林

千江如歌,万壑如画,无数江山尽染诗情。人到中年,也曾用目光丈量过一些地方,也曾领略险峰的雄俊、林壑的幽美、飞瀑的激越和草原的辽远。但是,在心底,总有一片竹林,叠翠浓碧地摇曳在岁月的长风,常翠不减。那就是田林县六隆镇竹海。

七年前的盛夏,因为要去游玩周马峡谷,必经六隆八渡笋开发区,与六隆竹海就这样不期而遇。刚一进老六隆开发区,就仿若进入陶渊明笔下的世外桃源。青峰十里绵延起伏,翠竹蹁跹,张扬如深深的海洋。空山苍濛,繁英娟俏,而茵茵草色一派芊绵。

在老六隆开发区,空气比外面清凉许多,如薄荷般凉凉地带着清甜。车静静行驶在褐黄松软的山路上,不闻人声,但见莺啼燕歌。

美景在即,我们忍不住下车漫步林间。日影下天光泛着微微的青,竹林幽深苍茫,一声声山的低语,从白云深处若有若无的传来,如梵语禅音。阳光在竹叶间闪烁流泄,浓碧在光芒中静展洁冷。静山,偶尔一声嘹亮的蝉鸣,也被原生态的密林切割得断断续续,过滤得温温柔柔。

一条江一个人

曾经买过一幅画，画面上，一条落叶覆盖的黄土大路静静延伸向白云深处，而路的两旁，长满挺拔丰秀的翠竹，高若参天，郁郁苍苍，无牧童横笛、无鸟鸣燕飞，但那一派空灵清绝的景致在我心底深深刻上了铭记。一直感叹何时有缘身临其境，没想到在六隆竟然可以走进那幅唯美的画境中。

看过电影《卧虎藏龙》，对江湖儿女的爱恨情仇早已忘记，却唯独对清泉飞瀑间那片苍竹念念不忘。那片清新欲滴、翠色逼人的竹林在岁月深处静静的妖娆，清清冷冷的美丽着，成了唯美的代名词。

漫步竹林，微风到竹，薄云掩霞，衣上芳影动。远处，尽为烟波所掩，千古江山，一片苍茫；近处，鸟鸣山涧，人闲花落。一刹那，恍惚间，竟不知身在何处，不知今夕是何夕。

倚靠一簇阳刚十足的竹子，席地而坐，午后的风清冷如雪，拂面而来，突然感觉到身心俱怠。一直行走在红尘江湖，为生存奔波，早练就了一身的刀枪不入之功夫。我以为自己一直都是那样坚强，那样无畏，不会累。可当细嫩的竹叶在岁月的宽容里，轻抚我的脸颊，我突然感觉自己累极了，厚厚的外壳纷纷瓦解，只想化成一潭水，在竹下尽显生命的风情；或是化为一羽风，任天荒地老，徘徊不去，轻轻唱着朝歌暮诗。

屏气敛声。这些美好的苍竹尽享生命的清洁，我在它们身上看到了上帝之手抚摸过的痕迹。所以，在现实的逼仄中，它们仍能保持风骨，留有生命的深度和厚度。

林下看景心微醺，感觉自己像一枚果实，经过竹韵的洗礼，渐渐灌满生命的汁液。

我一向是消极而悲观的人，在红尘中几番浮沉，很是疲累。想来上帝安排这段精神之旅，是用心良苦。

后来跟朋友说起，她很神往，两人憧憬着到竹林农户小住几日，学习"竹林七贤"笑傲烟尘，晨起竹下品茗，晚风中听涛声如筝，三分入茶，七分成文。

　　可惜，总不能前行。俗世中忙着沉浮，无法摆脱物欲现实对诗性理想的消解。那个美丽的梦想在现实中慢慢搁浅了。但那一片静谧的竹林光影，那一段岁月深处的素年锦时，在我的灵魂深处，永久吟唱着清凉出尘的歌声。

（原刊于《百色早报》2011 年 5 月 12 日）

岑王老山：妖娆而清雅的宋词

岑王老山是田林县境内的国家级自然保护区，保护区总面积298平方千米，为广西著名的水源林之一，拥有桂西原生性最好、连片面积最大的阔叶林，主峰海拔2062.5米，是桂西第一高峰，广西第四高峰，被称为"桂西屋脊"，素以春岚、夏瀑、秋云、冬雪四季美景不同而著称。气候温凉，常出现雨雾，是天然的大氧吧，是避暑的好去处。

保护区湿度大，又因为含氧量高，空气清新。如果在盛夏中进入林间，如同身处深秋，凉爽直渗进骨子，让人精神一振。

岑王老山青峰连绵，朝雾涌动；天空蔚蓝澄澈，森林苍莽浑厚。古老的水青冈、恬静的藤萝地衣、清癯的方竹、金竹，在时光雕琢里无欲则刚，享受微风掠影。

兰之幽

岑王老山的兰花品种很多，大约有十几种。隐藏在翠树芳草中，或是幽涧危崖边，自开自赏，不理尘世。

寄生在朽木苔藓中的独蒜兰，因根茎圆圆的像大蒜而得名。一株只开一朵花，花瓣中间洁白边缘淡蓝，嫩黄的花心旁边还有几抹紫红，像只半拢翅膀假寐的蓝蝴蝶，优雅而慵懒。

盘踞在危崖怪石上的多花兰，一簇兰草可以同时盛开几十穗甚至上百穗的花朵，可谓兰花科的翘楚。花团锦簇，花色是张扬的米黄，点染着粉红，炫丽到极致，有种舍我其谁的气概；龙舌兰，花茎修长，花瓣细长如弯刀，白底花色上晕染着星星点点不规则的灰紫，一副张牙舞爪的样子；还有那寒兰，寒冷中暗香涌动。洁白无瑕，清冷而幽美，像偶落凡间的天使。

还有许许多多说不上名字的兰花，在微风流光中静静翻开岁月，花样的年华像禅一般的芬芳，遗世独立。

寻找兰花的幽迹，就如同在追寻一种与大自然的契合。俯听兰之私语，还有什么比这更清雅的享受呢？

瀑之秀

走进老山主峰区，只能用一个"静"来形容。静静的树，静静的风，还有青苔上静静的时光。仿若进入陶渊明的世外桃源，让人恍惚中有一种天荒地老的感觉。即便是飞瀑飘雪吟歌，也只是让山更幽、更静。

老山有大大小小十几个瀑布群，有的在路边飞浪，有的在白云深处轰鸣。无一例外宛若大家闺秀，温婉沉静，妩媚秀丽。

"飞珠散轻霞，流沫沸穹石。"站在瀑布帘下，仰望。只见高山入云，苍石嶙峋，碧树纵情。娟秀的流水弯弯延延，从山崖青苔中冲撞突围，跌宕冲泻。它时而苦苦寻觅，时而长啸高歌，时而冲突挣扎，时而寂寞独舞。好一幅壮美空灵的飞瀑图！

与浩荡、激扬的黄果树瀑布相比，涓细的老山瀑布就像一个个原生态的乡野女子，朴素、温柔。她位于一种幽静微凉的低

处,虽然在同类中平凡无奇,但那份天寒袖薄、日暮倚修竹的清爽、新雅,反而如幽春深深渗透了游客的心灵。

水,是极凉的。因为海拔高,这里的水宛若雪域高原的雪水,清凉彻骨。掬一把洗洗脸,仿佛连心灵的尘埃都能洗去。

飞瀑私语,宛若一种清凉的处世坐标。盛夏到此,心灵、思想在青岭雪瀑刷洗中亦见清净、醇香。

花之绚

山有古树则有智性,有鲜花亦有灵气。岑王老山地理位置得天独厚,海拔高,气温低。经纬度的影响,使得保护区域的树木野芳生长期及花期比山下迟缓,于是带有一种岁月宽容的独特风情。

四月,山上芳菲始盛开。岑王老山漫山遍野的杜鹃在阳光微醺中醒来,展示风华绝代的艳色。

"千姿百态色斑斓,千山万岭总相见。子规滴血花丽姝。花中西施数杜鹃。"古人淋漓尽致描绘了红色杜鹃花的鲜艳和娇美,形容它有古代美女西施初长成的清新自然、沉鱼之美。但在岑王老山,除了红杜鹃,还有粉色、白色、紫色等不同品种的杜鹃。红色,酡红似火、艳而不俗;白色,圣洁如雪、清凉出尘;粉红,媚而不妖,红粉中隐隐的温柔;紫色,高贵典雅,一派雍容。

在保护区九凤屯有一片约三百亩的杜鹃花海,花开时如同一片迷离绚烂的红雾,恣意泼彩,蔚为壮观。而在群山涧谷,更是随处可见杜鹃的倩影,星星点点散落在苍树翠竹中,红、白、紫、青相间,或娇柔待放,或狂野盛开,或在叶间犹抱琵琶半遮面，无一例外在美艳中尽显英姿飒爽，展现了老山独特的风光。

伫立峰顶，倚坐杜鹃花树下。微风轻掠，花瓣点点飘落肩头。斜阳外，落霞残照。远处，险峰十里笼罩在浮光掠影中，青黛如墨，烟波千里，长天一色苍茫；近处，悠然微云入林，锦鸠声声，昏鸦点点。一种幽远的华美在岁月尽情奔流。

岑王老山的美，不在险峻，不在激越。而是在于一种需要细细品味才品得出的幽美。它纯自然的风光，远离尘嚣的安静，都像一剂清凉剂，让每个游客都有一种如沐春光的放松、回归家园般的温馨。

你看，苍青的树林，繁花的雪，如同光影流年，静静流淌着出尘的静谧，像一阙宋词，妖娆而清雅，浓烈而淡泊。

你还在等什么？

听风听水听船声

这是一个阳光灿烂的日子。

注定了在这个寒冷的冬天心里开出一树绮丽的桃花来。

这个星期,县文联组织一些文学爱好者前往南盘江采风,我有幸也在其中。

一大早从县城出发,计划从旧州镇的八渡口登船顺流直下直达目的地——百乐乡。在此地,广西与贵州就是一江之隔,只要花两块钱,就可以渡河从广西地界到贵州的码头,很有意思。两省共饮一江水,共赏一江月。

我们坐的是中型渡轮,老板说从八渡口到百乐,至少要花四个小时。也就是说我们一个下午都像朵浪花或水草在河面漂流。

两岸青山绵延起伏,江面浩渺,细浪如雪。

我曾经在烟雨中泛舟漓江,也曾经烟花三月下西湖。漓江的清秀、西湖的厚重,给我留下深深的印象。一直觉得好的风景都在千山外,今天站在甲板上,烈风如歌,才发现,其实身边也是无限风光,只是自己不知道罢了,比如这条江。

南盘江,古代称温水或盘江,珠江流域干流西江干流河段。发源于云南省曲靖市乌蒙山余脉马雄山东麓,是珠江的源头河段。贵州省望谟县蔗香村以上河段称为南盘江,南盘江在贵州省望谟县蔗香乡附近与来自贵州省黔西南州的北盘江汇合后称红水河,流经广西百乐乡,南盘江与红水河共同构成西江上游。

作为国家重点水电工程——天生桥高坝电站、龙滩水电站等水电站的库区,南盘江浩浩汤汤,大气磅礴。

渡轮宛若利剑乘风破浪,南盘江不甘示弱,惊涛拍岸,气势如虹。我们尚且沉浸在震撼中,突然,江面平缓,南盘江如同熟睡的猛兽安静下来,几乎感觉不到流动。这时,已近傍晚,江水碧绿,静谧无声,日头从迤逦的云朵中照射下来,江面上金光荡漾刺花了人的眼,岸边竹子树木青翠茂盛,微风吹过松林,仿佛欢快的手拨动着琴弦。有水鸟在枝头掠来掠去,叫声传得很远,空气中充满了植物的清香、阳光的味道、水草和鱼的气味。翠绿的树木从山头披盖下来,直到水边,莽莽群峰,临水照影。

青山、暖阳、云翳、河流,构成一幅明净深远的淡墨画。我们屏气敛声,唯恐惊扰这份远离尘世的静美,时光仿佛也被感染,慢下来、慢下来……

几天时间,我们就驻扎在繁华落尽的百乐村,看水、访村。百乐村很安静,虽然不复当年的喧闹,但整齐而崭新的楼房、孩童清脆而嘹亮的声音、跳健身操的红裙青衣妇女,构成了一幅新农村朝气蓬勃的画面,倒也不显颓废。

晚上,住在小旅馆,村庄静谧,月色正好。偶尔有一两声犬吠,也被这原生态的宁静过滤得温温柔柔。窗外,就是南盘江,天上的月影在河流的水波里轻漾着,微痕如同岁月静静流过。芦苇轻笼岸上,微风徐来,摇曳如诗。望久了,感觉河流与芦苇朦胧起来,仿佛都退到了雾的深处,也退到了心的深处。

我感觉自己此时就像一枚果实,经过南盘江的洗礼,渐渐灌满生命的汁液。

第二天，我们去看贵州的村庄。在这里，有一段流域很有意思，隔着南盘江，此岸是广西地界，彼岸是贵州地界，村庄鸡犬相闻，口音相似。渡船靠了岸，贵州的村庄在河岸上方的高山上，我看看那陡峭高耸的上坡路，觉得自己这几天走得发软的腿脚实在难以胜任，就自愿留下来守船。

文友们的身影渐渐消失在山坳中，整片水域只剩下我一个人，随意躺在甲板上，跷着二郎腿，打开手机音乐，清新悠扬的《渔舟唱晚》徐徐荡漾。下午的阳光明亮炫目，船，轻轻摆动，感觉就像摇篮。除了追逐歌声的风，除了追逐船只的水，每一棵草都低头沉思，每一滴水都洁白透亮，四周安静不已。远处，偶尔路过一两艘船，达达几声就不见踪影，江面上静悄悄。南盘江呈现出一种辽远的深沉，旷野长风，长河落日，衰草连天。

整个世界，仿佛只剩下我遗世独立。

一只小蜜蜂飞过来，停在我耳边的手机上，好长时间不曾移动。莫非它是专门来听音乐的？抑或是怕我孤单，特意来陪我的？我实在担心它一时惊起蜇了我的脸，慢慢伸出手指想抓住它，这时，风从指尖传来，手心却空空的，小蜜蜂带着梦飞走了。我坐起身子，突然发现天空蓝得那么惊人，身边的河流力量深厚……

（原刊于《田林文艺》2015年第2期）

田林：苍竹壮歌里的那一片锦绣

位于广西西北部的著名壮乡田林，拥有二十万亩的莽莽竹海，两百年的瑶族铜鼓，三百年的北路壮剧，在桂西众彩纷呈的各县风光中，独具奇特的民族文化与自然人文景观。

田林山川秀丽，旅游资源丰富。境内有竹海、飞瀑群、奇洞、幽峡，还有第二次鸦片战争导火索之一的震惊中外的"西林教案"遗址等。据初步统计，有一级景点五个，二级景点九个。"西林教案"遗址、岑王老山百亩杜鹃画廊、高山瀑布群、十里雪峰雾凇、三穿洞、周马峡谷、驮娘江第一漂等是田林县的代表景点。

"西林教案"遗址位于田林定安镇，黛瓦沧桑，高墙斑驳耸立，是见证历史的一支重墨苍笔；位于田林东部的岑王老山国家级自然保护区，是桂西第一高峰，被称为"桂西屋脊"，素以春岚幽美、夏瀑长啸、秋云绕峰、冬雪雾凇四季美景不同而著称，是天然的大氧吧，是避暑的好去处；周马峡谷，位于六隆镇，属典型的喀斯特地貌，风光迤逦、险峻寒肃，沿河石乳千姿百态，崖顶野猴缘藤长鸣；三穿洞位于浪平乡西边，百乐河依次从三座大山的底部穿透而过因而得名。洞内豁然开朗，石乳林立，有古时道观遗址，地势险奇，巍岩当头，峣崎如虬，莲池星罗棋布，

是探险觅幽的佳处。此外，鬼斧神工的仙人洞、神秘的平塘老狼洞，以及大阳盘三万亩人工连片造林风景区等，都会给你此生无憾的感受。

田林，被誉为"中国壮剧之乡"。三百年的北路壮剧，带有浓郁的地域色彩和民族风情，浮尘艳色，两百年历史的瑶族铜鼓舞，播撒着生命的张力与隐忍。壮族歌圩、三月三歌节，瑶族的盘王节、铜鼓舞、扁担舞、敬酒歌，汉族的山歌、唢呐、八仙、哭嫁歌，苗、彝族的婚嫁习俗，以及平塘的古脊椎动物化石群、定安镇的清代古民居建筑等，构成了田林独特的人文景观。

如果你喜欢探险刺激，可以进入原始森林跋涉岑王老山，勘探三穿洞；如果你热爱风土人情，可以入住木柄瑶寨，体验部落生活；如果你崇尚运动，可以激情漂流驮娘江，或西洋江深峡捕鱼……

田林，是桂西苍竹壮歌里的那一片锦绣，华美旖旎。有着原始山林的静谧，有着民族文化的独特，有着历史遗址的人文积淀。田林，在300年的历史画廊里，等你！你还在犹豫什么？

（原刊于《百色旅游》画册2011年4月）

第四辑

岁月之禅

Chapter 4

背光的花朵也有芬芳

2000年,我在一个偏僻落后的乡级初中任教,担任初一(1)班的班主任。初为人母,幼儿嗷嗷,琐事繁多。上课之余,对学生的思想、生活关心并不周全,特别是学习成绩不理想的学生,只要他不出问题,我都很少和他们单独交流。

那个地方,因为落后,大部分的老百姓生活都比较贫苦,有许多家庭供不起孩子读初中,所以成绩无望升上高中的学生辍学率很高。一个学期刚过一半,我的班上就有几个学习困难的学生辍学了。因为其调皮顽劣,再加上学习困难,他们的辍学对身处以升学率来衡量老师价值的我来说,不算是一件坏事。所以,我给自己种种理由,并没有去家访劝他们回校复学。

日子在忙碌而平静中微澜不惊地过去了,转眼就到了期末。星期六,一连几天细雨绵绵的天气突然放晴。我们一家三口就打算骑摩托到较远的小河找河螺。摩托行驶到公路边的一个村寨,远远就看见几个男子在路边玩扑克。摩托行驶到离他们不远处的时候,这几个小青年都站起来望着我们,其中一个还向我们走来。我定睛一看,正是我班上辍学的其中一个学生。他想干什么?看见他慢慢走来,我有些警惕。这学生,在校时,好打群架,为这我没少严厉批评他。难道他要报复?

第四辑 岁月之禅/

不知情的丈夫继续驾驶着摩托往前行进，距离在拉近。我搂紧孩子，静静看着这个学生。他站在路边，独自一人，等摩托的靠近。当看见我时，他露出了意料之中又猝不及防的神情，他张了张嘴，想说什么却又说不出来。眼看摩托就要和他擦肩而过，他着急地再次张了嘴，还是说不出话来。就在这一刹那，他突然做了一个令我震惊的举动：站得直直的，涨红着脸，向我深深鞠了一个躬。因为太突然，我还没来得及反应，也没来得及和他说话或点头致意，摩托就擦身而过了。等我反应过来，回头看他，夕阳温凉的光芒正好照在他身上，瘦小的他和高大、青葱的山峰融为一体。

我为自己刚才狭隘的想法感到脸红。师生一场，我记住的是他的不好，而他，仅仅因为我曾经是他的老师，记住的都是我的好。

身为人师，也经常有学生见面鞠躬问好，可我从来没有像这次那样的羞愧并被深深感动！

阳光普照大地，不是每朵花苞都能在温风里享受阳光的恩赐，开出青春的华美。总有一些花蕾因为种种原因，长在阳光照不到的地方，但是，再背光的花朵，也会盛开，也有芬芳。这个学生用他那真诚的鞠躬告诉了我这个道理！

九年光阴过去了，我一直没再见到这个学生，也没机会当面谢谢他，谢谢他的鞠躬使我久浸世俗粗糙而坚硬的心灵柔软起来。这个学生现在想必成家立业了，生活的艰辛也许已经把他水晶般的心灵打磨得坚硬起来了吧，我也已经记不清他的名字了。

但是，他的鞠躬，像暗夜里的夜来香，像长河中的珍珠，始终在我的生命里摇曳芳香，散发光芒。它时时提醒讲台上的我：

台下的花朵，不管是缺陷的，还是完整的；也不管是阳光的，或是背光的，它们都有自己的芬芳！要用一颗温柔之心去对待、去欣赏，唯有这样，彼此的生命才能领略到生命真正的高贵、人性纯醇的香气！

（原刊于《右江日报》2009年8月24日）

黄昏行走江湖

黄树之霸

这里是水库淹没区，原先岸边揽水照影的树木被水淹没，随水势时而灭顶时而露得半身，但根永远泡在清澈而微凉的河水里。一岸的树大都保持同一姿势，挣扎着绿着生存，可有棵树却与众不同，它枝繁叶茂，却一冠明黄，那黄，不是那种无可奈何花落去的惆怅的枯黄；而是活泼生命逸动灵魂晶莹的明黄。黄得鲜亮，黄得纯正。在一江秋水的静谧和同伴的灰绿映衬下，显得那样的卓尔不群。

隔着一江静止的初秋微凉，我静静地站着，甚至没有勇气去靠近。我不知道它是睿智的，还是落伍的？

树的梦想是披绿屹立。当命运的潮水掠夺了它们的理想，所有的树都选择了带着理想的余灰垂死明志。但它却选择了代表死亡的黄色安抚心灵。那是一种怎样的大气，一种怎样的豁达。

那棵黄色的树，用它的智慧与洞悉，用孤独的霸气，点亮了那个晚春的黄昏。

浮桥之朽

　　那是一座动荡不安的吊桥。陈旧，垂吊，桥上铺的木板大多烂掉了，走上去让人胆战心惊，真担心一脚踩空掉到河里。可那曾是我的天堂，因为过了桥，对面就是一片沙滩。白沙细软而干净，水较浅，有急流平泄在沙滩形成一个不算深的潭，清澈见底，很适合游泳。我经常和学生去游泳，我们女子在此岸，男生在彼岸。大家尽情享受夕阳的美丽、流水的欢快、岸上野芳的幽香。

　　一抹夕光照着山顶的杂树繁花，淡淡的晚霞轻飘飘地浮在淡青的天空。远处，尽为烟波所掩，千古江山，一片苍茫；近处，游鱼戏沙、鸟鸣山涧、人闲花落。一霎时，竟不知身在何处，不知是山是水、是人间，或是仙界……

　　那晚，是中考前的第二晚，我们游到暮色四合才上岸回校，看着学生年轻的面孔灿烂的笑容，我觉得生活美得像桥下的流水，清且浅。

　　第二早起来，就听说了，昨晚9点多，有毕业班的学生死在浮桥的桥头，就是昨晚游泳中的一个男生，去河边参加好友的生日宴会，被社会不良青年酒后活活用啤酒瓶砸死。

　　那个浮桥，对我，从此就是地狱。我再没有走上临风望月，更没有下河与流水游鱼嬉乐。

　　从此，我怕桥，特别是怕摇摇晃晃不安定的浮桥。

驮娘江之恋

　　那河，不是蔚蓝，不是碧清，是霉锈的绿，是淤青的紫。

灰灰的，暗暗的，没有光影泽莹，没有游鱼戏水。即使是盛夏的阳光也透不到河心，即使是暖春的微雨也惊不醒沉沦的波心。

那河，曾是我的圣地。

曾经濯我足浣我衣，陪伴我一路成长。曾在桃之夭夭的春天，为我打开晨光暮影的偈示；也曾在芊绵繁锦的盛夏，为我营造落英缤纷的清醒。

那河，曾经碧如玉，清似翡。日暖生烟，月冷溟影。轻盈而空灵的在岁月翻出美丽的底子，滋养乡野人们闭塞的心灵。

如今，电站建起来了，隔山傍水的老街拆了，库区面积扩大了。

我们抛弃古老的家园，撤出了自己的历史。

河面更宽了，真是名副其实有江的味道了。可是，垃圾开始漂浮在水面，像一面面色彩鲜艳的胜利的旗帜。水，无处可逃，早被俘虏了，暗绿暗绿地静默着。

我的河啊，还记得吗？我们曾经一起在岁月的虚幻深远里，唱响生命的清爽。清晨，诵读淡青色的风，黄昏，倾听芳草如歌的行板。

我曾是你卷起千堆雪时逐浪欢笑的白鸟，我曾是你一江明月里微澜不惊的花影啊！

我是你的女儿啊，是你的精灵啊！

你被俘虏了，你死去了，我拿什么拯救你，我的母亲河？

雾，渐起，笼罩河面。旧事依如袖底风，等到追忆，已是惘然，今生，终是别。望断孤水，灯火已黄昏。

那一片荷塘，我曾经到过

在我幽暗的记忆花园里，有一池清雅的荷花。它在阳光下活色生香，像一个被谪贬凡间的仙子，在浑浊的淤泥绽放超凡脱俗的逸美和灵动，展现一种致远的淡泊，不妖、不浊，肮脏与清丽结合成完美的画面，在世间流香溢彩的传诵。

最早接触荷花，是在周敦颐的《爱莲说》。寥寥数百字，荷的形态、神韵、情操尽显无遗，多少人为之神往。仲夏晨，濂溪先生来到自栽的荷池边，众荷欢腾，你推我挤，熙熙攘攘，笑着闹着，展示绝代的风华，欲伸手触摸一代文家的清朗乾坤。

热情奔放的，已早早打开生命的精彩，所有的花瓣极力向外铺展、翻卷；温婉娇羞的，犹抱琵琶半遮面，似开又隐，万般风情，欲语还休。而绊住先生履足的那一朵，定是最最微笑的荷中的皇后吧！

香睡莲，雪白，傲岸，花与花之间，有不合群的疏离。像腹书诗华、孤高自许的才女，如张爱玲、林黛玉。

紫色莲，高贵，娇柔，繁瓣惊艳。微微低下头，如一帘幽梦，有太多的胭脂往事，看久了会有眩晕的感觉。

红荷，是荷花中的极品。茎长而饱满，立得直直的，花开得高而硕大。艳丽、豪放，如一片酽红的迷雾，一片静谧的红霞，于静止中喷薄万马驰疆的动感、力度，毫不客气打断路人散漫的目光。

濂溪先生久久伫立，衣裾飞扬。清香阵阵袭来，在他，不过是荷的珠泪。宋朝天下初平，重商轻文；后期，兵破长城，狼烟四起。谁会感动于那一行行夜笔疾书淡泊明志的文字呢？谁会静坐如禅要一颗荷花般淡定从容、洗尽铅华的素心呢？乱世多愁，谁不想抓一把实实在在、能显温暖的东西呢？寂寞的是蒙尘的文字和山谷的百荷。

真正到过荷塘，是在读师专时。师专后面有一片十里荷塘。我最喜欢在雨后初晴的中午，握一卷闲书，漫步塘边。荷叶田田，平铺水面，浓碧叠翠。露珠在荷叶上忙着最后的探戈，蝴蝶在花丛中穿梭，阵阵清香如衣香鬓影的女子。众荷挺直筋骨，将诗意的花瓣挑亮，朗朗的有种苍凉的妩媚。

金色的池塘、青色的年华、宁静的氛围充满温暖。

当有风吹来，一塘花色波动，千叶翻滚，如海潮呼啸而来，荷花是绿海上点点红白帆，飘摇动荡。整个荷塘在阳光笼罩下，充满震动人心的音波与光波，震撼过往路人那重门深锁的心灵。

盘坐荷边，打开文卷。走进战国七雄乱世离情的刀光剑影；走进大唐盛世风流奇丽的清明气象；观望清朝虎门销烟的愤怒之焰。吟楚风、赏汉赋，琵琶传韵唐宋词。与荆轲同愤、与太白共哀、与辛弃疾醉里挑灯舞钝剑。

站在王昭君远嫁西戎的漫漫黄沙，长空旧雁思乡的哀鸣落在新嫁娘的心里；聆听武则天昭示天下的王者风范，历史老人慌乱得笔墨撒了一地；凝视秋瑾血染长剑的铿锵遗音，看见中华民族慢慢挺起嶙峋的龙脊。在花下豁朗的心境，我终于读懂了字里行间的——痛苦、无奈、焦灼，中华儿女热血沸腾却屡屡碰壁。旷

245

世的才华，既不能救世又不能救人，无处施展，只能凝结成传世的诗篇，在仰慕与遗憾中灿烂永恒。

我心沉重，而荷阅尽日月，亦馨香、一尘不染。

晚上，意犹未尽，三五好友月下赏荷。一池荷色，已由白天的热烈明艳敛为沉静、含蓄，月光下，有缥缥缈缈的风貌，人如在仙阁画廊中游。唉，能有一只不系之桨吗？让我误入藕花深处，惊起一塘明月……

社会前进太快，人人行色匆匆。有多少人能在流徙如雁的生命里，守住自己最初的纯洁的操守呢？前世的寂寞宿命的轮回，宋荷尚有周敦颐，今荷谁人肯作赋呢？美丽，是不是只是一种对抗社会的哀伤？

夜深了，蓦然回首，花色苍茫。那一片荷塘，我曾经到过啊！

如果你不知道，明月知道，清风知道……

（原刊于《右江日报》2009 年 9 月）

秋天的狂想

我说的是那一片河滩。

那一片河滩,是我年少的天堂。它是我读初中时学校附近的一片荒弃水田。滩内长满了芦苇,滩外河的两岸花木繁盛,大多是高大的木芙蓉树。

晚夏,两岸的木芙蓉竞相开放。木芙蓉花俗称三变花。意思是说一天之内花色三次变化,这在花的王国里是很少见的,木芙蓉属高大乔木,叶肥而圆,花朵硕大、瓣单、香浅。

清晨,旭日初升,木芙蓉在微风的提醒下,打开门扉,淳厚的花瓣慢悠悠的向外翻卷。此时,花色为鲜嫩、光洁的纯白,明黄透亮的花须探头探脑,舒展蕊心。不甘离去的露珠,忙着在花瓣上狂舞最后的探戈。

中午,骄阳似火。芙蓉花渐渐转为朱红。那花容玉貌,犹如微醉欲醺、两颊酡红的村姑,娇中浮艳、柔里藏刚,静止中倍感烈焰灼灼、娇柔中显尽英姿飒爽。远远望去,山青峰翠,两岸绿树红花,临水照影,碧波搅香,鱼跃蝶扑,好一派桃源风貌!泼洒楚风辞赋的狂逸、绚丽之浪漫美。

黄昏,夕阳沉沦。芙蓉花悄悄褪颜,淡化成浅红。红粉中点染白色,给人一种阑珊的感觉。

一条江一个人

我喜欢在午后走进那片河滩。

在芙蓉下拾起旖旎的残艳,再走入芦苇的清梦。

那片河滩极少有人进出。除了栖息的飞鸟、鸣唱的昆虫、偶尔路过的风和雨,就只有我了。一个因为长得丑而孤僻、忧郁、灰暗的少女。

滩里的芦苇们长得很单薄,但很密集,棵棵都挺得很直。高昂着睿智的头颅,细长的疏叶风中扑扇着,与沉重的时光对峙。在上帝狂躁的热情——阳光中,显露出一种思想的纵深、一种品质的屹立。

我那时刚十六岁,读书的压力压得我喘不过气来,把心灵寄放在课外读物的锦绣上,结果读傻了。课外书里的文化和芬芳,带着入侵者的强悍与苍茫,直入我乌托邦式的幽闭世界,对照自己灰败、僵锁的乡村生活,心湖波澜起伏。我找不到人生坐标的出发点,也确定不了人生的落点。常常无头无绪地想:人为什么要活着?为什么要读书?

想得累了,就静静地藉草而眠。夏的烟霭如丝如岚,在山间若隐若现地浮动。阳光灿烂,可灿烂衬着寂静的河流、嶙峋的青色,竟也含有一点愁思。不时有白鹭飞来,有时双飞双栖,有时群起群落;时而在河滩临水梳理,时而在空中滑翔表演,偶尔落在我的不远处,也不飞走,似乎知道我不会伤害它们,想必,世间万物,都有解读他人心灵的智慧吧!

顽强的芦苇、寂艳的芙蓉、年轻的流水、美丽的白鹭,这一切,圣洁得让人深深感动。在这寂寞的贫瘠世界,没有谁因为自己的普通平凡,因为无人欣赏,从而黯淡无光、生命萎靡;相反,精神葱茏、生命清朗、风情缤纷!

在河滩待得多了,心情也慢慢沉定下来。学会像月光星辉下的湖泊，不管有没有人停留，始终宁静、深沉、美丽。

十年后，生活终于给了我答案。人为什么要活着、为什么要读书？那是为了拓展心灵的容度、提升价值的高度。

我带着答案再次踏入那一片河滩。芦苇荡已荡然无存，芙蓉树也销声匿迹。到处是翻耕的蜡黄的土垄，和匍匐的玉米。

这个社会越来越富足，人们的心却荒着，长满了草；灯到处开着，亮堂堂的，思想却幽暗一片，成了黑夜的奴隶！

人类打着"文明、进步"的旗号，逼近自然、掠夺自然。天籁之音正渐渐微弱、消失。那不单单是自然的呼吸，更是人类的精神之音；渐渐走远的不仅是自然之声，更是我们的人性。

辽远的天空一如的蔚蓝，芦苇的叹息如冬阳下的雪，浅暖深冷，泛着羸弱的光芒……

（原刊于《右江日报》2008年10月9日）

一种叫温暖的颜色

这是一个生命萎蔫、蜷曲的季节。

雾,冬天的使者,敞开它冰冷的温柔,缓缓的——包围。

走在一路虬树盘曲的小径,感觉自己薄得像一张纸。寒风抢掠了我的温度,白雾蒸空了我的重量,我机械着行走。但是眼睛,在冬天的重重围剿下,始终低燃着一种叛逆,坚持着一斗渴望。

疑是一缕凉薄,拂过我的脸颊,丢下湿漉漉的笑声傲慢地走了。那是冬的喜悦,还是春的哀凉呢?

如此的凉薄,恰似死神的面目。不管你如何地努力,都无法拓长生命的长度,到头来,你和所有荒度时光的人一色,都是按期赴约。

如此的凉薄,也如时光的滤器,不管你怎样珍爱夏天,怎样在夏天里拼命让每一天都精彩,让每一天好似露珠一般晶莹美丽,但都不能感动造物,冬天依旧如期而至。

如此的凉薄,又何尝不像擦肩而过的人们呢?肩膀靠得很近,心,却千里之远。

云雾渐散,旷野肃穆。她,就静静地、亭亭地站在那儿。

一片向日葵在冬日的田野恣情地盛开,圆盘的花朵熠熠生光。诧异的北风路过,回眸中但见灿黄的花蕊放射着一种色彩的力量,雾,被震慑,渐渐逃离,远躲她,以至向天外匿去。

那是一片黄得纯粹如婴儿的眼,灿烂得如是生命活泼逸动的灵魂。

一株花就是一种标本,明黄的烟霭里萦纡着震撼人心的绝美的艳气。这种明艳,比橘黄淡一些,亮一点;比蟹黄嫩一些,柔润一点;既纯粹又浓重,既简真又强悍,美得如梦如幻那般的不真实。在云雾涌动的大背景下,像一种神的昭示又像一种妖的蛊惑。

那本是夏天的颜色。却在寒冬的旷野铺陈姿展,没有温棚庇护,没有重山为屏,直接在呼啸的北风和冻冷的雨霜下打开盛夏的色彩。

美丽,绊住了目光,美丽所焕发的温暖点燃了心灵。身处旷野,却如同炉边青梅煮酒一般温馨。与凡·高的向日葵相比,冬日的向日葵少了五分桀骜,减了三分尖锐,却多了八分柔和,加了十分温暖,更贴近心灵深处的声音。

几头在远处觅食的黄牛,慢慢地向围着栅栏的向日葵走来,视线被美丽牵引。

世间有许多种美丽。

人工的、自然的、精神的。对于人工制造的美丽。我们眼睛很欣赏;对于自然天生的美丽,我们的心灵会惊叹;可对于精神萌发的美丽,我们的灵魂不得不震撼。

冬日的向日葵,超出了自然的美丽走向了精神的高度。那种坚强与卓尔不凡的傲然挑战生命的极限,从而创造了生命的奇迹!

在灼灼燃烧的花朵面前,我顿觉人类生命的卑微与软弱。不

知道今生今世，我还能不能再次遇见这种叫作温暖的颜色。人生若只如初见，有些美丽，不需常见，只要惊鸿一眼，就可以温暖你的灵魂，扶持你的思想，让心灵醇芳一世。

独立冬雨中听花，听向日葵如歌的行板划破命运的禁区，听夏天的欢笑占据冬日的阵地。这一场花的盛世，不仅是精神的绽放，更是一场灵魂的朝圣。

2008年雨浓霜重的冬天，向日葵是唯一的飞翔，是每个干渴的心灵的救赎。

我终于明白了：真正的美丽不是姹紫嫣红中的独占鳌头，不是蓦然回首时的浮岚惊艳，而是在生命的禁区绽放一种力量，张扬一种血性。正如同四川汶川人民在地震中的顽强自救，正如同全国人民对灾区人民的竭力援助，对北京奥运的积极参与。

雾，还在封锁大地的梦，而向日葵，已经带来黎明的气息，旭日就在云后。

竹海飞歌，壮乡锦舞

悠远的历史在这块炽热的黑土地上唱出了华美的旖旎，那就是著名壮乡田林。二十万亩的青青竹海，两百年的瑶族铜鼓，三百年的北路壮剧，造就了田林独特的民族风情。当音乐响起，当帷幕缓缓拉开，华美的田林竹韵、壮戏，如一片酽红的迷雾，一片静谧的红霞，喷薄万马驰疆的动感、力度，狠狠打断观众散漫的目光。

晚会在《欢腾的壮乡》中拉开了美的序幕。勤劳的田林人在改革开放春风中，耕耘着莽莽竹海，壮乡人的生活欢腾起来了。《风流竹乡》引人入胜，多情的壮家妹，风流的壮家郎，千年岁月，余温犹在；《春糍粑》体现了田林特有的农村家庭农具——舂，男女一起劳作，含情脉脉的情歌对唱，劳动像蜜一样甜到了心窝，也甜到了观众的心坎。

《鼓韵瑶情》把木柄瑶人民对远祖的热爱，对图腾的膜拜，用天人合一的原生态生活方式，用歌舞的形式进行了一一展示。那宏大的场面，那奔腾如乐里河的音乐，那震天欲聋的激越鼓声，在光与影的交替中，轻盈若羽的华丽身姿，舞出红火的生活，梦幻般的场景，静中有动，动中有静的，刚柔并济；还有那如同战鼓呐喊，催人奋进的铜鼓，汇集成决堤泄洪般的冲击力，

震撼了观众。把田林专场晚会的气氛推向高潮。晚会的最后，田林文化艺术节主题歌《壮戏飞扬》闪亮登场，清凉如岑王老山的天籁之声引出七彩纷呈的群舞，展示了一幅田林在时代风潮中搏出新气象，繁荣兴旺，和谐发展的盛世画廊。美轮美奂的舞蹈，让在场观众沉醉得如同在云端漫步。

《风流竹乡 壮剧飞扬》这台晚会再现了一段段掩没在岁月深处鲜活的故事，田林三江绕城，竹海飞情歌、壮乡锦衣舞。这场艺术盛宴，或一派豪情壮志或幽美灵秀，或峥嵘气象，美好得如同田林二十万亩莽莽竹海，苍茫深邃而又清新凝碧，每一个节目，都是一首淡雅婉约的歌，余音袅袅，让观众如沐春风，感受到了竹乡风流，感受到了田林的盛世风情。

（原刊于《右江日报》2010 年 7 月 20 日）

这片土地，开满木棉花

百色，这片热土，长满了苍劲挺拔的木棉树。每每阳春三月，林间路旁开满了木棉花。那硕大的花朵，紧紧挨在一起，远看就像一颗颗激情跳动的红心。花瓣厚重，坚毅而刚强，充满伟岸的气度，而又绚丽无比。

百色，桂西有名的革命老区，一片洒满革命先烈热血的土地。由邓小平等同志领导的"百色起义"就在此地爆发。邓小平同志不仅在此地洒下革命的火种，取得起义成功，解放了这片被禁锢已久的土地，还创建了著名的红七军。

红七军这支以广西少数民族为主组成的革命队伍，在百色起义成功后，艰辛北上，行经五省七千余里，到达江西中央苏区，参加了第三、四、五次反"围剿"战斗，屡立战功，为保卫中央苏区做出了杰出贡献，被毛泽东主席誉为"千里来龙"。红七军为中华人民共和国的建立立下了不朽功勋，成为中国红军战斗序列中骁勇善战的一支。

从百色起义到中华人民共和国的建立，这支革命队伍共走出了共和国的军委主席，一位大将，两位上将，四位中将，十二位少将和一大批党政高级干部，它骁勇善战、英勇顽强的作风也为中国追求民主解放的历史画了重彩浓墨的一笔。它是广西的骄

傲，是百色的骄傲！

　　当前，一部以真实故事为背景的大型红色史诗剧《红七军》在央视一套黄金时段全国首次开播，该剧以中国红军战斗序列中红七军为叙事中心，反映了这支伴随着百色起义诞生、以广西少数民族为主组成的部队英勇抗敌可歌可泣的感人故事。全剧以邓小平到广西领导革命工作为主线，通过发生在1929年的百色起义、红七军创建的革命历史事件，全景式地再现了邓小平、张云逸、李明瑞、韦拔群等老一辈无产阶级革命家有血有肉的光辉形象。

　　虽然很忙碌，但我还是抽出时间来认真观看了这部电视剧，并且还见缝插针地给懵懵懂懂的儿子上了一堂教育课。

　　在这部戏里，我看到了邓小平、张云逸、李明瑞、韦拔群等老一辈无产阶级革命家一个个追求真理、百折不挠的光辉足迹，非凡的革命胆略、无限忠诚的革命信念。

　　韦拔群，广西东兰县人，中国早期农民运动三大领袖（毛泽东、彭湃、韦拔群）之一，广西农民运动的先驱，百色起义领导者之一，中国工农红军第七军和广西右江革命根据地领导者之一。1930年11月，红七军主力奉命北上，他服从命令，带领百余人留在右江根据地，发动群众，重新组建部队，在极其艰苦的条件下坚持游击战争。1932年10月19日，被叛徒杀害于广西东兰赏茶洞。

　　同时，我也看到了许许多多无名的战士，在烽火四起、危难当头时刻，用他们的热血，书写了一段段激情跌宕、壮志飞扬的青春。

　　这些战士，都很年轻，大多不超过二十岁，有些是广西本土人，有些是外省的，但他们稚嫩的肩膀却已经担负着振兴中华、自由民主的重担。冲锋陷阵，保家护民，无不冲在最前方。他们当中有很多人，把年轻的生命献给了百色这片热土，永远永远地长眠在繁花似锦的木棉树下。他们是无名的，像浩渺夜空里说不上名字的点点繁星，但他们又是英雄的，永远闪耀着不消减的光芒！

在百色，乃至在我们整个历尽苦难、饱经沧桑的华夏大地，哪一寸土地不浸染着革命英烈们的鲜血呢？哪一方水土不见证他们信念的辉煌呢？

有人说，当今社会，战争已然走远。的确，这个时代，烽火硝烟尘埃落定，革命激情在消退，盛世已见气象。那些激情燃烧的岁月，那些反抗的口号，那些淋漓的鲜血已经模糊。可是，当我们在咖啡厅优雅地品尝咖啡；或是在电脑前安逸的浏览网页时，请不要忘记，忘记那些如木棉花一样熊熊怒放生命光彩的先烈们，是他们用自己的身躯砌起了我们安宁生活的雄伟护墙！

这片土地，是英雄的土地，开满了英雄的木棉花。所以，无论在晨曦中、暮霭里，抑或在价值的辉煌处、命运的低谷里，当你遇见卓尔不群的木棉花，他们在岁月里以一种激越的红色符号，朵朵紧密团结向上，直指天空，坚持崇高的、英雄的战斗姿态，散发出最纯烈圣洁的精神之源，请你仰望，在心里向他们默默致敬！正是他们坚强的屹立，信念的高蹈，造就了我们自由民主的光辉之路！

（原刊于《右江日报》2010年12月21日）

我们的社会需要责任感

明媚的初夏,暖洋洋的阳光里蜂舞蝶飞,玉兰花的芬芳随风潜入室。翻开报纸,正好看到韦寿增同志的事迹报道。

韦寿增,靖西县安宁乡国土资源管理所所长。2010年3月29日,在靖西县安德镇靖西至那坡高速公路征地工作一线,韦寿增同志因劳累过度倒在了工作岗位上,经抢救无效不幸逝世,年仅三十一岁。

他的事迹一经报道,在社会上引起了强烈反响。他的一生短暂而崇高,他的生命质朴而厚重。他鞠躬尽瘁、死而后已,用青春热血写就了新时期国土人对党、对祖国、对人民、对国土资源事业的无比忠诚;他以坚定的信念,执着的追求,诠释出生命的意义和人生的价值所在,谱写出一曲催人奋进的时代赞歌。

年迈的康熙帝回顾自己波澜壮阔的一生,向上苍请求"我还想再活五百年"。是啊,人,只有活着,才能做自己喜欢的或是必须做的事。韦寿增同志的英年早逝,不仅让我们惋惜,也让活着的人深思。工作中,我们该拿什么样的尺度衡量标准?

其实,只要你肯努力,生命的容量远远要比生命的长度多得多。工作固然重要,但生命无可复制。所以,"过劳死"甚让人敬佩,但如果能够健康长久地去工作,对家人、对事业,不是更好的结果吗？

白发人送黑发人，寡妻孤幼失去庇护，这样的代价是不是太大？

我们弘扬踏实做好本职工作的精神，但我们不弘扬超负荷工作的态度。如果那样，工作已然成为生命的负担，还有谁愿意拿生命去交换，博取事业的薄名呢？

我们加速前进的社会，到底要传承什么？是传承一种健康、快乐的工作理念，还是透支生命、沉重的工作态度？

韦寿增同志最让我敬佩的是：他只是一个普通人，在工作中兢兢业业，没有赋予自己什么"崇高的使命"和"伟大的担当"。却本着责任，神圣对待自己普普通通的本职工作，当作一项壮丽的事业去经营，对国家对人民怀揣炽热之心。结果，让本来平平常常的工作和自己平平淡淡的人生有了别样的红艳。

生如夏花之绚烂，逝若秋叶之静美。生命的价值不在于长短，在于它迸发的光芒。韦寿增同志用短暂的一生，道出了生命最质朴的本质。他平凡的轨迹流星一瞬，照亮了我们日益幽暗的心。

当他以自己的生命之灯照亮党的事业，那一份对岗位的忠诚和给予人们的温暖成全了他的完整。

这个时代，我们很多人，由于俗务的纠缠，更由于欲望的循循善诱，我们都忙着倾听社会的标准，追求物质的享受，有多少人真正能始终如一坚守对事业的热爱，扫扫心灵的灰尘，保持生命的清洁呢？

物质渐渐繁荣，滋生了实利主义生活观，传统的价值观、荣辱观、荣誉感等标准和尺度，遭遇了也许是前所未有的挑战和侵蚀。

面对如此困境，我们的社会需要什么？需要责任。需要"守护国家利益"的人格责任；需要"守护人民利益、不图名利"的职业操守；需要安于平凡、甘于贡献的社会基石和更加人性化的工作机制，以确保我们的工作人员，在尽职完成自己的分内之务的同时，安享美好的生活，静静与岁月同老。

面对如此侵蚀，我们的社会需要什么？需要英雄。需要在这样一个精神容易被物质压榨窒息的时代里，有更多的人举起火把，挥动旗帜，照耀正义的光芒。

守护光荣使命，心怀爱民之情。韦寿增同志用他朴素的赤诚之心，抵制世俗约定默规的社会黑暗面扩张而来的生活标准，在时光的雕琢里，无欲则刚。

（原刊于《右江日报》2011年5月）

玉兰花事长几许

犹记得我来跟班的第一天，一袭青衣，站在县府大院的玉兰花树下，等人。雨后的阳光带着清雅的金色倾泻下来，衣上影动，时光阑珊。风，若有若无，玉兰花静静飘落，芳香正醇。如同一场花瓣雨，停留在我的黑发、肩上、地面。有鸟展飞轻啼，怯怯羞羞，绕花闻香。

"落花人独立，微雨燕双飞。"操场静悄悄，无人知晓一场美丽花事正在粉墨登场。生存如此艰辛，前程如此未知，谁又肯停留作一场繁茂花事的见证呢？

很多人鄙视玉兰花的风骨，觉得她没有气节，一场花事开得如此冗长，直到秋寒霜重，方肯偃旗息鼓，销影红埋。如午夜百乐门的舞女，爱极了浓妆艳抹的自己，到睡前都不肯卸妆。可是，问世间，又有多少人不希望像玉兰花那样呢？青春那么长，芳香那么浓，成为盛夏的翘楚。

浮生若梦，弹指间。谁不想永远活在青春的华美芬芳之中呢？

工作闲时，我经常站在三楼的窗前，清茶在手，静静凝视玉兰树，花，洁白、厚实，清冷中一片素心。它在风中沉思，在雨中微笑，像极了阅尽千帆却始终保持单纯澄澈心灵的女子，让人怜之又不得不肃然起敬。

她始终坚守着，怀抱一份张扬甚至跋扈的理想，不肯妥协。那份不愿随流凋谢的勇气与力量，那份纯粹而宁静的美好，多么令人疼惜！那么多的风雨，她能挺得过来吗？

过洁世同嫌，树独秀风必摧之，会不会过于坚守，美好终成流沙？她该如何？花树太高，花开太久，蜜蜂都不肯光顾了，连芬芳，都寂寞无主，苍白得冷冷清清。

昨夜，暴雨突骤，我一直担心玉兰花落尽，今早上班，急急忙忙去看，还好，虽然一地落红，但树上还是新蕾繁花如故，清雅中旖旎动人。

想起李清照醉梦中听闻风雨声，担心窗外的海棠花夭折，天一明，即问婢女情况，并为海棠填了一首《如梦令》：昨夜雨疏风骤，浓睡不消残酒，试问卷帘人，却道海棠依旧，清照黯答："知否，知否，应是绿肥红瘦"。那份惜花与明了跃然纸上。

夜里，喝了玉兰茶，再去读屈原写的《离骚》，辞中写到："朝饮木兰之坠露兮，夕餐菊之落英。"屈原如此钟情饮玉兰上的坠露，想必是欣赏玉兰的情操和坚韧吧。

生存如此艰辛，生命又像掌心的流沙，不停地滑落。一路行走，掌声远去，红颜已经暮色夕阳，行囊空然如也，蓦然回首，伤情处，灯火阑珊。

幸好，如此剑拔弩张的岁月，还有一树玉兰相伴，那不管不顾的芳香，温暖了她自己，也温暖了我。

我无李清照的才华，亦无屈原的高洁，不能为玉兰花填词作赋。我唯一能做的是：每天路过树下，花下静立，稍作停留，闻一闻花香，听一听花语，算是与玉兰共勉吧。

（原刊于《右江日报》2010 年 5 月 13 日）

盛 夏 流 年

放暑假了，学生都走光了，老师也陆陆续续地走了差不多。往日喧嚣嘈杂的学校顿时沉寂下来。我不会做生意，放假了也只是赋闲在校，守着偌大的青葱校园，做个红尘闲人。

没有人气，校园呈现一种荒芜。但校内的树木们在阳光的催发下，热烈地生长、恣情地展姿，表达了一种繁荣，一种荒芜的繁盛，一种清冷的欢悦。

校园里古树成林，暗香涌动。树多是香樟树，或直指蓝天，或盘曲虬枝，郁郁苍苍地散发岁月的光泽。这些参天古树，少则五六十岁，多则百年历史。沧桑只在心中，树是旧的，叶，却是年年新，花也是新的。

二十年前，一个瘦小的女孩怀抱着厚厚的书本，天天走过这遮天蔽日的浓荫，觉得生活就像树荫，浓重而阴冷，令人窒息。努力读书，只是为了逃离。

二十年后，谁知我又回到这个校园——定安中学。二十年的光阴，改变的只是角色的转换——从学生到教师。越挣脱，却越走近它。冥冥中，好似我的生命只为它而来，并且充当它在尘世的见证人。

除了倾诉，我别无选择。

这些古树，一年四季落叶，也一年四季常青。新旧并存，往往新绿在枝头展姿，旧叶就随风飘然树下。抬头是醉人的明亮的深绿，低头是蜷缩的枯黄。踏着落叶，破碎发出脆脆的声响。满地黄叶衬着满树的碧绿，像我如此多愁善感的人，竟没有萧瑟感。一种比悲伤更深刻的不知名感觉狠狠攫住我的心。那是生命，是生命的意识形态的不同面孔交叉辉映震撼了我——冷酷与美丽同生，衰败和新生共存！

我宿舍前有棵老树，不知其名。叶子肥肥圆圆的，树干枝条上挂着密密麻麻的浆果，青的果、红的果，青红相间，美极了。因为不能食用，无人采摘，这些盛夏的果实寂寞地成熟。有风路过，熟透的红果便扑通扑通掉下来，果香弥漫整个校园。这种带有腐烂气息的香味让我无法用语言形容，只觉得沉醉中有点疼。

那种风华正好知音千里的孤独寥落，以灿烂的平静表达，不是你我能够想象的。

午后的光影里，我常常倚靠沙发，静静地观看窗外芳香的浆果离开枝头，冲过重重绿叶，在地面上到处滚落，狼藉一地。不过短短15天，果就全落光了。来回走过，恍惚中，好似它不曾来过，又好似它只为我而来，为了我的盛夏流年，而赶来表演了一场绝美而怆然的视觉盛宴。

站在树下，繁叶苍虬间再不见那些浆果了。它们静静地把一个女子的寂寞染色成雍容与平和，可我却吝啬得没有采撷过任何一枚果实放在案头，更别提学黛玉葬花了。想着，心里总是疼。除了疼，还是疼。

而后来想补救，安抚自己的内疚却没有机会了。因为过了这个夏天，我就离开了这些睿智的树灵逸的花草，到新的工作单位了。

饭后坐在芳草茵茵的香樟树下，草色绿得咄咄逼人，有种刀兵峥嵘的气象。躺下去，还是很柔软的。事物的外性与内质，往往不同，又有多少人学会区分呢？抛开一贯淑女的形象，躺在草地，有时随便翻翻书，有时看看天、听听鸟鸣枝头。花落发间，不经意间就睡着了，日子悠闲得像宋词。

年少时拼命逃离的那种浓得化不开的寂静与清冷，人过三十后，却觉得难能可贵。这些年忙忙碌碌，很少得享受这种纯自然的宁静和繁茂了。

微风到竹，薄云掩霞，衣上芳影动。阳光在树叶间闪烁流泄，浓碧在光芒中静展洁冷，而这棵新生的苦楝树，与春天擦肩而过，迟开的小白花纷纷扬扬飘落，像是一场盛夏的雪。

此时，情思清宕，纷虑暂忘，思想清爽而芳醇。这场雪，在盛夏的清冷里，拂去我心灵浮尘，沉淀平和，还原精神的圣洁。

雪，透着生命的清醒，冷而清明，纯而孤独。从某个层次上来说，像十字架上的耶稣那悲悯的眼神。懂与不懂，在于个人的悟性。

手捧张承志的《清洁的精神》，他的夏台之恋与我的校园之恋应感觉相似吧，都有自然聚落的宁静，都有深沉的安宁。这安宁，正是人类精神的清洁剂。

谁愿洗？世人皆忙碌，追求生活的完美。人们理想的完美是名利双收，谁肯停下来呢？

谁愿洗？谁还能像尧舜上古时期那个名叫许由的古人，只因尧求他当九州长，许由觉得奇耻大辱，奔至河畔，清洗听脏了的双耳？

张承志说："大雪如天降的纯白音乐。再也没有世俗化的苦痛和人事的纷扰，人的心，那时是清纯的。"

世间最难得的不过是"看透"一词，世间最敌不过的也无非是"现实"二字。

我在现实深处越走越远,一个人的身影被夕阳拉得长长的,此后的岁月无声,再没有这样纯自然的安静时光了。回眸,苍青的树林,选择沉默;繁花的雪,声音微弱而遥远。

那一场盛夏的流年,在我的生命深处如山风的清癯,静静流淌着出尘的静美。

(原刊于《右江日报》2011年4月17日)

感谢生命中的阳光

这个社会，物质渐渐繁荣，喧嚣、鱼龙混杂，迅速滋生了实利主义生活观和人生及时行乐的快乐原则，势如破竹的金钱标准已大大超越了文化价值和道德原则。传统的伦理道德、是非等标准和尺度，遭遇了也许是前所未有的挑战和侵蚀，人们内心产生了前所未有的混乱，价值观、荣辱观受到极大的冲击。

而我，是一个一直躲在现实深处的人，躲在自己的书斋世界。如白云深处空谷的一株幽兰，洁身自好、不理尘事、暗香独孤赏，虽然寂寞，可也舒展自在。

在苍茫静寂的黄昏里，可以预见结局。这样的我在这样的社会，如同一场盛夏不该出现的雪，注定受伤。

这些年，一直在风雨中穿行。雨阴霾无边，风凛冽肃然。我甚至找不到一个安静的、被人遗忘的角落，做个面目模糊的人。

强势的社会打着"磨炼"的旗号，早已把我放逐成了地下暗淌的河流。我跌跌撞撞，到处碰壁，遍体鳞伤。黑暗中，渴望有一束光，窥见江山如画。

我不知道奔流了多久，也不知道方向在哪里。我以为，自己这一生，就这样：心揣着翱翔的天空，怀抱一个日益温凉的明亮的想象。暗暗无声地、慢慢渗到冰冷的石壁，干涸、竭尽。

一条江一个人

独行那个似乎永远没有尽头的隧洞，突然，一束光撕裂黑暗，抬起头来，看见前方苍莽郁葱的森林，散发着金色的光芒，太阳在白云深处璀璨地高蹈。

清风诧异我的出现，小鸟感叹我的清澈，而阳光伸出温暖的手，把我拉到了草色芊绵的地面，微笑地告诉我，黎明已经到来。

就这样，开始有了明亮的视野，开始看见清风霁月在肩头絮语，青峰幽湖延绵岁月的优雅，也开始有了方向。

感谢命运，在风雨肆虐后，在天边挂上一道彩虹，让千疮百孔的心灵有着灿烂的修复。

感谢生命，在漫无止境的黑夜后，遇见温暖明亮的阳光，让黯淡无光的人生，从此舞蹈在热烈的盛夏。

感谢阳光，让我可以快意行走江湖，一抹薄云半烟阳，坐看一岸涛声两处青山。走过桃之夭夭的春天，打开晨光暮影的偈示；走过芊绵繁锦的盛夏，编织落英缤纷的清醒。时而掠影青木，浅笑百转千回；时而融汇深潭，形成清辉洒满、安静的湖，映艳一湖荷色。

我虽一介细流，无大江之磅礴风流，但因有阳光的温暖，清风霁月的清逸，在岁月中脱胎换骨，自有一份淡淡韵意。碧如玉，清似翡，日暖生烟，月冷溟影。

每个生命都有跌宕起落的历程，如果命运一味地安排只沉不浮，生命中只有风雨没有阳光，那么，这样的人生必定如同长在深涧石缝的小草，只为艰辛求生，曲扭着，无暇色彩，无关诗意，开不出丰美、健康的花。

有风、有雨，还有阳光、清露，人生才能像一枚果实。走过绽蕾，走过青涩，走过寒霜，最后成熟，充满生命丰饶的汁液。

其实，每个人生下来都是一株草，是因为遇见了阳光、雨露、霁月、清风,再加上自身的努力,有的草长成了大树,有些草蜕变成了花,更多的草青青芊绵。岁月如歌,风物缤纷,无一例外有了自己的光芒。

在光阴的窗外,坐望旭日跃出东山,凌驾云上,横空出世。曙光穿越万里云层,冲破一切障碍,璀璨夺目。伸出双手,让阳光在掌心跳跃,书写禅机。感受那一份力量和悸动,体会那一种温暖与感动,觉得生活就像阳光下波光潋滟的河流,清澈而明亮。

风雨过后见到彩虹,黑暗尽头曙光出现。生命中有了一束光,精神上得以构建了一个完整的人生体系;学会信任、宽容、友善,心灵保持了宽阔的通道;人生的锐度、人格的力度保持了一种深度追求;生命有了深度和厚度,在历史画廊里呈现一种沧桑而素色独特的美。

在岁月的转角处,那个在玉兰树下沉静如水的白衣女子,就是我。如果你恰好路过,停一停你前进的步伐吧,请回头看我一眼。日影下天光泛着微微的青,洁白的花瓣迎风飞舞,像一场花瓣雨,又像一场盛开的雪,每一瓣心语都在说着:谢谢。

是啊,我该如何感谢上苍,感谢这世间垂怜,馈赠与我风雨与阳光同行,明月与落霜相伴。

时光变得越来越紧迫与苍老,生活如同竹林深处的十面埋伏,美好苍茫下,每一步杀机重重。但因为阳光透过枝头,映出一片暖色,就有了坚守的理由,有了追梦的激情。

光阴长廊里,光彩日亦斑驳。我要用草的坚韧、花的蕙质,坚持活出一杯茶的氤氲,保持清晨荷露的清新淡泊。不管时光如何阑珊,红颜如何老去,只要生命的甘泉倾注下来,春的气息依旧凛冽,韵味依旧隽永,虽然热度渐渐变温,变淡,人生却愈发香醇起来。

(原刊于《右江日报》2010年12月25日)

当回眸，你在灯火阑珊处

灯火繁华，一江春水卷轻浪，涟涟千里。细雨纷飞蒙蒙，我撑着伞，在河的此岸慢慢走着，走进一段段明媚传奇。迷离的雨烟笼雾罩着乐里河，好像一张微笑的网，对面的一岸浮雕在波滟浮岚里，恍如前世一帘幽梦。

当暮色包围山城，森林合上清澈的眼，天空再没有飞鸟划过的痕迹。流光溢彩的华灯开始上演视觉的盛会，一河隔两岸，灯火相望。浮雕上的灯彩或天的蓝或草的绿或稻的黄，还有桃花的粉，映照着浮雕沉寂的历史，雕上的人、物仿佛获得重生似的，焕发生命的光芒，氤氲着诗意的魅惑。

隔着一江清浅的水，追溯风中的细浪，对岸一廊长长的浮雕，如梦如幻，如诗如画，亦真亦假。沉淀着历史的厚重，散发着独特民俗的芬芳。那一幅幅精美而立体感十足的石雕，讲述了一个个在历史深处静静掩埋的故事。

你看，那瑶族华章，把木柄瑶人们对远祖的热爱，对图腾的膜拜，天人合一的原生态生活方式，一一展示。象征民族之魂的铜鼓，宛若宗教神灯般明亮。华丽繁美的服饰，如流水一样流淌着独特风情。激越的瑶族鼓舞，反映了木柄瑶族新时代的安泰丰足；那孝子驮娘的悲情篇章，讲述的是混沌早年，母因渴而亡，孝子悲泪成河，驮母过江，这是田林三大河之一驮娘江的源来神话故事；而北路壮剧，是田林特有的文化奇葩，生、旦、武、丑四大行当打出招牌动作，展示北路壮剧特有的戏韵……

一岸浮雕画面饱满紧凑，丰富有序，主次分明，繁而不乱。人物神态逼真，或微笑，或凝思，动作线条流畅，浑然天成，衣袂飘飘欲飞。即使是专作装饰以衬托主题思想的图案，譬如绣球、竹林、牛头，也雕刻得细致入微，令人叫绝。浮雕施以彩绘，颜色以红、绿、黄、黑色为主，其中黄色为主打色描金，在阳光下、灯光里愈发流光溢彩，绚烂无比，带有醇厚朴实、大气雄浑的风采。

一幅幅浮雕，一个个传奇。屹立的分明是一种精神，一种田林人不甘落后、追求幸福美好生活的顽强精神；彰显的是一种风貌，一种繁荣兴旺、新型山城的明珠风采；展示的是一种方向，一种以人为本，锐意进取的新型路线。

微澜的波浪一浪一浪向浮雕涌去，无数支胜雪凝脂的手臂攀爬着浮雕，那嘈嘈切切的夜半私语，诉说了"和谐田林"竹乡新颜的盛世风情。

这长廊浮雕，正是田林对世界一个深情的表白，一个骄傲的宣言！

清晨，水面浮岚涌动，一片湖光烟霭，峥嵘气象的浮雕在雾中柔和起来，如一阕宋朝清丽小令，诗意弥漫。

黄昏，山抹微云，斜阳夕照，流水绕山城。但见一岸浮雕金碧辉煌、富丽堂皇，在空江烟浪之上，分外妖娆。

夜晚，灯火万点初上，暗香浮动，一钩新月如霜，雕群幽远迷离，任疏影横斜。双虹桥上闻笛声，拨云而来，江山如画，朗朗盛世！

沉醉中，时时不知身在何处，不知今夕是何夕。原来，天堂不止是在云端，有美的地方都是天堂。

今夜，往事宛如袖底风。过去那个穷、脏、杂、乱的田林县城不见了，显示在时代舞台的是焕然一新的田林，干净、优雅、舒适、环保、高楼耸立，工厂轰鸣，街道宽阔绿树成荫，人们安居乐业，城乡风貌日新月异，处处体现了"和谐田林"的发展理念。

蒹葭苍苍，白露为霜。当我回眸，乐里河浮雕，你在灯火繁华处，你在水中央，宛如曹植美轮美奂的《洛神赋》里那个缥缈而唯美的洛神，云海中百媚横生；又宛如名士嵇康傲立，既有"片云行过千山去"的从容，又仿佛松下清风的俊逸风采。

今夜，细雨霏霏，情愫飞涌。让我以自豪为帆，思念为浆，泅进你春水般澜澜的梦境。

（原刊于《右江日报》2010年8月23日）

灯火里，你是卓尔不群的苍竹

翠竹，是风骨的象征，是坚强的表意。而田林，这个拥有20万亩莽莽竹海的著名竹乡，在2010年百色市文艺汇演中，也用竹一般的青葱与怡情、拔节与坚韧，书写了一段段鲜为人知的故事。

"青春，你的名字叫奉献，热血，你的流动是责任！"在彩排幕后短短的几分钟休息时间，忙着整装的年轻的演员们对着我们的镜头异口同声地喊着。

7月26日晚，对参加百色市2010年文艺汇演的田林县代表团来讲，那是刻骨铭心的一个夜晚——它见证了田林壮乡儿女青春的汗水曾激越的奔流。当晚，百色人民会堂正在上演2010年百色市文艺汇演（凌云专场）大型原生态民族歌舞晚会，没人发现田林代表团的演员们正在后台悄悄忙活。接下来的27日晚将是田林县专场演出，为让田林竹乡风情大放异彩，演员们必须做好准备，在凌云专场结束后进行最后的对光、走台。

凌云专场晚会结束已是夜里十点多，工作人员搬离舞台道具到零点才结束，灯光、舞美、道具，一样一样到位，直到两点钟，田林的演员们才开始得彩排、对光、过台，演员们与时间赛跑，服装是湿了又干，干了再湿，没有因为少了观众的掌声而偷

懒，没有因为夜深疲惫而懈怠。有个女演员，这几天因为劳累过度发烧了却一直没时间上医院，随便吃点药照样上台，台上依然神采飞扬，而另一个男演员，搬道具时不小心腿受伤了，他谁也不说，忍着继续跳舞，直到彩排结束大家才发现他的不妥。这样的例子太多太多，随便抓一个都是感人故事。文体局监宏局长告诉我们这些年轻演员的坚强、痛忍时，让人能感觉到他的激动，眼里似乎已泪光闪闪。

"音乐起、走……对光不对，再来，动作不一致，重走。"导演严肃的声音回荡在空旷的礼堂，平时嘻嘻哈哈的导演变脸了，谁稍有点差错他马上责令重来。一直到凌晨4点多，对光终于结束，许多演员累得瘫在台上。这样三班倒超负荷的排练在这段时间是很正常的。平时老喊累的演员们一声不吭，咬着牙一遍一遍重复枯燥无味的排练，每一张年轻稚嫩的面庞都有了与年龄不相称的成熟、懂事。那后台默默无闻的工作人员更是忙进忙出，搬道具、备服装、灯光、舞美、音乐、后勤，哪样少了他们？掌声、鲜花不属于他们，但有谁闹意见、怠懈呢？没有，每一项繁琐的工作他们都郑重、完美地去完成。

许多观众都说田林的歌舞有特色，《欢腾的壮乡》浮尘艳色，洋溢着生活的憧憬；《鼓韵瑶情》气势磅礴，带着岁月的迤逦沧桑；《壮戏飞扬》独特厚重，泼洒着生命的张力与隐忍。

舞台上那华美绚烂的表演，那清雅飞扬的天籁之声，多么赏心悦目，在观众的心里掀起一轮又一轮美的"风暴"。可台下付出的热血、汗水，甚至泪水，又有谁知道多少呢？那台前幕后付出的精力、智慧，那被汗水天天浸泡的青春岁月，都书写着一种热血，一种爱的责任！

每一个舞蹈，每一首歌，演员倾情演绎，工作人员全力配合。所以不管演得精彩或是平淡，不管我们懂不懂得欣赏，我们都应该给这些演员尊重而热烈的掌声！"所有人都在全力付出，特别是这些年轻的演员们。我们只有一个愿望，那就是努力打造文艺精品，相信我们的汗水不会白流。"执行策划蓝宏局长自信地说。

"只要能使我们的山歌秀出自己的特色，让更多的人了解田林山歌，给大家带来美的享受，再苦再累都是值得的。别说是扭伤了腰，就是摔断了腿也值得。"田林代表团的陈镜舟总导演在田林专场演出结束后，摁着旧病复发的腰，笑呵呵地对我们说。陈镜舟总导演是田林资深的音乐人，是田林定安调、上林调山歌歌者的翘楚。为了在特色舞蹈加入多元素原生态山歌，全面展示田林竹乡壮戏山歌的独特风貌，她奔波于田林几个乡镇，寻找不同风格的山歌。前个月她听说六隆镇的山歌柔美低回，很适合做背景音乐，就亲自跑到六隆的供央村请两名当地歌手当老师，学了六隆山歌，还拉了六隆一名男歌手与她搭档。结果在来回奔波中因为太累不小心从摩托车上摔了下来，腰部受伤。伤稍好，她又跑到八桂学八桂山歌。她创新地把几种山歌融合在一起，使田林的歌舞音乐有一种独特而民族的韵味，激昂中展柔情，缠绵中显飒爽，朗朗如松下清风，柔媚如一江春水。专场开演前因为太劳累，她的腰病又犯了，疼得吃不下饭，她硬是忍着，吃了几颗止痛药就上舞台，灯光下的她神采飞扬、明目顾盼，哪有病痛的痕迹？晚会上的《风流竹乡》《月满西楼》那如天籁之音的山歌对唱就是她和搭档唱的，多元素原生态山歌三调结合，从如梦如幻的竹林阁楼、影镜情舞场景中慢慢飞出来，有一缥缈渺而清新的唯美，余音在观众心里久久不散。

田林县有着"中国壮剧之乡""中国八渡笋之乡"的美誉，

田林专场以《风流竹乡·壮戏飞扬》为主题，着力展现了田林秀美的山水风光和独具魅力的民俗艺术。青峰百里，壮剧瑶鼓，沧桑华美。整台晚会都在竹光、竹影、竹韵、竹歌中如锦缎展开，充满清爽、浪漫、飘逸、空灵的竹的气节，具有明显的地域特点和民族特色，有新意、有创意，是一场美轮美奂的风花雪月，一朵不是最艳丽却最淡雅幽香的艺术奇葩。

那一场风花雪月，不关风与月，只求大荣誉、大发展。华美田林背后的热血岁月，在盛夏的流年里，见证了一个民族的骄傲、一片热土的希望、一方水土的奋然崛起和文化民俗的重墨华彩！

灯火繁华处，田林，你是卓尔不群的苍竹，倾诉着生命的素锦年华，洋溢着山水的清雅风骨，竹歌滴翠，竹舞飞扬！

（原刊于《右江日报》2010年8月11日）

新 安 街

从县政府大门出来是新市街，这条街道车水马龙，商铺林立，非常热闹，特别是本地土特产店，那不是一般的多，简直是一步一个店，人们给这条街送了一个好听的名字：政治大道。

从新市街下来十步，往右拐，就是新安街。只是隔着一排商铺的距离，氛围已经不一样了，新市街字面里"市"字表明了城市的喧哗，新安街的"安"字也彰显了它的基调。不知是什么人给取的名，如此的睿智。

这条街居民住房居多，也有办公单位。有供销联社和文体局。新安街街头的县幼儿园是整条街唯一最热闹的点。学期里，星期一到星期五，每天早上和傍晚放学接送小孩的车辆把这条街堵得水泄不通。联社旁边有一家小小的寿衣店，是间铁皮房。挂着一串串的寿鞋，女的是红绸面黑花，男的是紫面黑圈，寿衣也是同样面料，不过男的寿衣也有红色的，有长衫和唐装两种。长衫旁边开了叉，风一吹衣袂飘飘的。除了卖寿衣寿鞋，店主还卖小孩子穿的布鞋，白底绣花面，干净利落的鞋面绣着几朵红梅或菊花，很喜庆。

往里走，是几个美容美发店，好几个女子都长得很富态，胸大肚皮大屁股大，偏又喜欢穿紧身的短装衣服，把整个上身勒成

泾渭分明的三层。我每次路过都忍不住多看两眼，实在太惹眼了！她们的生意时好时坏，经常见她们坐在门口嗑瓜子，跷起来的白花花大腿比阳光还耀眼。

　　新安街往东拐，也就是美发店的对面，有条不长的小巷连着河堤路，没有名字。因为巷口有两颗芒果树，在这里上班的人自己给它起个名字，美其名曰：芒果巷。这条巷颇有文化气息，文体局、图书馆、社科联都集中在这里。巷口，文体局和县图书馆打对面，两颗枝繁叶茂的高大芒果树长在图书馆门两边，像慈眉善目的门神。

　　春来，芒果树开着一串串细细密密的小白花，不是完全的白，而是白里带点粉，有种世俗的喜悦。很多人有花粉过敏，都想绕着走，可它偏不让，仗着站得高，伸出长长的枝条，把整个街面几乎遮住了。夏来，一个个月牙似的青果从绿叶间垂下来，开始有小孩眼馋了，可惜长得太高，需用竹竿打下来才行，可那又太惊动了，只好打一杆就跑，等到没动静了，再蹑手蹑脚回来看地上有没有果掉下来。

　　图书馆旁边有一家品牌化妆品直销店，里面装修很温馨，红色的帷幔张灯结彩打着蝴蝶结，不像买化妆品的，倒像是婚纱店。店里经常有三五个浓妆艳抹的女子围桌研究营销攻略，凡是40岁以下的有稳定收入的妇女走过门口，多往里面瞟几眼，她们立刻眼冒精光，极力邀请人家进来听听看看。我为了撑朋友面子，曾经进去听她们讲如何让女人更有魅力的讲座，好家伙，那口才，犹如黄河之水天上来，滔滔不绝。听的人要么热血沸腾要么昏昏欲睡。

　　从文体局往前走几步，是宣传文化站，社科联借了他们的四楼办公。楼前，只要阳光好，附近的几个老太婆都来晒一大堆乱七八糟的草根，说是治疗失眠的神药，我凑近一看，我只认识一种，灵芝。那晒软的虬根横枝，焉里扒拉的，看不出神药的风范来。

街尾有一株一人抱不拢的牛奶树，这种树一般山里阴凉的地方才有，不知怎么，它竟然长在车来车往的路边，不知道它是否习惯。不过现在看来是多虑了，你瞅它叶子肥硕，果子红润，小日子过得挺滋润的。牛奶树很丰产，大大小小的树枝都缀满青红的牛奶果。吃牛奶果不能饿着肚皮吃，不然很容易腹泻。我小时候嘴馋，不懂节制，没少遭这个罪。

短途面包车的司机都把车停在牛奶树旁等客。午后冗长，客源稀少，几个司机就铺了一张报纸，在牛奶果树下打起了纸牌，谁输就在脸上贴细条白纸。

这时候，往往走街串巷的买叫声最悠长了。卖烤馒头的北方汉子骑着一辆改装的、后边搭个敞篷的小车厢的三轮车，那"韩国烤馒头，一元四个"的吆喝声是事先录了音在扩音器里，北方的音调，总是在"个"那个音拉得高高的，长长的，又婉转，有点秦腔的味道；还有推销电子琴的，一路走一路叮咚叮咚的琴声荡漾，像水波澜澜划开一池的寂静。当听到《让我们荡起双桨》这个老曲子时，仿佛看到过年时奶奶做的年糕，黄灿灿的，一口咬下去，一直甜到五脏六腑。

街尾的北边，有块足球场大的空地，是水利局的。据说推倒了准备重建，结果一直就荒着。每隔三差五，就有几个大货车停在这里摆上几十个摊位，不是昆明小商品展销就是十省美食展销，到底是哪十个省谁也不清楚。大人们开着大喇叭，忙着招徕客人，几个大约一两岁的小孩，穿着发白的开裆裤，露出黑黝黝的屁股，自顾在路边追逐打闹，一个小孩被石子绊倒了，大概膝

盖有些痛了,"哇"的一声哭起来,嚎了几声不见大人来理睬,也自己抹了眼泪鼻涕揉揉膝盖站起来。现在的小孩很明事理,不可小觑。

不远处的乐里河,岸上垂柳依依,桃花灼灼,远看有种垂柳十里的景致,那是不要看河里的水才行。乐里河里水太浅又太浑浊,还有一股恶臭,可惜了那婀娜的杨柳和笑面桃花。

这条街,安静,喧闹,带着世俗的温度,温暖,熨帖。

牵　手

　　初夏的下午，下了班往家里赶。桥头是十字路口，又没有红绿灯，车流人流为患时常堵车，这天也不例外。我骑着电动车裹在长长的车流中，进不得，退不得，灰尘飞扬，喇叭喧哗，心里诸多烦躁。
　　无聊的四处张望，看见一对男女从马路上边的小路下来，慢慢穿过车流的缝隙，看样子是要过马路到大桥的人行道。可他们刚走到路中间，车流就动了。他们两人困在三股车流中间，一时间，喇叭声大作，车辆擦身呼啸。我随着车流缓缓前行，离他们越来越近。看清楚了，是两个中年男女，约四十几岁左右，都穿着运动服，想必是要去锻炼的。应该是夫妻，两人并着肩，神色坦然。那名男子，我认得，是教育局的职工。当了十几年的教师，经常进出教育局，在局里也和这名男子打过几次照面，点头致意中只觉他眉目温和，可并不知道他的名字。
　　车流越来越汹涌，简直就像是贴着他们的身子驶过。男子脸色有些紧张，把妻子的右手抓起来，十指相扣，紧紧夹到自己胸前，左顾右望，观察车流，想伺机突围到大桥边。而女子的神色则放松多了，她定定地望着前方，很笃定的样子，笃定只要男子抓住她的手，那么，不管身处什么境地，她都不用去担心。

那一刻,好生羡慕。

见过少男牵着少女的手,十指相扣,一会儿怒目相向,一会儿微笑低语。见多了,麻木得很,没什么感觉。可这对中年夫妻的十指相扣,让我心里悸动。

人到中年,有惰性了,有免疫力了,岂能如青涩男女人前性情流露?再说了,几十年的夫妻,柔软的感觉还剩多少?

这对夫妻,虽然年龄相仿,但这名女子明显比男子憔悴,脸上有点点黑斑,而男子皮肤白皙,看起来比妻子还年轻。可这并不妨碍他拍拍妻子的手以示安慰的轻柔,和转脸与妻子说话时眼神的温柔。想必,在他心中,不管妻子容颜如何变化,都还是当年那个清新如花、不谙世事的少女,需要他呵护,需要他珍视。

见过太多中年夫妻的怒目相向或貌合神离,再看看这对街头牵手的中年夫妻,总觉得不真实。

世间最难得的不过是爱情一词,世间最敌不过的也无非是岁月二字。

曾有人说,世间如果有爱情,那它生长着,也必定枯萎着。就像一朵花,开到荼蘼,最终也是凋零的命运。摧残它的不止是时光的风霜寒露,还有岁月的静默无声。

在苍茫迷重的现实里,谁不希望能有人牵着自己的手,一同穿越迷雾、荒漠、静寂森林,愉快完成一生旅途呢?可惜,情事更多时候只是一场繁华。男女之情,像烟花盛宴,璀璨过,然后,熄灭,在现实中冷却成灰。

能一世始终牵手的,总是很少很少。

见过年轻父母牵着蹒跚学步孩子的手,也见过中年儿女牵着年迈父母的手。可一直觉得,男女牵手,是世上最玄妙的牵手。世界那么大,原本两个毫不相识的陌生人因为一份感情在人海中相识相知相守，成为彼此生命中最重要、最亲密的人。

车流缓缓流动，我慢慢驶过他们面前。藏在头盔里的眼再一次清楚地看见他们紧紧相握的手。渐渐驶离，回头望过去，他们已经穿出车流，上到大桥的人行道了。我轻轻吁了一口气，觉得眼前这拥挤的街道不是那么难耐了。

路边的大叶榕绿意婆娑，夕阳在叶间跳跃，那份翠绿沾染了光芒，有一种干净而盎然的美。

我的中文不算太差，可一直以来，我对一些文字的现实存在意义一直心存质疑。然而，这个初夏的黄昏，这个灰尘飞扬的街头，一对平凡夫妻，教会了我两个词：一个叫牵手，一个叫相濡以沫。

（原刊于《百色早报》2013 年 8 月 6 日）

花落人独立

　　桥头有一株树，属木棉科，却不是阳春三月里的英雄——热烈鲜火的木棉花。同样是铿锵执戈的树干，开出来的却是江南女子的风情。粉红色的花瓣，花蕊橘黄带着斑点，花瓣底部白似雪，粉中透白带着一种阑珊的凉意。问了好些人，谁都不知道她的学名，我暗自给她取了个名，叫秋木棉。

　　秋天一到她准时花开，我有时觉得该称她报秋花更妥。

　　她旁边有几个同伴，可明显不是同一档次。树矮，花稀，等她热热闹闹嚷开了好些天，同伴才迟迟疑疑探出头来。

　　秋木棉花期约莫一个月左右。她不像她的兄长霸气十足。与同时令的菊花相比少了几分傲骨，与桂花比也少了几分馥郁。它更像春天里的花，开得热热闹闹的，风情乍现。只是因为身处秋天的旷远，自然有了一种清媚。

　　第一次见到它，是在前两年秋天，有天夜里我坐三轮车路过桥头，惊鸿一瞥，华灯下满满一树华美，甚为惊艳。当时在乡下教书，第二早要赶回去，以至我没能好好观赏，心里一直念念不忘。后来进城了，可住得远，偶尔路过，也不逢花开，心愿一直未了。直到今年，搬到它附近，终于有机会好好一饱眼福。

　　白露过后，一连几天都落雨，细细绵绵的。有一天，她很突兀地试探开了几朵,到了第二天一早,我骑车路过,就看见一树繁花了。雨中的花仿若葬花的林黛玉,总给人于怜惜凄冷的感觉。可我看她,热热闹闹的,透着精神头,倒没多少伤春悲秋之感。

黄昏,我散步去看她。

"妈妈,树上有好多睡觉的蝴蝶诶!"一个童稚的声音惊喜地叫起来。我扭头望过去,一个穿白裙子红皮鞋的小女孩在一旁扯她妈妈的衣袖指着树上的花说道。小女孩五六岁左右,眉清目秀,煞是可爱。

"是花,不是蝴蝶。"年轻的母亲十分温柔。

"妈妈,那个阿姨怎么站在树下一动不动呢?"

"阿姨赏花啊。"

"那为什么别人都走来走去,不停下来呢?他们不喜欢花吗?"

"喜欢,但他们忙着别的事呢。"

"什么事?"

"比如啊,忙着挣钱给小朋友买玩具或者给老人买好吃的呀。"

"哦,大人真可怜,忙个不停,连赏个花都没时间。"

小女孩的话让我一震。望着她清澈的瞳仁,我觉得很多大人拥有的未必比她多。

人生在世,谋生在前。"谋生"是一个苦涩的词语,意味着为了活着,为了养家糊口,必须学会忍耐、付出,忍自己所不喜欢之人事,殚精竭虑。

可人难道仅仅是为了谋生而活着吗?

读过一篇文章,作者说得很好:谋生是人之为人必需的本

事，而学会了乐生，放一轮明月在心中，才不枉来世间一趟。

　　人生苦短，烦恼催人老，快乐却能使"老夫聊发少年狂"。快乐的缘由来自什么，源自世间一切美好的事物，一缕花香、一朵浮云、一串笑声……

　　小女孩要去广场玩，捡了一朵落花，跟我挥挥手就蹦蹦跳跳走了。

　　世间很多美好都是可遇不可求的。我决定再站一会儿，努力做个不可怜的大人。

　　身边人来人往。有些走过去也仰望一眼花树，有的目不斜视急匆匆走过。有的人走过我身旁，怪异地看我一眼。呵呵，我知道，自己痴痴昂头观花的样子很傻，也难怪别人觉得怪异。可是，这个社会，精明的人太多了，少我一个不少。我想，我还是做我的傻子算了，傻人也有傻福。至少，在车来车往的街道边，傻人还能嗅到来自大自然的芳香。

　　停了一下午的秋雨又淋淋漓漓下起来了，我想了想，还是决定再站一会儿。趁着花还在，趁着雨不大。

　　"花落人独立，烟雨燕双飞。"有朵花悄悄飘落我肩头。不是春，没有燕，但有白鹭，一行，嘶鸣，掠过秋的碧云天。

　　多站一会儿吧！也许，明早起来，已是红瘦绿肥。

黑暗时光及呓语

一

我常在黑暗中行走。

有时坐车，有时走路，大抵都是一个人。很奇怪，明明是胆小怕孤单的人，却不得不经常一个人上路。

总是处于一群低头玩手机或高谈阔论的陌生人之中，要么就是真正一个人孤零零行走在幽暗的路上，总望不到尽头。

所以说，如果我身上黑暗的气质比较多，那也请世人原谅，那不是我的错，是上帝的失误。

记得年少时，我也曾遭遇过泼墨跋扈的黑夜。一个胆小如鼠的少女独自行走几里地夜路，那是我平生第一次独自夜行。现在回头想想，也想不出到底是什么重要的原因，值得我这样豁出去。

不过想想，好在我血液里还残留乡村的彪悍，没被书斋完全腐蚀。不然，我就错过一扇窥视生命旷野的窗口了。

当天光渐暗，黑夜强行进入我的视野，我感觉自己被包围被压迫。那种对未知的恐惧、对秩序消失的茫然，显得更为沉重。

那是真正的夜，见不到一丝星光，没有蛙鸣虫吟，甚至叶子

的芬芳和花卉的香郁都没有，一切都遁逝了，我进入一种捉摸不定的行程。我觉得唯有左手微弱的手电筒光亮，右手汗淋淋的木棒，是实实在在的，其他都是虚幻。路边的草丛刷刷轻响，仿佛有有人或鬼蹑手蹑脚伺机而动……

实在是怕得不行，却又不得不继续走下去，只好糊涂到底，把黑夜想象成瑰丽斑斓的大观园，脑海里所读过的故事，轮番粉墨登台。因了想象力与书籍的陪伴，黑夜的黑恐惧迷雾般散去，呈现出一个文学的宫殿。在这个瑰丽的宫殿，我可以奢侈地思接千古神游八荒，我是导演，也是主角，故事跟着我的脚本走。

甚至可以想象天地就是一个修道院，自己是那个翻山越岭去寻找救赎的修女。它多黑呀，没有人气，见不到任何世俗之物。我多强大，任何一点小小的脚步声和喘气声，都有回响……当我像荧光无数次在黑夜浮出、归沉、浮出，黑暗散发着山野之气，又充满着书香之气，令我一阵恍惚一阵清醒，我不得不认同，黑暗的那种"白昼"描述。

如果删掉黑暗的部分，只剩下白昼亮堂堂的体验，我不知道我对于生命的认识，是不是减弱许多？黑暗，是生活中最犀利的部分，其实也是最柔软的部分。

我的小镇，古老、安静、落后。世界的风吹到这里，要走很长的时间，于是，它成了一个"黑暗"的城堡。

所有的婚娶在半夜进行。火把、白鹅、金童玉女，熙熙攘攘的迎亲队伍、拜堂、抢热气腾腾的肉沫糯米饭。我们那里不兴闹洞房，觉得洞房是很让人敬畏的地方，神圣，像祭坛，一男一女就是生命之神的祭品。

夜晚，静得很活跃，虫鸣狗吠，猫的叫声马的呼吸，无法表述的神秘声音，无所不有的眼神，太阳一下山就是夜的地盘，他占据了森林、山谷、河流、房子、窗子里低服的人们。我在黑暗中常常看见阳光、植物、水、人，看见江湖、土匪、侠客、挑工、船娘、烟土、火油……还有尘埃飞扬的小镇。

在后来无数的黑夜里，我梦见我那清凉的明清老房子，梦见离世的父母亲、祖父祖母、夭折的小侄子。母亲总是哼着山歌酿酒，山歌成了甘甜的土茅台的酵母；父亲永远沉默，抽着水烟筒补他那破破烂烂的渔网；祖父和侄子在阴暗的后屋就着十五瓦的电灯泡安静写字；祖母两手污血给那胖得起不开身的母猪接生。梦见小家子气的河流、笨拙的山川……我醒来，又睡去，又醒来，又睡去。恍惚中，不知道自己到底是被时光遗忘了一直留在过去，还是说黑暗赐予我的幻象。但是，我知道，只要在安静甚至是诡异的黑暗里，即便是睡着，我也一定是清醒的，比春天的牵牛花还清醒。只要在黑暗里，我都离我的老房、我的河流、我的过去很近很近。他们拧成一团，成为织布机上的木梭，编造我成长史的壮绣。

二

今天，我从上海飞回来，中午十二点从南宁坐直达班车赶回自己那个僻壤的小县城。快班在城里绕来绕去走了近两个小时，好不容易出城，刚进高速，就被告知前方发生车祸，一时半会儿路不通。这一等就是几个小时，等到路通，天已变黑。这意味着，要想回到我那个小县城，还必须在这密封的笼子里待上六个小时。

这段无聊加无趣的时光，覆盖了我习惯的世界——那个规则森严、够得着够不着的世界。此时，我的奋勇、浮沉统统无用，

我不过是一只等待牢笼打开的小兽,无奈,等待。

实在无聊之极,我环顾车内,由于旅途意外延长,本来陌生的人们也开始交谈起来,我同座的女子一上车就开始呕吐,不过即使她不吐,我应该也不会有交谈的欲望。作为群居动物的人类,从生到死的过程中,不断在社会进行一场场无休无止的社交的远征与自我讨伐。对我而言,多年社交的失败,我不得不承认,对于生活,我始终是旁观者。

后排高谈阔论的人群笑声此起彼伏,看来大家对漫长得过分的旅程由焦躁变得随遇而安了,并且还找到了另外一些共同的兴奋点。

同座的女子,呕到后来没什么可吐了,还一直干呕,那声音就像被屠宰的老牛奄奄一息呻吟,我实在受不了,请求跟邻近的两名年轻男子换座,奈何,谁也不对我这个年老色衰的女人怜香惜玉,既然又没别的座位可坐,也不能离开车子,那就坐在座位上沉默地聆听与旁观吧。这个世界,总有许多的身不由己和规则外的声音,所以,学会等待就行,甚至,也许等待也算不上,保持完全的安静就好了。

我把脸贴在密封的玻璃窗上,窗外,一定有风,风中,雨下得幸灾乐祸,无比欢畅,像秘密的花朵盛开。

偶尔掠过的车灯和路边微弱的人家灯火,更加增添黑暗的密度。没有声音,那静谧,从乌压压的黑暗中喷薄出来,从窗外刷刷响着的密雨飘出来,从班车循环单调的马达声和车轮摩擦声穿透出来,氤氲弥漫、扩散,笼罩旅程。

多么宣扬的黑暗呀。

突然,车在高速靠边停了下来,司机扯着嗓子喊:男前女后,女人到车尾去,可别乱了哦。原来,有人实在憋不住,喊司机停车方便。一车人很道德地下车各就各位。我虽不内急,可坐得累了,也下来活动活动。一下车,就进入黑夜的包围,初冬细雨的黑夜很稠很浓,看不见远山近树,只有左车灯微弱的光在雨中泛着白雾,站一下,就被镇住了,只觉得一种苍茫扑面而来,并与我的渺小无助重合,形成一种奇异的画面感,画面色调暗黑,意义隐晦,给人刀锋般的印象,你会觉得这画面藏着深不可测的异端力量。我打了一个寒战,赶紧上车。

车又开动了,司机关掉车内灯,方才还光明一片的车里顿时陷入黑暗。这片刻休息使大家又活跃起来,玩手机,聊天。突然,后座一个清脆的声音飘过来:"我才不读小说呢,浪费时间,最多看一点八卦,有那时间,还不如研究股市呢。"

我先是愣住,然后哑言失笑,想想他说得也有道理。小说再精彩,也没有股市变幻莫测、跌宕起伏来得精彩,再说了,股市看得好,能增长利润,一夜暴富,再不济也能小捞一把,小说能吗?

这样一种青春的声音在这样的夜里,显得格外的响亮。

我不由想起另一种声音。

台湾名嘴蔡康永是综艺节目主持人,却一直以读书人自称。他也说过:好多人认识了字,却只"看字",不阅读。他们看路标看证件,看各种说明书,但不"阅读"。真可惜,他们明明有了翅膀,但只用这对翅膀扇风生火,对付生活。他们不相信,如果把那翅膀伸展开,其实可以飞翔。

这两种不同的声音,像是落在一个人一生的黑夜,有的人昼长夜短,有的人昼短夜长。

同座的女子终于停止了呕吐,轻轻喘着气睡了,周围的人群也阔论乏累,闭上嘴巴和思维,关上潜流的情感,安静下来,车里有一种旷野的沉寂。这时候我反而睡不着,人家说话时,我希

望人家闭嘴,好让我休息,等到人家真的闭嘴了,我反而睡不着。人啊,总是和自己过不去。

为了平息心中烦躁,我戴上耳机,听听钢琴曲。听着听着,在音乐中开始想一些平常很少有时间和精力去想的事情。

我的生命到底是什么?我的生活重点就是升职、加薪、发稿,就算真的提职加薪,多得了那几百块钱,难道我的生活就改善了?就算偶尔能在省级以上刊物发篇小稿,我就有出息了,整个人生改变了?我的生命就多了什么或提高了什么吗?如果没有,干吗还要期待呢?可是,我就一俗人,操心着自己、操劳着家人的吃喝拉撒,不期待这个,那我还有什么可期待的?突然觉得自己的生命空空的,毫无意义。

我是农村人,却没有田地,家园也埋葬在库区水下,我拼命挤进所谓的城市,城市仅裂开一条裂缝,允许我像狗一样爬进去。我一直在时代里,可有谁能告诉我,我的位置在哪里?酷烈的城市,幻觉的乡村,我站在中间,如同汪洋大海里的小孤岛,一切断层,无端对峙,我成了自己过去的历史遗存。

我还想和文学谈一场持久的恋爱,可是,我被无数的生活肢解瓜分了,充满诗情和爱意的表达能力早被吸收。我相信,这样的我,只是标本之一。在巨大的现实中,无数这样标本一般的人、标本一般的事,在世界的设置里批量生产……

前方,井然有序的亮光和房屋越来越多,到站了。

后　记

　　自幼喜欢文学，像只小老鼠似的，撕啃着所有能果腹的文字。不知道是因为我读的"稗书"太多，还是因为我读的书太少，我发现在文学纸堆中像书蠹的自己，明明有一副乖巧的嘴脸，眸子却越来越敛静。面孔是新的，内心已苍老。是幸？抑或不幸，已无从考证。

　　只知道自己从此走上一条与父辈不一样的道路，幽深、荒静……

　　恰如诗人席慕蓉说的：我曾踏月而来，只因你在山中，更不能忘记的是那轮月，照了长城，照了洞庭，而又在那夜，照进山林，从此，悲哀粉碎，化做无数的音容笑貌，在四月的夜里，袭我以郁香，袭我以次次春回的怅惘。

　　在熙熙攘攘的人群中，你发现一双沧桑、清冷的眼眸吗？如果遇见、并惊心。那就是我，盛夏的雪。

　　旷野长风，落叶嫩霜。

　　遇见。

　　河流与河流遇见，河流与村庄遇见，河流与女孩遇见，女孩与一群人遇见，女孩与文学遇见。

　　遇见，可吟、可歌、可离别。

云雾散开，远山苍翠。

我在等谁？谁又在等我？

我在路上走着。

我还在路上走着！

这本文集，得到了很多人的帮助。县里的财力支持、文联的忙前忙后、黄佩华老师帮我作序、罗炳生老哥拿出自己的图片给我做了小集的封面……感谢许许多多朋友的帮助，正因为有他们的提携鼓励，才使这本集子得以顺利出版，在此一并致谢！

作　者
2018 年仲夏